아름다울 , 낙

아름다울, 낙

고은채 장편소설

아마존의나비

고은채

특별히 연고도 없는 혜화역에 가면 종종 볼 수 있는 사람이다. 글 쓰는 일이 가장 편안하면서도 괴로운 사람이기도 하다. 좋은 글과 좋은 영화, 좋은 사람을 좋아해 알아가길 좋아하는 사람이다.

열 여덟 여름에 쓰기 시작한 소설 『연심』을 2018년 봄에 내놓았다. 열 아홉 겨울에 써낸 소설 『아름다울, 낙』이 2017년 제5회 교보문고 스토리 공모전 중장편 부문 우수상으로 선정되어 2019년 겨울의 문턱에 조심스레 내놓는다.

아름다울 , 낙

발행일 ┊ 2019년 12월 20일 초판 1쇄 발행

지은이 ┊ 고은채
펴낸곳 ┊ 아마존의 나비
펴낸이 ┊ 오성준
마케팅 ┊ 김현철

등록 ┊ 2014년 11월 19일 (제2018-000191호)
주소 ┊ 서울 마포구 양화로 56 동양한강트레벨 1022호
전화 ┊ 02-3144-8755   **팩스** ┊ 02-3144-8757
이메일 ┊ osjun@chaosbook.co.kr

디자인 ┊ 디자인콤마
인쇄처 ┊ 이산문화사
ISBN ┊ 979-11-90263-03-0 03810
정가 ┊ 14,800원

목차

1장

건곤일척

乾坤一擲

소나무 저택

군수 공장 주변에서 보던 차 중 저렇게 고급스러운 차가 있었나. 개짐을 빨아 들어오던 서은이 고개를 갸우뚱했다. 공장에 막사를 치듯이 천을 덧대어 문을 만든, 방이라고 부르기에도 뭐한 공간으로 들어가려는 발걸음이 떨어지지 않았다. 반쯤 천을 걷어 문을 열자 환과 낙이 쪼그려 앉아 불량 총알을 세고 있었다. 서은이 멍하니 바깥을 쳐다보는데 환이 먼저 자리에서 일어나 밖으로 나갔다.

검은색 자동차다. 가끔 일본군의 자동차만 보아 온 환에게 저렇게 깨끗하고 멋진 차는 처음이었다. 환을 뒤따라 나온 낙도 '우와,' 하며 입을 벌린 채 차에서 내리는 사람들을 바라만 보고 서 있었다. 앞문이 열리더니 멋지게 차려입은 남자들이 내렸다. 남자들은 뒷좌석의 여자들을 챙겼다.

먼저 중년의 여자가 내리고, 그 여자의 팔에 지탱하여 노부인이 내렸다. 노부인이 입은 옷과 외투는 환의 눈에도 화려해 보였다. 공장 마당을 어슬렁거리던 사람들에 더해 이젠 안에 있던 사람들까지 나와 희한한 광경을 쳐다보기 시작했다. 평소와 같았으면 어딜 꾀를 부리냐며 호되게 매질했을 공장주 다나카도 어쩐 일인지 잠잠하게 걸어 나왔다. 잠잠하다 못해 정수리가 바닥에 닿도록 허리를 숙이며 노부인에게 다가갔다.

노부인의 이름은 아오마츠라고 했다. 처음 들어보는 성이었다. 서은이 아오마츠, 아오마츠 하며 노부인의 성을 곱씹자 환이 '청송,' 하고 일러주었다. 푸를 청(靑)에 소나무 송(松) 자를 쓴단다. 서은은 큰 오라비의 말에 고개를 끄덕이긴 했으나 글자를 모르는 서은에게 별 감흥은 없었다.

아오마츠 부인이 제 사람들을 줄줄이 매달고 남매의 천막으로 다가왔다. 개짐을 빨다 온 터라 손에 물기가 마르지 않은 서은이 얼른 엉덩이에 손을 비벼 닦았다. 그래도 손바닥이 축축했다. 손금을 따라 땀이 나는 모양이었다. 낙과 서은이 은근슬쩍 발바닥을 비벼 환의 뒤로 숨었다.

환의 목울대가 꿀렁였다. 장형(長兄)이라고는 하나 그

래 봐야 열여덟 살이었다. 제 나이의 몇 곱절은 되어 보이는 귀부인의 앞에서 긴장이 돋았다. 귀부인이 시선도 주지 않은 채 손을 내밀자, 중년의 하녀가 주머니에서 주섬주섬 돋보기 안경을 꺼내 입김을 불어 닦았다. 그리고는 부인의 목에 걸어주었다. 부인은 그 안경을 가볍게 코끝에 올리고는 선명해진 시야로 남매의 얼굴을 찬찬히 살폈다.

죽었다는 제 남동생을 닮아 체형들은 다 길쭉길쭉한 모양새였다. 햇빛이며 공장 연기에 그은 피부는 새까맣고 촌스러웠다. 계집애 얼굴에 버짐이 피어 있는 것을 본 부인이 미간을 찡그렸다. 탄력 없이 늘어진 피부에 겹겹이 주름이 잡혔다. 그 찡그림이 자신을 향한 것임을 서은은 알았다. 그래서 큰 오라비의 오른쪽 어깨를 붙잡고는 더욱 기어들어갔다.

노부인의 시선은 환과 낙도 훑었다. 노부인은 환이 첫째라고 확신한 모양으로, 환에게 다가오더니 앞에 멈추고 하녀에게 손을 내밀었다. 이번에는 하녀가 주머니에서 장갑을 꺼냈다. 하녀는 주름진 손 위에 장갑을 씌웠고, 그러고 나서야 환의 어깨를 매만졌다. 덕분에 어깨를 쥐고 있던 서은의 손이 툭 떨어졌다.

환의 어깨는 마르다 못해 빈약할 정도였다. 얇은 천을 얹어놓았으나 그 마른 정도를 가릴 수는 없었다. 열여덟 남자의 몸이라기엔 어깨뼈가 만져질 정도로 허약해 보였

다. 환은 아오마츠 부인의 손에서 은근히 제 어깨를 빼내
며 돋보기 너머의 눈을 노려봤다. 어깨뼈를 만지고 실망
한 눈치이던 아오마츠 부인은 그 눈빛이 썩 마음에 드는
모양이었다. 노부인은 한참이나 처음 보는 제 큰조카와 눈
을 맞췄다. 그리고는 하녀에게서 펜과 수첩을 받아들었다.

부인은 한 손 장갑을 빼내더니 획획 수첩에 글자를 적
었다. 그리고는 환에게 종이를 들이밀었다.

白日光

환이 인상을 찡그렸다. 뒤에 서 있던 낙이 백…일…,
하며 더듬거렸다. 아오마츠 부인은 다시 장갑을 꼈다.

"글자를 읽을 줄은 알겠지?"

뜻밖에도 조선말이었다. 덕분에 종이만 바라보고 있던
낙과 서은이 동시에 토끼 눈이 되어 부인을 쳐다보았다.
부인의 외형은 물에 한참 담갔던 한삼 옷처럼 쪼글거렸으
나, 목소리는 팽팽했다.

"압니다."

"그럼 이 글자를 이름으로 쓴 사람이 네 아비이냐?"

"이 글자를 쓰지 않습니다."

아오마츠 부인은 호오, 하는 소리와 함께 다시 손에서
장갑을 뺐다. 그리곤 환의 손에서 수첩을 돌려 받아 다음
장으로 넘겨 새로운 글자를 썼다. 부인의 필체에 막막함

은 없었다. 시원시원한 몇 번의 획으로 수첩 한 장이 빼곡하게 찼다. 아오마츠 부인은 다시 수첩을 들어 올려 환의 목전에 보였다.

白一光

낙이 또다시 더듬거렸다. 백…일…. 환은 수첩과 수첩 너머의 노부인을 번갈아 쳐다보더니 서은과 낙의 팔을 감싸고 뒤로 숨겼다.

"그렇다면 이 한자를 쓰는 백일광이 네 아비냐?"

"누구신데 돌아가신 내 아버지의 함자를 함부로 부르시오."

아오마츠 부인은 만족스럽게 수첩을 닫았다. 하녀가 수첩과 펜을 정리해 주머니에 넣고는 다시 부인의 한쪽 손에 장갑을 끼워주었다. 부인은 장갑의 주름을 펴며 후후, 하고 웃었다. 무슨 사이일 것 같으냐? 노부인은 곧장 답을 하지 않고 자꾸만 빙글빙글 답 주변을 돌아다녔다. 그즈음에 이미 세 남매가 사는 다섯 보 넓이 천막 주변은 공장 사람들로 버글버글했다. 원산 촌구석에서 매일 똑같이 총알이나 만들고 살면서, 오랜만에 생긴 구경거리로 죄다 눈들이 반짝반짝했다.

환이 노부인의 생김새를 살폈다. 평생 살면서 햇빛이라곤 본 적이 없는 사람처럼 창백한 피부. 그 위에 간간이

찍힌 검버섯. 눈가와 입가에 빼곡하게 찬 주름과 푹 꺼진 눈두덩이 노부인의 나이를 짐작케 했다. 어두컴컴하게 꺼져 있는 눈두덩이지만, 그 중앙에 콕 박힌 눈동자를 보고 있으면 죽은 아버지가 떠올랐다.

아비의 함자는 흰 백 자에 하나 일, 빛 광 자를 썼다. 조부모에게 받기로는 날 일(日) 자에 빛 광 자를 썼다고 하나, 아버지 당신이 직접 '날 일' 자라고 말하는 것은 죽는 날까지 들은 적이 없었다. 일본(日本)의 '일과 같은 자가 쓰여, 제 이름이 꼭 적국의 광영을 바라는 것 같다고 멋대로 바꾼 것이었다. 그 후로부터 아버지는 단 한 번도 일광(日光)인 적이 없었다. 아버지는 역병으로 눈을 치켜 뜨고 죽던 그 순간까지 일광(一光)이었다. 당신께서 평생을 바랐던 그 하나의 빛, 당신은 마지막까지 그 빛을 부르다가 죽었다.

그 고집을 응축해 담고 있던 것이 최후까지도 죽지 않던 눈알이었다. 눈알의 검은 자위에 아버지의 빛이 죄다 담겨 있었다. 부모를 잃은 후 끝도 모르고 지쳐가던 찰나, 잠시 망각할 뻔했던 그 검은 눈자위를 지금 이 노부인에게서 보게 된 일은 또 무엇이란 말인가. 어쩌면 그 순간 직감으로 알 법했다. 한 번도 들은 적 없지만, 본 적 없지만 어쩌면 노부인은… 예상이 맞으리라.

아오마츠 부인이 환에게 악수를 청했다.

"내가 죽은 너희 아비의 유일한 누이란다. 너희에게 한 번도 내 얘기를 해주지 않았지? 그렇겠지, 그놈 똥고집에. 혹여나 들어보았을까 싶어 말하자면 푸른 소나무(靑松)를 성으로 쓰기 전에는 백송연이었어. 내 이름 말이다. 들어 본 적 있니?"

환이 고개를 저었다. 아버지의 입에서 단 한 번도 나온 적 없는 이름이었다. 낙과 서은은 환의 등 뒤에서 속닥였다.

작은오빠, 그럼… 그럼, 지금 저 할매가 우리 고모란 말이야? 서은이 물었지만 낙은 아무말 없었다. 그리곤 쓸데없이 손가락을 꼽아보더니, 서은보다 벅찬 얼굴로 고개를 끄덕였다. 매일매일 웅크리고 잠이 들어서 뻐근하던 목뼈가 찡하게 울릴 지경이었다.

고모라니? 역병으로 부모가 모두 돌아가시고 가족이라곤 오로지 우리 세 남매뿐 아니었나. 이웃들은 말이 좋아 가족이라고 하지, 언제 먹을 것 한 번 나누어 준 적 있었나. 환이 산속에 부모를 매장하고 내려오던 날 오직 세상에 우리 셋만 남았다고 엉엉 울었었다. 세 남매가 한 번도 떨어져 지낸 적이 없었다. 죽어도 함께 죽고 살아도 같이 사는 것이라며. 천지 고아가 된 우리가 이제 피 나눈 것은 이렇게 셋뿐이라며.

남매의 속이 소란한 만큼 공장도 소란스러웠다. 빌어

먹고 살고, 매 맞고 살아오면서 느는 것은 눈치뿐인 사람들이라 소란한 바람을 읽는 일에는 다들 도사였다. 주변이 시끄러워지자 공장장 다나카가 몽둥이를 들었다. 오동나무를 제 손으로 깎아 만들었다는 몽둥이를 휙휙 휘두르며 다나카는 짐승이 우는 듯 '휘이' 하는 소리를 내며 공장으로 일하는 사람들을 들여보냈다. 다나카는 포수고 사람들은 참새다. 그가 제 팔처럼 유연하게 몽둥이를 휘두르자 포르르, 포르르 새들은 공장으로 들어간다. 여전히 눈 속에 노부인에 대한 호기심들은 감추지 않고.

아오마츠 부인은 다나카의 몽둥이에 대고 눈을 흘겼다. 다나카는 뿌듯하게 제 권위의 상징을 내보였지만, 아오마츠 부인의 냉랭한 시선을 감지하고는 헛기침을 하며 등 뒤로 몽둥이를 숨겼다. 아오마츠 부인은 차 문 옆에 서 있던 사내들을 불러 속닥였다. 사내들이 세 남매와 부인을 번갈아 쳐다보며 고개를 끄덕였다.

"자아. 나는 먼저 가서 기다리고 있을 테니, 너희는 내가 보낸 이들과 함께 나를 찾아오렴."

"우리가 왜요?"

환이 물었다. 아오마츠 부인이 어깨를 으쓱했다. 어린 것이 제 딴에는 장남이라고 동생들을 숨기는 것이 익숙했다. 기특하군, 싶으면서도 한 편으로는 안쓰러웠다. 제 아비가 오죽 미련하게 살았으면 어린것이 호의에 대고 경계하는 법을 먼저 배웠을까. 아오마츠 부인은 어떻게 죽었을지 모를 남동생을 떠올렸다.

일광이 집을 떠났을 때가 딱 환의 나이 정도였다. 그렇게 기억한다. 담벼락에 피를 뿌리고 도망치던 그 시퍼런 눈빛을 어떻게 잊을까. 일광은 호리호리한 체형 말고도 그 시퍼런 눈빛까지 함께 물려준 모양이었다.

이거야 원. 어디 가서 내 조카가 아니라고 우길 수도 없겠군. 아오마츠 부인이 웃었다.

"왜긴? 고모가 조카를 데리고 가는 것이 이상하니?"

"고모라는 것을 어떻게 믿지요?"

"그래. 너희는 평생 내 얘길 듣지 못하고 살았을 텐데 이제 와서 고모라니 우습기도 하고 웬 미친년인가 싶겠지. 그런데, 일단 믿어보는 게 어떠냐? 날 믿으면 경성으로 데려가 주마. 저런 구질구질한 천막을 집이랍시고 셋이 엉겨 사는 일도 없게 해주지."

만약 일광이 살아 있다면 지금 이 말을 하는 자신에게 무슨 악을 썼을까. 제 이름의 日자가 일본의 日자와 같다며 이름마저 바꿔 살아온 놈인데, 성을 통째로 일본식으로 갈아버린 누이에게 제 자식을 맡기지는 않았을 것이다. 하지만 또 모른다. 제 놈이 아무리 악을 쓴들, 소의 피를 담벼락에 뿌리고 사라지던 소년의 몸이 아니지 않은가. 원래 인간이란 제 새끼가 생기면 한없이 유들유들해지는 존재 아닌

가. 그러니 이렇게 비쩍 곯은 제 새끼 입에 뭐라도 들어간다면 모르는 척, 애초에 그리운 누이였던 척, 보냈을지도.

이제 와 이런 상상을 하는 일도 우스웠다. 아오마츠 부인은 세 남매에게 당부하고 먼저 차에 올랐다. 너희가 가진 것도, 가지지 못한 것도 모두 나에게 있으니 구질구질한 그 무엇도 짐이랍시고 챙겨오지 말라고.

"환이 오빠. 진짜 우리 고모 맞을까? 갔다가, 오빠들 제국군이랍시고 끌려가면……."

"시끄러워. 절대 그럴 일 없다. 내가 그리 놔두지 않을 거야."

"하지만 오빠, 알잖아. 그놈들은 총칼을 몇 개씩 몸에 두르고……."

"만일 그렇다면 당장 혀를 깨물고 죽어버려야지. 끌려가지 않아, 절대로."

"……."

남매들을 데려가던 사내가 대화를 엿듣고는 풋, 웃음을 뿜었다. 부인에게 수첩을 건네어주고 장갑을 벌려주던 중년 하녀도 함께 웃었다. 서은이 뭐가 그리 재미있느냐며, 두려운 얼굴로 노려보자 하녀가 손을 휘저었다. 아가씨, 오라버니들이 제국군으로 끌려갈 일은 없으니 걱정하지 말라고. 혀를 깨물 일은 더욱이 없으니 걱정하지 마시라고. 하녀는 구경거리라도 난 것처럼 서은을 보며 웃었다.

중년 하녀의 말처럼 제국군으로 끌려온 것은 아니지만, 어쨌든 제국에 붙어먹는 사람의 집에 왔다는 생각마저 없었던 것은 아니었다. 그렇지 않다면 이렇게도 으리으리한 아방궁이 어디서 툭 떨어지겠나. 대문에 들어서며 환은 아랫입술을 깨물었다. 아버지가 죽는 날까지 끔찍하게 여기던 일장기가 자랑스럽게 휘날리고 있었다.

세 사람은 응접실로 들어갔다. 화분에 풍성하게 꽂힌 목단꽃 무리 사이를 거닐자니 현실감이 사라졌다. 정말 이런 곳에 사는 사람이 있구나. 서은이 하녀 몰래 여린 꽃잎을 손끝으로 스치며 속으로 웃음을 삼켰다. 보드랍고 보드랍다. 벽은 비가 와도 젖지 않으며 바람이 불어도 휘날리지 않으리라. 비바람이 거센 밤 자다 일어나도 하늘을 정면으로 마주 보는 일도 없으리라. 이것이 집이로군. 서은이 여린 꽃잎과 단단한 벽을 번갈아 만지며 생각했다. 아버지와 어머니가 죽던 초가집을.

아버지와 어머니가 죽자 큰오빠는 홀로 두 시신을 매장했다. 뒷산에 묻어놓고 술도 홀로 뿌렸다. 서은과 낙은 산에 얼씬조차 못 하게 했다. 챙겨서 나올 살림살이도 없는 집은 곧장 불태웠다. 역병과 죽음이 머물다 간 곳에는 재만 휘날렸다.

꽃

얼마 지나지 않아 하녀들과, 젊은 사내들이 들어왔다.
공장에서 만난 사람들과는 또 달랐다. 이 집에는 도대체
얼마나 많은 사람이 사는 걸까? 사내들이 환과 낙에게 다
가와 바구니를 내밀었다. 나무 줄기로 짠 바구니에 솔이
며, 수건이며, 비누가 들어 있었다. 환과 낙이 각자 바구
니를 하나씩 받아들고는 사내들을 따라나섰다. 홀로 남은
서은이 황급하게 환의 옷가지를 붙잡았다. 하녀들이 까르
르 웃으며 서은에게도 같은 바구니를 쥐어줬다. 그냥 목
욕하러 가는 거니까, 겁먹지 마세요. 사내들이 환과 낙을
데리고 사라진 후 서은도 하녀들을 따라갔다. 오라비들이
사라진 방향과 전혀 다른 방향으로 걸었다.

나무로 만든 목욕통에서 김이 피어올랐다. 피어오르는
김에 향이 묻어났다. 몽롱하고 아뜩한 기분에 취한 듯 서
있자, 뒤에 서 있던 하녀가 서은의 옷고름을 풀었다. 서은
이 흠칫 놀라며 하녀의 손을 붙잡았다. 네 개의 손이 가슴
을 짓누르는 탓에 막 돋아나는 멍울이 아릿했다. 아야, 자
신도 모르게 탄성이 입술 사이로 흘렀다. 옷고름을 붙잡
자 이번에는 다른 하녀가 치마를 풀었다. 허리춤에서 흐
느적거리며 붙어 있던 치마가 기운 없이 툭 떨어졌다. 옷
고름을 붙잡아 봤자 소용없다는 것을 그제야 알았다. 하

녀는 서은의 가슴을 부드럽게 쓸어주며 놀라지 않도록 저고리를 벗겨냈다.

부끄러워. 서은이 꼬르륵, 숨이 멎도록 물속에 기어들어가며 누구와도 눈을 맞추지 못했다. 제 몸에서 번지는 검은 구정물을 보며 부디 죽은 벌레가 떠다니는 일만 없기를 바랐다.

"옷은 어떻게 할까요?"

환의 옷을 받아주던 사내가 물었다. 옷을 모두 벗어 빼빼 마른 몸을 드러낸 두 형제가 동시에 뒤를 돌았다. 옷이라기도 뭣한 거적때기다. 낙의 얼굴이 붉어졌다. 목욕통에서 풍기는 더운 습기 때문만은 아니었다. 저 손이 쥔 냄새나는 천 쪼가리가 부끄러워, 소년은 형에게 대답을 맡겨버리고는 제 목욕통 안으로 뛰어들어 잠수해버렸다.

풍덩 소리가 났고 물이 튀었다. 환이 물었다. 새 옷을 주느냐고. 사내가 고개를 끄덕였다. 환도 고개를 끄덕였다. 치워달라고 하자 사내가 형제의 옷을 모두 챙겨 문밖으로 나갔다. 햇빛이 잔잔하게 들어오는 방 안에 뜨거운 김이 가득했다. 찬물로만 등목해오던 몸을 따뜻한 물에 담그니 세상 전부가 녹아내리는 듯했다. 희뿌연 시야도, 옆에서 중얼거리는 아우의 목소리도 천지간 모든 것이 낯설었다. 환은 투명하고 따뜻한, 향기까지 흐르는 물 위에 둥

둥 뜬 제 손을 어색하게 바라보다 그 손을 들어 이제는 낯
설기까지 한 얼굴을 문질렀다.

"형."

"왜?"

"여기가 우리 고모라는 사람의 집일까?"

"그렇겠지."

"그럼 우리 여기서 사는 걸까?"

"살고 싶냐?"

"응."

"아버지가 평생을 저주하던 일장기가 펄럭이는데도?"

"…… 응."

낙이 다시 또 물속으로 사라졌다. 꼬르륵 뱉어낸 숨에
물방울 터지는 소리가 일었지만, 그리고는 정적이 흘렀다.
환이 맑은 물 안으로 보이는 아우의 등뼈를 쳐다봤다. 낙
은 체구가 유독 작았고, 유독 말랐다. 서은이라고 다를 게
없었다. 하도 말라 목에 있는 뼈가 불룩 튀어나올 지경이
었다. 별것 없는 끼니였지만 그마저 굶는 날이면 머리카락
들이 한 움큼씩 빠져나갔었다. 낙과 서은, 두 아우는 작고
약했던 어머니를 닮았다. 그리고 환은 아버지를 닮았다.

남매들이 식당에서 다시 만났다. 이미 해가 기울어질
즈음이었다. 때를 벗기는 데 오랜 시간을 들이고, 새 옷을

입는 데에 또 오랜 시간이 걸렸다. 서은은 머리를 말리고 빗는 일에도 수고를 들였다. 환과 낙은 꼭 신사 같은 복장을 차려 입은 채 식당에 앉아 있었다. 서은이 들어올 때 낙은 저도 모르게 일어나 입을 벌렸다.

"형. 서은이 꼭…, 털 잘 뽑아놓은 생닭 같다."

환이 풋, 웃음을 터뜨렸다. 예쁘고 곱다, 뽀얗고 매끄럽다, 는 표현을 두고, 보고 자란 것들에 예쁜 것이 없어 잘 다듬어 놓은 생닭이라니. 환이 낙의 뒤통수에 꿀밤을 먹였다. 낙이 뒤통수를 쓸며 형을 째려보았다.

"예쁘구나."

"오빠들도 훨씬 단정해졌어. 내가 본 두 사람의 모습 중 제일 멋지네."

"언제나 그랬지."

"낙이 오빠 씻고 나오면서 얼굴에 철판이라도 덧대었나 봐?"

"백서은!"

환이 또 한 번 낙에게 꿀밤을 먹였다. 이번에는 정수리였다. 낙이 식식거리다 낮에 보았던 하녀의 등장에 조용히 자리에 앉았다. 하녀가 먼저 문을 열고 들어와 벽에 붙어 서자 옷을 갈아입은 아오마츠 부인이 들어왔다. 환이 자리에서 먼저 일어났다. 그리고 부인에게 고개를 숙였다. 낙이 얼떨떨 일어서고, 등지고 있던 서은이 따라 일어섰다. 아오마츠 부인이 의외라는 듯 조카들을 바라보다 비어 있던 상석에 앉았다. 부인이 자리에 앉자 하녀가 따라와 의자를 넣어주었다. 부드러운 카펫이 의자에 쓸렸다.

"다들 씻고 나니 봐줄 만하구나."

아오마츠 부인이 손을 내밀자 하녀가 적신 수건으로 닦기 시작했다. 아오마츠 부인이 조카들에게 번갈아 눈짓했다. 서은이 눈치껏 쭈뼛쭈뼛 손을 내밀자 벽에 서 있던 하인들이 다가와 손을 닦았다. 어색했으나 부드러웠다. 물기가 닿은 손끝이 시렸다. 누군가가 벽난로에 불을 지폈다. 나무 타는 냄새가 향기를 품고 퍼졌다.

"이시다가 그러던데? 제국군으로 끌려가는 건 아니냐고, 서은이 네가 그렇게 무서워했다던가?"

아오마츠 부인이 와인잔의 목을 문지르며 물었다. 서은의 얼굴을 빤히 바라보는 눈동자에 피곤한 기색이라곤 없었다. 어쩐지 그 눈을 마주할 수 없어서, 서은은 괜히 치맛자락을 붙든 손가락만 꼼지락거렸다. 전에 입었던 옷보다 훨씬 부드럽고 부드러워서, 꼭 목단 꽃잎처럼 부드러워서 그 낯섦에 목소리가 기어들어갔다.

"제국군이라니. 무슨 상상을 해도…. 하긴, 때가 때니까. 그래도 그런 말은 하지 않는 게 좋을 거다. 그랬다간 너희 아비가 멀리서 가슴치고 울지도 모를 테니."

"고모님은 무엇을 하는 사람입니까?"

"그래도 혈육이라고, 쉬이도 고모라고 불러주는구나."

때마침 음식 트레이가 식당으로 들어왔다. 아오마츠 부인을 시작으로 휘황찬란한 음식들이 각자의 앞에 놓였다. 색색의 향이 배긴, 처음 보는 음식 앞에 남매 중 누구랄 거 없이 배곯았던 소리가 울렸다. 그 소리가 어찌나 쩌렁한지 문 옆에 서 있던 어린 하인들이 고개를 돌리고 웃지 않으려 입술을 꾹 깨물었다.

아오마츠 부인이 와인으로 가볍게 입술을 축이더니 나이프를 들었다. 남매들은 부인이 식사하는 모습을 어설프게 흉내 냈다. 부인이 고기를 썰면 고기를 썰었고, 와인을 들면 물잔을 들었고, 으깬 감자를 먹으면 으깬 감자를 먹었다. 눈치코치 봐가며 먹는 저녁이었지만 그 맛을 버릴 수 없었다. 혀뿌리까지 황홀해지는 맛이었다. 씹을수록 달큰하고 고소했다. 공장 옆에서 쪼그려 앉아 먹던 식은 밥덩어리, 버려진 고철이나 불량 총알을 주워 팔고 사 먹던 계란과는 비교조차 할 수 없었다.

"잘들 먹는구나. 나와 네 아비 이야기를 하려면 길어질 테니, 다 먹고 하자."

아버지의 이야기. 환은 으깬 감자를 먹다 말고 문득 죄책감이 들었다. 자식 셋 중 유일하게 아버지와 어머니의 시신을 제 손으로 묻었고, 술을 뿌렸고, 비석이랍시고 돌에 이름을 새겨 세웠지만 부모만 생각하면 명치가 아렸다.

가슴이 갑갑하고 후끈해서, 머리까지 징징 울렸다.

마지막 가시는 길에 아우들을 데려갔어야 했나. 그러나 곧 다시 고개를 저었다. 근방에 살던 삼백여 명의 사람 중 이백 명을 데려간 역병이었다. 역병으로 죽은 자 옆에 어린 아우들을 있게 할 수는 없었다. 그래서 흰 천을 눈 밑에 꽁꽁 묶고 혼자 해결한 임종이었다. 이제 와 후회할 일도 없고, 그럴 일도 아니었지만 때때로 죄책감이 무거워 가슴이 뜨거워지곤 했다.

저녁상을 치우더니 일본식 녹차와 양갱이 나왔다. 팥을 쑤고 그 위에 말린 밤을 얹어 만든 것인데, 말린 밤이 씹을수록 고소했다. 양갱이란 것을 처음 먹어보기도 했거니와, 이리 단지는 더더욱 알 수 없었다. 아까는 감칠맛에 죽을 것 같더니 이건 또 달아서, 그래서 행복에 겨워 죽을 지경이었다. 양갱을 잘라 입에 넣으며 낙이 넘실넘실 웃었다. 혀에 얹어 입천장에 문질러 으깨는 맛이 일품이다. 달고, 또 달았다.

낙이 양갱의 반을 먹어갈 무렵, 아오마츠 부인이 녹차로 입을 헹구더니 이야기를 꺼냈다.

나라가 망할 것을 다 알고 있으면서도 겉으로만 '아니다, 아니야' 하던 사람들이 넘쳐나던 때가 있었다. 내 아비이자 너희의 조부(祖父), 그러니까 백동익은 한성에서 가장 곧은 사람이었다. 그때 나는 어렸고 아름다웠다. 내 어미이자 너희의 조모(祖母)인 허순영은 늦은 나이에 너희 아비 백일광을 낳다 죽었다. 허무하게 죽었다. 늦은 나이에 죽은 어머니를 기리는 사람은 아무도 없었고, 다들 '딸 하나만 있던 집에 아들이 생겨 다행이네' 하는 말만 했다. 어렸던 너희들의 아비는 아무것도 알지 못했다.

나는 나이를 먹어가며 풍요로워지고, 너희들의 아비, 그러니까 일광이는 아버지의 성품을 그대로 닮아가기 시작했다. 틀린 것은 틀린 것이기에 조금도 용납하지 않는 성격. 내가 그 성격에 진저리냈던 것은, 허투루 똑똑했기 때문이었다. 네 아비는 똑똑하고 영리했으나 그 올곧음 때문에 많은 욕을 봤다. 기울던 나라가 폭삭 사라지고 외국인들이 종로를 걸어 다니고 일본인들이 총칼을 차고 다니는데도, 한성이 경성이 되었는데도, 네 아비는 죽어도 대한 독립 만세를 하겠다고 거리를 쏘다녔다. 누군지도 모를 사람들과 어울려 다니고, 지하에 숨어 뭔가를 꾸미고, 흔히 말하는 '독립 뭐시기'였다.

그때쯤, 나는 무엇을 했을 것 같으냐? 나는 결혼을 준비했다. 네 아버지 일광에겐 알리지 않았지. 일광이 알았더라면 나는 정말로 새벽에 목이 찔려 죽었을지도 몰랐으니까. 아버지가 돌아가신 후의 가난이 나는 지긋했다. 그래서 더욱 아름다워졌다. 아름다워지고 아름다워져서, 마침내 푸른 소나무 집에 산다는 늙은 일본인 백작이 나를 탐할 만큼.

늙은 일본인 백작은 늙은 일본인 백작 부인과 살고 있었는데, 백작 부인이 죽는 바람에 나는 둘째 부인이 됐다. 고맙고 고맙게도 두 사람 사이엔 핏줄이 없었다. 그렇다고 걱정하는 사람도 없었다. 젊고 아름다운 내가 두 번째 부인이 되었으니. 조선 계집인 나를 정실로 두어 어쩌냐고, 괜한 질투를 하는 사람들도 있었지만 상관없었다. 나는 아름다웠으니까.

어디더라. 그리고 얼마더라. 경성을 쏘다니며 '독립 뭐'를 한다고 바쁘던 일광은 아마, 아버지의 장례식 날 알았지, 내 결혼 소식을. 일광은 백작이 내게 건네주고 갔던 편지를 읽고는 고래고래 소리를 질렀다. 나를 죽이고 싶어 하던 그 눈빛을 잊을 수 없다. 그 아이의 눈빛은 뜨거웠지만 딱딱했다. 그래서 나는 더 차갑게 그 아이를 바라봤다. 내가 뭘 잘못했는데? 다정하게 초청하기도 했지. 너도 올 거지? 나의 물음에 일광은 아무 답도 하지 않았다. 내 멱살을 쥐고 있던 손을 떨어뜨리며 뛰어나갔을 뿐.

혼례를 위해 일찍부터 일어났었다. 아직 해도 뜨지 않을 시간에, 준비를 마치고 백작이 보낸 차에 올라타려는데 사람들이 비명을 질렀다. 담벼락이 온통 뜨듯한 소의 피로 젖어 있었다. 일광이 한 일이었다. 비리고 뜨거운 피를 손바닥 가득히 묻혀, 그 위에 붙어 있던 일광의 편지를 읽었다.

'절대로 나를 찾지 마라. 나는 너를 누이라고 여기지 않는다.'

그리고 지금까지 그렇게 살았다. 아우는 나를 찾지 않았고, 나는 찾았다. 아우가 아닌 아우의 자식들, 너희를 찾았다.

어째서.

환의 눈이 그렇게 묻고 있었다. 제 아비를 닮아서, 틀린 것이라고 여기는 것에는 질색하는 저 눈동자. 나는 저 눈이 싫다. 부인은 생각했다. 그러나 욕심을 내게 하는 데에는 또 저만한 눈이 없지. 환이 아오마츠 부인의 시선을 팽팽하게 당겼다.

"우리를 왜 찾으신 겁니까?"

"아."

아오마츠 부인이 이시다를 불러 귓속말을 했다. 이시다가 고개를 끄덕이며 주머니에서 짤랑거리는 열쇠 꾸러미를 찾았다. 그리고는 구석의 서랍장을 열어, 텅 비어 보이는 그 안에서 종이 몇 장을 가져와 부인에게 건넸다. 부인이 세심하게 종이를 살피더니 그것을 환의 앞에 밀었다.

"글을 읽을 줄 알겠지? 하나는 일본 글이고 하나는 조선 글이다. 편한 것으로 읽어라."

"조선 것이 편합니다."

"그럼 그리하든지."

환은 조선글로 쓰인 종이만 꺼내어 살폈다. 고급스러운 종이에 도장이며 서명, 실링까지 찍혀 있었다. 유언장. 아오마츠 부인이 자필로 눌러 쓴 유언장이었다. 여러 조항이 빼곡하게 적혀 있었다. 그 목록들만 읽어도 이 사람의 부가 어느 정도이겠구나, 유추할 수 있었다.

노인이 죽은 후에 처리할 일이 이렇게나 많군. 환이 잠시 멍하니 상상에 빠져들었다. 만일 자신에게도 유언장이라는 것을 적을 수 있을 만큼의 명예가 있다면, 나의 유언장은 과연 몇 장이나 나올 것인가. 한 장으로도 충분할 듯싶었다. 이렇게 얼마인지 가늠조차 어려운 재산 목록이 아니라, 구구절절한 인생 이야기일 수밖에 없는.

"다 읽었습니다."

"그렇다면 중간에 상속인 이름이 빈 것이 보이겠지?"

"예."

"그 자리에 나는 네 이름을 채워 넣고 싶구나."

말없이 듣던 낙이 놀라 명치를 주먹으로 퍽퍽 두드렸다. 양갱처럼 보드라운 음식도 가슴에 걸려 아픈 걸까. 환은 오히려 침착했다. 낙의 앞에 자신의 녹차를 밀어주었다. 환이 건넨 녹차를 단번에 마시고 나서야 낙이 진정했다. 아오마츠 부인이 눈을 흘겼다. 얌전하고 눈에 거슬릴 일 없는 형과 달리, 호들갑스럽고 정신 사나운 동생이 아까부터 신경을 곤두서게 했다. 환이 식탁 밑으로 손을 내려 낙의 왼손을 쥐고 꾹 눌렀다. 부인의 눈을 살피라는 무언의 압력이었다. 낙이 형의 손을 고쳐 잡으며 소리 없이 알겠다고 답했다.

"제 이름을 왜 넣고 싶으십니까?"

"이대로 내가 죽거든 모든 것이 허공에 떠돌게 될 테니까."

"허공에 떠돌면 무엇이 나쁩니까?"

"네 아비도 허공에 떠돌다 죽지 않았니."

"내 아버지는 허공에 떠돈 적 없습니다!"

"목소리 낮춰라."

아오마츠 부인이 우아하게 녹차를 마셨다. 허공에 떠도는 것이 무엇이 나쁘냐고. 한 번 더 악을 쓰고 싶었지만 환은 아비와 어미의 죽음을 뚜렷이 기억했다. 아비의 욕창을 제 손으로 닦을 때의 비참함과 쓰라림을 기억했다. 그래서 목소리를 낮췄다. 무엇보다도 맞은편에서 간절한 듯, 아련한 듯 복잡한 눈길로 자신을 쳐다보는 서은과, 옆자리에서 제 손을 꾹 누르는 낙의 아귀 힘이 느껴져 말을 이을 수 없었다.

"싫다면 지금 여기서 나가면 된다. 다시 그 공장 옆으로."

낙의 손이 이렇게도 거세게 자신을 조여온 적이 있었던가. 환은 옴짝달싹 못 하게 제 손을 잡은 낙의 손을 내려다 봤다. 잡힌 손목이 아리게 낙은 제가 낼 수 있는 최대한의 힘으로 환을 조이고 있었다. 입을 조이지 못하니 손목을 조이고 있었다.

환이 공장의 텁텁한 바람을 떠올렸다. 독극물 태운 연기를 마시는 듯 매캐하고 불쾌했다. 가만히 있어도 얼굴에 검댕이 그을리고, 폐부가 쪼그라들었다. 그 숨을 들이쉬며 깨어났던 아침, 애써 물리치며 잠들었던 밤. 다나카의 재촉과, 은실 어멈이 밥 같지도 않은 밥을 뭉친 덩어리를 나르던 소리.

그러나 이곳에서는 그 흔적조차 찾을 수 없었다. 독극물 태운 냄새는커녕 버터 냄새가 그윽하게 풍겼다. 다나카의 재촉 대신 우아한 음악이 흘러나왔다. 달콤한 냄새가 후각을 간지렸다. 제 몸에서, 낙의 몸에서, 서은의 몸에서. 사르르 소리를 내며 퍼지는 서은의 드레스가 보기 좋았고 깔끔하게 다듬은 낙의 머리도 좋았다.

환의 안에서 아버지가 진실로 죽는 순간은 그렇게 아무렇지 않고, 예상하지 못한 날에 다가왔다.

남겠습니다…, 환이 말했다.

푸른 소나무,
백송연: 희다

어머니가 죽었다. 비명은 듣지 못한 것으로 기억한다. 태어난 아기의 엉덩이를 두드려 울음소리를 내기도 바빴으니까. 산파가 아기를 씻기러 데리고 나올 때까지만 해도 어머니는 살아 있었던 것 같다. 그렇게 기억한다. 아직 젊은 숨이 헐떡거리거나 잦아들어가는 소리를 들은 것도 같았으니까.

어머니가 죽음의 문턱을 넘던 그때, 송연은 안방 기둥을 붙잡고 선 채 문틈 너머를 바라봤다. 문틈 너머는 딱 두 가지의 색깔뿐이었다. 해산을 돕던 사람들의 흰옷, 어머니의 흰 잠옷, 어머니가 누워 있던 흰 이불. 그리고 어머니가 흘리고 사람들의 옷에 묻어 있던 붉은 피. 희거나 붉거나.

송연은 그 장면을 딱 두 가지의 색으로 기억했다. 어머니가 죽었던 날의 기억은 온통 희고 붉었다. 얼룩덜룩했다.

숨이 붙어 있던 엄마.

엄마가 죽었다. 얼어 있던 송연이 겨우 용기를 내 문틈으로 발을 넣었을 때, 출혈이 멎지 않는 어머니의 하반신으로 바쁘게 오가던 사람들의 손이 멎었다. 사람들의 손이 멈추고 방 안으로 들어가려던 송연의 발도 멈췄다. 사람들이 서로의 눈을 마주하더니 고개를 저으며 두어 걸음 물러섰다. 천천히 벌어지는 사람들 틈으로 어머니가 보였다. 송연이 기억하는 마지막 어머니였다.

"엄마?"

방의 문턱을 겨우 넘어 엄마, 하고 불렀다. 입술이 떨리고 혀가 굳어 '엄마' 두 글자가 쉬이 나오지 않았다. 피로 가득한 이불보 위를 바라본 채 고개를 떨구던 사람들이 일제히 고개를 돌려 송연을 바라보았다. 사람들의 시선을 투명한 밧줄 삼아, 송연은 그 시선들을 천천히 쥐고 앞으로 걸었다. 숨이 멎은 엄마, 당신이 누워 있는 곳으로. 사람들은 송연이 발걸음마다 저들의 사이를 벌렸다. 송연은 그 벌어진 틈으로 어머니를 보기 위해 다가갔다.

"피가… 많이 났네요."

송연이 어머니 앞에 멈추어 서서 물었다. 누군가 네에… 하고 답했다. 살려내지 못한 이를 앞에 둔 의사는 고개를 들지 못했다. 의사를 제외한 사람들이 흘끗 고개를 돌려 어머니를 바라보는 송연의 옆모습을 바라보았다.

백가의 외동딸이 그렇게 아름답다더니, 소문이 사실이었구나. 죽은 이를 앞에 두고 사람들은 송연의 아름다움에 넋을 놓았다. 언제부턴가 경성 거리를 바쁘게 돌아다니던 소문, 백가의 외동딸이 무척이나 아름다워 누구나 탐을 낸다던 그 소문. 방 안의 사람들은 그 소문의 진실을 확인하는 동시에 한 가지의 사실을 더 알았다. 백송연의 아름다움은, 방금 막 죽은 제 어미를 쏙 빼닮았다.

그러나 이제 경성의 뭇 사람들은 그 사실까지는 영영 알지 못하게 되었다. 송연의 어머니는 방금 전 죽었으므로. 송연은 손을 뻗어 채 닦지 못한 피가 묻은 어머니의 종아리를 만졌다. 그 따뜻함이 아직 식지 않은 어머니의 체온인지, 제 동생이 세상에 나오며 같이 끌고나온 피의 온도인지 구분하지 못했다. 흰 손가락 끝에 피가 묻었다. 팔뚝에 소름이 돋았다. 송연은 손가락 끝에 묻은 피를 제 옷에 황급히 닦았다. 마찬가지로 순백색이었던 송연의 잠옷도 붉어졌다.

"엄마는… 죽었나요?"

"죄송합니다. 아가씨."

"아버지는요?"

"지금 말씀드리러 갔습니다."

"아기는요?"

"건강합니다. 산파가 씻기러 갔습니다."

나의 동생은 어머니의 목숨과 맞바꾸어 태어났구나. 송연은 허무하게 웃었다. 생각해보니 어머니가 죽고 동생이 태어나는 그 순간, 우는 이는 동생이라는 새 핏덩어리 하나뿐이었다. 그 작은 것이 어미를 위해 울었을 것이라는, 웃기지도 않는 생각은 할 수도 없었다. 제 탄생이 기묘해, 세상이 낯설어 우는 울음이었을 것이다. 그러므로 끝까지 죽은 어머니를 위한 울음은 없었다.

허무에 대고 웃었다. 그렇게 송연이 웃고 있는 동안 새로 태어나는 자식을 기다리던 송연의 아버지가 천천히 걸어 들어왔다. 아버지에게 표정은 없었다. 송연은 웃고, 아버지는 무표정했다. 누군가의 죽음을 앞두고 지을 표정들은 아니었다. 아버지가 조용히 다가와 사람들을 물렸다. 송연의 옆에 서 있던 사람들이 아버지의 뒤로 멀찍이 물러났다. 남편과 딸, 십수 년이 넘는 세월을 함께 살아온 사람들이 아마도 마지막으로 한 곳에 모였다.

"아버지. 엄마가요⋯."

"들었다."

아버지 당신의 얼굴. 그 표정에 한 번 일그러지는 기색이 없기에, 혹여라도 듣지 못했나 싶었다. 그래서 송연은 어머니의 죽음을 고했다. 그러나 아버지는 이미 알고 있었다. 알고도 눈 한 번 깜빡거리지 않은 채, 뜨지 않는 아내의 눈만 바라보고 있었다.

"아이를 가졌을 때부터 위험하다는 말을 들었다. 원래 몸이 약했으니까."

예감했다는 듯, 준비했다는 듯 아버지는 말했다. 그러나 원래 어머니의 몸이 약했다는 이유로 어머니와의 이별을 납득해야 하는 것은 아니다.

"어르신."

뒤에서 산파의 목소리가 들렸다. 산파의 품에 막 목욕을 마친 쪼글쪼글한 아기가 안겨 있었다. 눈물조차 흘리지 못하면서 우렁차게 울었던 울음은 어느새 그친, 붉게 젖은 것. 산파의 부름에도 아버지는 뒤를 돌아보지 않는다. 아직 시선은 죽은 어머니의 얼굴에 머물고 있다.

그러나 그 어린것이 또 한 번, 눈물도 나지 않는 가짜 울음을 울기 시작했을 때 아버지는 어머니를 떠났다. 아버지는 어머니에게서 시선을 뗐을 뿐 아니라 등마저 돌려 산파에게 다가갔다. 그리고는 그 품에서 아기를 건네어 받았다.

"아들이랬지?"

아버지가 물었다. 산파는 고개를 끄덕였다. 말로만 아들이라고 들었던 새 아이다. 아버지는 산파가 강보로 싸놓았던 것을 풀어보더니 기어이 당신의 눈으로 확인했다. 아버지가 낮은 소리로 말했다. 날 일자에 빛 광자를 써서 오늘의 빛이 되라고 부르자. 이 아이를 일광이라고 하자. 그리고는 강보를 대충 여미 다시 산파의 품에 안겼다.

어머니의 장례식은 축제 같았다. 모두가 검은 옷을 입고 치르는 축제. 담 안팎으로 경건하거나 엄숙한 공기는 찾아볼 수 없었다. 지랄맞게도 날이 좋았다. 송연은 조문객이라는 이름으로 모여드는 사람들을 맞이하며 허리를 숙이다 문득 하늘을 쳐다보았다. 어쩐지 등이 뜨겁다는 생각을 했다. 햇빛이 열렬히도 내리쬐는 뜨거운 날이었다. 정말로 햇빛(日光)만 남았다.

"상심이 크시겠습니다. 금슬이 오죽 좋았나요."

오는 사람마다 아버지와 나누는 인사, 가벼운 포옹이나 악수, 때로는 조아리는 머리. 그들은 어머니 앞에 향을 하나 꽂고는 눈치를 보다 슬며시 건넌방으로 사라졌다. 유모가 일광을 데리고 어르고 달래는 방이다. 맞는 상복도 없어 흰 강보를 둘둘 마는 것으로 대신한 작은 아기. 아기는 어미 대신 유모의 젖을 먹었다. 열 달이나 함께 지냈으나 정작 어미 품에 안긴 적이 없다. 일광은 자라고 자라도 어머니에 대해 아무것도 기억하지 못할 것이다. 제가 태어나던 그날 어미가 얼마나 많은 핏줄을 터뜨리고 죽었는지도.

네가 태어나고 얼마만큼 지났을까. 너는 대단히도 귀

해 태어나자마자 빛이라는 이름을 받았지. 그리고 엄마는 네가 태어나 이름을 받던 날, 대신 죽어 이름도 없이 성 씨만 달랑 남기고 땅에 묻혔다.

송연은 어머니의 관 뒤를 따르며 생각했다. 나중에 제 품에 안긴 이 어린 아기, 일광이 자라거든 꼭 그렇게 말해주겠다고.

송연이 조문객을 받다 말고 방긋거리는 아기를 바라봤다. 제 남동생, 아버지의 아들, 일광은 조문이라는 목적을 잃은 듯한 조문객들 틈에서 그들의 손가락을 쥐었다 놓기도 하고, 이도 없는 잇몸으로 웃기도 했다. 죽은 엄마는 없고 사랑받는 일광만 있었다. 엄마의 기일은 곧 남동생의 생일이었다.

일광은 모자랄 것 없이 자랐다. 어머니의 존재는 일광의 인생에 처음부터 없었으므로 부재는 애당초 공허한 개념이었다. 어머니가 없어도 일광을 좋아하는 이들은 많았다. 손이 귀한 집안에서 겨우 얻은 아들, 이라거나 총명한 학생, 같은 수식어가 일광의 앞에 붙었다. 그런 이유로 사람들은 일광을 몹시도 사랑했다. 일광의 생일에는 언제나 성대하게 잔치를 했다. 사람들이 모이고 음식이 구워졌다. 음악을 틀고 술을 따랐다. 어머니의 묘 앞에 향을 꽂아놓고 나오는 이는 송연이 유일했다. 다른 이들이 일광의 생일을 먼저 떠올리는 날, 송연은 엄마의 기일을 먼저 생각했다.

"누이, 할 말이 있는데."

일광이 조금 자랐을 때 아버지가 앓기 시작했다. 일광이 학교에 갔을 때, 일광이 숙제할 때, 가세가 기울어 학교를 그만둔 송연은 방에 남아 온종일 아버지가 헐떡거리는 숨소리를 들었다. 숨소리를 몇백 번까지 세고 나면 겨우 지날 수 있는 한 시간. 시계는 느릿하게 지났다. 일광이 학교에서 돌아올 때쯤에는 꾸벅꾸벅 졸고 있곤 했다.

그날도 그랬다. 아버지는 여전히 거친 숨을 뱉고 있었다. 누군가 폐부를 죄는 듯, 목구멍을 누르는 듯 통쾌하지 못한 숨이 끊길 듯 끊이지 않을 듯 이어진다. 송연은 뒤에서 들리는 일광의 목소리에 눈을 떴다. 며칠을 의자에 앉아 졸다 보니 어깨며 등이 뻐근하게 굳어갔다. 일광이 다가와 송연의 어깨를 주물렀다. 송연은 미간을 찡그리고 어깨 밑으로 일광의 손을 떨어뜨렸다. 일광의 손은 공중에서 헛헛하게 맴돌다가 학생복 주머니 속으로 들어갔다.

"잠깐 이야기 좀 합시다."

"그래."

"거실에서 하지요."

"곧 나갈 테니 먼저 나가 있어라."

일광이 고개를 끄덕였다. 송연이 자리에서 일어나 허

리를 돌리고 어깨를 돌렸다. 우두둑, 어딘가 부러지는 듯한 소리가 났다. 익숙한 소리였다. 아버지가 죽어가는 소리만큼, 일광이 학교를 오가는 소리만큼, 일광의 웃음소리만큼.

거실에 나가자 일광이 상석을 차지하고 앉아 있었다. 누구도 먼저 상석을 권하지 않았으나, 아버지가 쓰러져 누운 이후 집안 식구들이 거실에 모일 일이 생기면 자연스레 상석은 일광의 차지였다. 중년의 숙부, 노년의 백부를 앞에 세워놓고도 겨우 열세 살쯤의 일광이 상석에 앉는 일은 저택 안의 상식이었다. 송연은 소파 끄트머리 뒤에 서 있곤 했다.

송연은 상석을 차지하고 앉은 일광의 뒤통수를 쏘아보다 바로 그 밑 자리에 가 앉았다. 일광은 학교에서 받아온 듯한 책을 들고 읽다가 누이를 보자 책을 덮었다.

"아, 누이."

"학교에서 받아온 책?"

"요즘 친구들과 읽고 있어요."

송연은 일광이 테이블에 던진 책의 표지를 흘끗거렸다. 그러나 그 시선이 들키기 전에 거뒀다. 일광의 것을 탐내거나 부러워해봐야 돌아오는 것은 없었다. 어차피 전부 일광의 것이다.

일광은 한창 변성기를 지나는 걸걸한 목소리를 가다듬

었다. 그리고는 은밀하고 진중하게, 누이에게 손짓해 상체를 한껏 숙이고 말을 꺼냈다.

"오래 전부터 생각했던 일입니다만…, 누이는 어떻게 생각하는지 묻고 싶었습니다."

"무엇을?"

남동생과 이렇게 가까이 이야기를 하게 된 것은 처음이다. 어린애 티를 벗어나지 못한 목소리와 숨결이 울린다. 몇 번이나 가다듬은, 오래된 이야기인 듯 입김이 덥다. 불쾌한 느낌에 송연이 얼굴을 찌푸렸다. 송연이 묻자 일광은 기다렸다는 듯 곧장 답했다.

"아버지의 유산을 독립 자금으로 넘겨줍시다."

일광이 그렇게 말하며 송연의 양손을 쥐었다. 어느새 송연의 손만큼 자란 어린 손이다. 뜨뜻하고 축축한 것이 그 입김만큼이나, 걸걸한 변성기의 목소리만큼이나, 그리고 막 쏟아낸 그 이야기만큼이나 기분이 나빴다. 송연은 어이가 없어 웃지도 화내지도 못하고 얼떨떨한 표정으로 아무말 못했다. 그러나 제 손이 일광에서 쥐어져 있는 것만은 싫었다. 송연은 손에 힘을 주어 일광의 손에서 제 손을 빼내고 허벅지에 닦아냈다.

빠져나간 누이의 손을 보는 일광의 시선이 흔들렸다. 누이는 아직 아무 답도 주지 않았으나 명백히 거절하고 있다. 누이의 얼굴은 속에서 올라온 쓸개즙이라도 머금은 듯 쓰고, 사라진 누이의 손은 다시는 일광을 잡아주지 않을 것이다. 누이의 시선은 점차 당황스러움을 벗고 경멸을 입어갔다. 송연의 눈이 무언 중에 유일하게 그의 의지를 답하고 있었다.

송연이 오랜 세월을 거슬러 밟았다. 그 기억의 출발은 일광의 태초이자 어머니의 죽음이었다. 송연이 아마 지금 일광의 나이쯤 됐을 때 엄마가 죽었다. 엄마는 죽었고 일광은 살았다. 엄마는 잊혔지만 일광은 축복받았다. 일광은 점점 자랐지만, 송연은 점점 줄었다. 그리고 지금 일광은 겨우 열셋, 꼭 송연이 일광의 누이가 되었던 나이가 되어 저택의 모든 것을 넘겨주려 하고 있었다. 확신도 정답도 가능성조차 보이지 않는 것에 대고. 어쩌면 잊힐지도 모르는 것에 대고.

"순진하게 미친 새끼."

송연은 한 마디를 남기고 자리에서 일어나 제 방으로 올라갔다.

다음 날도 일광은 학교에 갔다. 늘 그랬듯 아침을 든든히 먹어 부른 배와 단정한 옷차림으로. 그러나 송연은 늘 그랬듯 아버지가 누워 있는 안방으로 들어가 의자에 앉지 않았다. 당연한 일상. 일광이 학교에 가면 안방으로 향하는 일상. 송연은 그날 그 일상을 반복하지 않았다.

대신 송연은 아침 일찍 일어나 일광보다 먼저 준비를 마쳤다. 쉽게 거르던 밥을 먹고, 향료를 풀어 목욕하고, 진하게 화장한 뒤 거리로 나섰다. 한동안 만나지 못했던 친구들을 카페에서 만났다. 오랜만에 보는 얼굴들이 화사하고 밝았다. 케이크를 중간에 두고 모여 앉은 이들 중 가장 진하게 화장을 한 이는 송연이었지만, 가장 칙칙한 이도 송연이었다. 번질거리는 카페의 은색 쟁반 위로 비치는 제 얼굴이 꼴 보기 싫어 송연은 남은 케이크를 으깨 쟁반을 덮었다.

"아, 지난번에 말했던 아오마츠 백작의 파티 말이야."

"응."

"부인이 그렇게 아픈데도 그냥 벌이려는 생각인 듯하더라. 오늘 백작이 호텔 주방에 가서 요리사들을 몇 명 불렀다는데?"

"부인이 아프다는데도?"

모여 앉았던 몇 명이 끌끌 혀를 찼다. 송연은 아무것도 알지 못했다. 파티도, 호텔도, 그리고 아오마츠 백작도. 그들이 만나 이런저런 이야기를 나눌 동안 송연은 아버지의 죽어가는 숨소리만 듣고 있었다.

송연은 문득 집에 혼자 있을 아버지를 떠올렸다. 나온지 한 시간이 되었으니 아버지는 아마 숨을 몇백 번 정도쉬었겠군. 그 숨소리는 여전히 텁텁하고 답답하겠지. 송연은 점점 빠져가는 아버지의 볼살이나 뜨지 못하는 아버지의 눈을 떠올리다 생각을 접었다.

"내가 너희들을 만난 지 오래서 그러는데, 파티라니 무슨 소리야?"

"아차…. 송연이 너는 모를 수도 있겠다. 이번에 내지에서 아오마츠라고, 늙은 백작이 왔어. 그래서 경성에 부임한 기념 파티를 연댔는데, 똑같이 늙은 아오마츠 부인은 바다를 건너오면서 고생을 했는지 병을 얻어 죽어가고 있거든. 그런데도 개의치 않고 백작이 곧 파티를 연다네…."

"그렇구나."

"아마도 경성에서 제일가는 파티가 될 거야. 워낙에 부유하고 든든한 집안의 파티니까."

경성에서 제일가는, 부유하고 든든한….

커피를 홀짝이던 송연은 그 늙었다는 아오마츠 백작을 상상했다. 주름진 얼굴에 꼿꼿하지 못한 허리. 그러나 가슴에 달려 있을 제국의 훈장들과 거대한 저택. 훈장은 바래지 않고 저택은 무너지지 않을 것이다. 송연은 마시던 커피잔을 내려놓고 입가에 묻은 커피를 핥았다.

"파티가 언제라니?"

"내일 저녁."

"너희는 가니?"

"남편도 간다니 나도 아마 갈 것 같아."

"그럼 나도 가야겠다, 얘들아."

혀끝에 닿는 커피의 맛이 설탕 한 꼬집을 섞지 않고도 달다.

학교에서 돌아와 안방에 들어온 일광이 비어 있는 송연의 의자를 보고는 송연의 방문을 열었다. 송연은 침대위에 새로 산 옷들을 펼쳐놓은 채, 화장대 앞에 앉아 새 화장품과 향수를 발라보던 중이었다. 거울 위로 문턱에 선일광의 모습이 보였다.

"누이, 무얼 한다고 이렇게 분주해요?"

송연은 바르던 루주를 마저 바르고는 양 입술을 문질렀다. 화려한 생김에 어울리는 화려한 색이었다. 진하고 강했다. 송연은 만족한 듯 웃으며 답했다.

"파티 준비."

"파티요?"

일광이 인상을 찌푸렸다. 어제의 이야기도, 아버지의 생사도 모든 것이 불확실하고 아슬아슬한 시점에 파티라니? 일광의 얼굴이 송연을 꾸짖는 듯했다. 그러나 송연은 그 얼굴에 대고 피식 웃음을 지었다. 순진하고 열정적인 미친 놈. 하나뿐인 동생은 제 잘못은 모르고 남 잘못에는 깐깐하고 고집스럽다.

아니, 애당초 파티에 가는 것을 잘못이라고 할 수 있

나. 일광은 대답도 변명도 없는 누이를 한참 쏘아보다 제가 먼저 지쳐 돌아갔다. 송연은 내일 파티에서 입을 옷을 골랐다. 그리고 안방에는 한 번도 내려가 보지 않은 채 잠이 들었다. 아버지의 숨소리를 세는 것도 잊었다. 망각은 순간이다.

일광은 다음 날 학교를 쉬었다. 일어나 아침을 먹고는 안방으로 들어갔다. 송연은 안방으로 가지 않았다. 깨끗하게 씻고 화장대에 앉았다. 태어나 가장 공을 들여 화장했다. 바꾼 향수를 옷에 뿌려 은은하게 흘렸다. 화려한 생김을 화려하지 못한 곳에서 숨기고 살아왔다. 눈매는 더 날카롭게, 입술은 더 붉게. 색을 입힐수록 송연이 살아났다.

귀걸이와 목걸이를 새로 달며 송연은 죽어간다는 아오마츠 부인을 생각했다. 그러나 특별할 것 없이 형식뿐인 동정은 거추장스러웠다. 그러니 감히 동정하지 말아야지. 어머니의 장례식날, 조문 왔던 이들도 그런 이유로 어머니를 동정하지 않았겠지.

기일과 생일이 같다. 죽어가는 것과 살아나는 것은 언제나 동시에 존재한다. 지금껏 살아나거나 커지는 것 옆에서 죽어가거나 작아져만 가던 송연이다. 그러니 이번에는 살아날 차례라고 여겨도 괜찮겠지. 송연은 화장대에서 일어나 구두를 신으며 동정을 지우기로 했다. 모든 장례식은 누군가의 세례식이다. 어머니의 장례식에서 배웠던 사실이다.

백작의 저택은 컸다. 푸를 청(靑), 소나무 송(松). 두 글자를 합쳐 읽으면 아오마츠(靑松). 이름을 닮은 저택이다. 들어서는 순간 정원에 빼곡한 푸른 소나무들. 촘촘한 잎들이 바늘처럼 우뚝하게 서서 손님들을 맞이했다.

송연이 친구 부부와 함께 차에서 내리자마자, 파티 장소에 모여 있던 모든 이들의 시선이 송연에게 꽂혔다. 바늘처럼 돋은 소나무 잎들과 그 잎들을 흉내 내는 듯한 시선들이 오소소 송연에게 박혔다. 그러나 송연은 그 어떤 따끔함도 느끼지 못했다. 아름다운 것은 주목받기 마련이다. 송연은 아름다웠으므로. 화려하여 눈에 띄었으며, 젊고 향긋하고 완벽했으므로. 송연이 파티에 동참하기 위해 친구 부부의 차에 올랐을 때, 자신을 쳐다보던 친구 남편의 시선에 이미 예감했던 바다.

아름다운 송연은 모두의 시선을 받게 될 것이다. 그리고⋯.

"어서 와요."

지금, 송연의 손등에 가볍게 입을 맞추는 이 늙은 백작의 시선까지.

송연이 집에 돌아왔을 때, 불이 켜져 있는 곳은 아버지가 계신 안방뿐이었다. 물을 마시러 부엌으로 향하며 흘끗

둘러본 안방에서 일광은 의자에 앉아 꾸벅꾸벅 졸고 있었다. 송연이 잔을 뒤집어 물을 따랐다. 그 소리에 선잠에 들었던 일광이 의자에서 일어났다.

"누이."

허리가 뻐근하고 온몸이 무겁다. 잠에서 깼음에도 불쾌한 느낌이다. 일광은 일어나자마자 허리와 어깨를 돌렸다. 으드득, 어딘가 부러지는 듯한 소리가 났다. 물을 마시던 송연이 피식 웃었다. 익숙한 소리다. 피곤함에 절은 몸의 아우성. 일광에게서 그 소리를 듣게 되는 날이 오리라곤 생각하지 못했다.

"이제야 왔습니까?"

일광의 얼굴에 그늘이 져 있었다. 여태껏 한 번도 겪어본 적 없는 지루함이었을 것이다. 송연이 매일같이 지키던 자리에 일광은 앉아본 적이 없었다. 일광이 송연에게 다가오다 말고 흠칫했다. 오가는 쟁반 위의 술잔을 한 잔 거절 없이 모두 가져다 마신 밤이었다. 태어나 가장 화려하게 꾸미고 호탕하게 웃은 파티였다. 송연에게서 술과 담배, 그리고 갖가지 향수들이 한데 섞인 냄새가 났다.

"늦었네요."

"지루하지?"

"뭐가요?"

"하루 종일 죽어가는 사람 옆에서 바라만 보고 있는 거.

내가 나가서 사람들을 만나고, 햇빛과 달빛을 쬐고, 맛있는 것을 먹고 마시는 동안 죽어가는 사람의 숨소리를 헤아리는 일."

아버지를 '죽어가는 사람'이라고 하는 송연의 말에 일광은 아랫입술을 깨물었다. 아직 아버지는 살아 있다. 그러나 송연의 물음을 부정할 수는 없다. 그토록 정확하게 사실만을 말하는 문장도 드물다. 아버지는 분명 죽어가고 있다. 그리고 아버지의 숨소리를 빼면 남아 있는 것은 정적뿐인 방 안에서 일광이 할 수 있었던 것 역시 그 숨소리를 하나, 둘 세는 일뿐이었다.

졸기 직전에 송연이 무엇을 하고 있을지 생각했다. 파티를 즐기고 있겠지. 어떤 파티일까. 누구의 파티일까. 그런 생각을 하다 아버지의 숨소리를 잊고 깜빡 졸았다. 하루를 그렇게 보냈다. 그렇게 미칠 것 같은 지루함은 처음이었다. 송연은 매일을 이렇게 보냈을 거라는 생각에 미치자 두 가지 감정이 동시에 일었다. 누이에 대한 연민, 그리고 남은 하나는, 내가 아니어서 다행이다.

송연은 고개를 꺾은 채 서 있는 일광을 바라보았다. 그의 입술에 지루함, 분노, 안도, 질투 같은 것들이 한데 섞여 있을 것이다. 송연은 그 사실을 잘 알았다. 자극적인 감정들만 끌어 모아 일광을 자극했다.

"내가 오늘 어떤 파티에 다녀온 줄 알아?"

"내가 알 리가 없지요."

"경성에서 제일 큰 집, 아주 높고 넓고… 화려한 집. 늙은 백작과 더 늙어 죽기만을 바라보는 부인이 사는 집. 아오마츠 백작의 파티에 다녀왔단다."

아오마츠라는 말에 일광이 고개를 들었다. 백작의 이름은 익히 들어 알고 있었다. 그의 부와 명예와 권력이 모두 조선 사람들의 고혈에서 나왔다는 사실도 알고 있다. 그는 죽어가는 이들의 처절함을 양분 삼아 저택 빼곡하게 소나무를 심었다. 학교를 오가며 보았던 그 거대한 소나무 저택. 소나무 그림자에 가려 햇빛은 한 줌 들까, 싶었던 음산한 기운.

일광의 양쪽 팔에 소름이 끼쳤다. 누이의 냄새는 모두 그곳에서 묻히고 돌아온 것이다. 일광이 코를 막았다. 지독한 냄새가 견딜 수 없었다. 피비린내이기도 하고 시체 썩는 냄새이기도 했다. 누이의 향기 속에 그것들이 스며 있었다.

송연은 그런 일광을 바라보며 벽장에서 와인 한 병을 꺼냈다. 그리고는 빈 잔을 들고 그대로 방으로 올라갔다. 방문을 열려는데 아직도 부엌에 선 일광이 누이, 하고 부르는 것도 같았다. 또 무슨 이야기를 할까. 젊은이들 패기로 몰려다니는 독립운동 어쩌고에 재산을 다 털어주자는 이야기? 아니면 늙은 백작의 집에는 무슨 이유로 다녀왔느냐는 이야기? 무슨 말을 꺼내든 송연의 답은 모두 정해져 있었다.

이제 재산은 어찌 되든 상관없었다. 기울어져 가는 이 집에서 벗어날 출구를 오늘 구한 셈이니. 나는 분명히 아오마츠 부인이 될 것이다.

송연이 문을 닫았다. 누이, 하고 부르던 일광의 목소리가 끊겼다.

그리고 이 주가 지나 늙은 백작 부인이 죽었다. 조선 왕조 마지막 황제가 죽었을 때 이랬을까 싶은 행렬들이 조문을 위해 저택으로 들었다. 송연은 백작 부인의 죽음을 들었으나 조문을 가지는 않았다. 그날 아버지의 옆에 앉아 있어야 했기 때문이었다. 일광이 다시 학교에 가고 송연이 다시 안방에 앉았다. 송연은 아오마츠 백작 부인의 죽음을 생각하며 지루함을 견뎠다.

그리고 또 한 주가 지나 아버지가 죽었다. 아버지는 일광이 학교에서 돌아오기 직전 숨을 멈췄다. 어머니의 시신을 수습했던 그 의사가 다시 찾아 아버지의 가슴을 누르거나 약을 썼지만, 아버지는 다시 숨을 쉬지 않았다. 그래도 아버지는 어머니와 다르게 피에 젖은 채 죽진 않았다. 송연은 멀찍이 떨어져 아버지의 침대를 바라보다 돌아섰다.

현관에서 일광이 뛰어들었다. 가방을 아무 데나 내던

진 채 안방으로 달려온 일광이 아버지의 시신 앞에 쪼그
려 앉아 통곡했다. 아버지, 하고 읊조리거나 아버지! 하
고 외쳤다. 죽은 아버지의 귀에 그 소리가 들릴 리 없다.

일광은 죽은 자의 세계를 찢고 들어가기라도 하려는
듯 계속 외쳐댔지만 제 목만 점점 쉬어갈 뿐이었다. 저승
을 찢어내기는커녕, 제 목구멍만 찢어대는 일광의 소리에
송연은 가만히 귀를 막고 안방을 나왔다. 그리고는 서둘
러 아버지의 장례를 준비했다.

"송연아…."

다음 날 아침 일찍 가까운 친인척들과 친구들이 찾아
왔다. 송연의 친구들이 빈소 뒷방에 모여 이야기를 나누는
동안, 일광의 친구들일 까까머리 중학생들도 어색한 얼굴
로 걸어 들어왔다. 어색인지 침울인지 몰라도 아직도 어리
기만 한 얼굴들에 어쨌든 어울리지 않았다.

송연은 친구들의 이야기를 듣다 말고 흘끗 그들을 쳐
다보았다. 일광을 닮은 듯 퍽 비슷한 구석이 있었다. 저 또
래 남자아이들은 다 비슷하게 생겨 보이기도 했다. 일광은
송연처럼, 제 친구들과 모여 조용히 이야기를 나눴다. 중
학생들은 둥글게 앉아 쓰고 있던 모자를 벗었다.

나름의 고요함이 깨진 것은 한 명의 등장 후였다. 열어
놓은 대문 앞에 자동차 한 대가 멈추어 섰다. 자동차 시동
이 꺼지는 소리에 송연을 비롯한 집 안의 모든 사람이 대

문으로 시선을 돌렸다. 운전기사가 내려 문을 열어주고 그 열린 문 너머로 늙은 백작이 내렸다. 백작이 지팡이를 짚고 천천히 대문을 넘었다. 친구들과 뭉쳐 있던 송연이 다급하게 뛰어 내려왔다. 신발도 신지 않은 채였다.

"백작님!"

어리둥절하던 사람들이 다급히 엎드리거나, 허리를 숙여 백작 앞에 조아렸다. 고개를 빳빳하게 들고 있는 것은 백작의 손을 잡고 있는 송연이나 일광을 둘러싼 중학생 무리뿐이었다.

송연은 장갑 낀 백작의 손을 잡고 흐느꼈다. 늙고 힘없는 백작의 손이 세상 최후의 기둥이라도 되는 양, 그 손을 볼에 대고 서러운 듯 울었다. 신생아가 우는 것 같은 모양새였다. 소리만 요란하지 눈물은 나오지 않는, 그런 마른 울음. 백작은 송연에게 한 손을 붙잡힌 채, 한 손으로는 송연의 머리를 쓰다듬었다.

사람들이 모두 그 광경을 목격했다. 육십여 년을 함께 산 아내를 잃은 지 딱 삼 주, 그리고 아버지를 잃은 지 하루. 손은 두 사람만 붙잡고 있는데 죽은 아오마츠 부인과 송연의 아버지까지, 순식간에 네 사람의 세월이 허망해졌다.

세월이나 정 따위는 아름다움 앞에서 참으로 부질없는 것. 송연은 그리 생각하며 백작의 손을 더 꼭 쥐었다.

"누이, 이게 뭡니까?"

백작이 조문을 마치고 가자 일광이 송연의 팔을 붙잡아 뒷방으로 끌었다. 사람들이 백작과 송연 사이에 대해 수군거리는 동안 일광이 윽박질렀다. 아버지의 장례에 백작이 들렀다는 사실이 씻을 수 없는 치욕인 듯, 송연이 백작의 손에 얼굴을 문지르며 흐느낀 것이 세상천지에 허용할 수 없는 끔찍함인 듯.

송연은 거울을 보며 뺨을 톡톡 두드렸다. 흐르지도 않은 눈물 자국을 지우려는 듯 흰 뺨 위에 분을 올렸다.

"뭐긴 뭐야? 너도 알지 않아? 그렇게 경성 거리를 자유롭게 쏘다니는데, 아오마츠 백작을 모르면서 경성 사람이라고 할 수 있나?"

"내가 지금 그걸 묻는 것이 아니지 않습니까!"

"그럼 뭘?"

송연은 주머니에서 편지를 꺼냈다. 밀랍 인장이 뜯어진 고급 편지 봉투였다. 아오마츠 가문의 인장이 또렷하게 찍혀 있었다. 송연은 두 손가락에 편지 봉투를 끼워 일광에게 내밀었다. 일광이 낚아채듯 그것을 가져갔다.

"읽어봐."

일광이 뜯어진 틈으로 거칠게 편지를 빼냈다. 아오마츠 백작의 필체다.

내달(來月) 안으로 식을 올립시다.

장례가 끝나는 대로 저택으로 들어오시오.

그것이 전부였다. 살 만큼 살았다는 것이겠지. 잃을 것
은 목숨뿐이니, 얻을 것밖에는 남아 있지 않은 사람이 바
로 아오마츠 백작이다. 늙은 아내의 죽음이 얼마나 지났다
고 젊은 새 아내를 들일까, 하는 사람들의 시선 따위는 두
렵지 않은 것이다. 일광이 편지를 구겨 던졌다. 일광의 눈
빛이 누이의 목을 물어뜯을 것처럼 날카롭게 갈려 있었다.

"독선적이고 파렴치한 그 백작이 누이더러 이러랍니
까? 당연히 거절했지요, 누이?"

일광도 그의 누이가 거절하지 않았음을 지레짐작하고
있었다. 어쩌면 속으로는, 이 판 모두를 그의 아름다운 누
이가 짰을지도 모른다는 생각도 했다. 그러나 인정하기 두
려울 뿐이었다. 일광의 물음은 사실, 질문인 척 억지였다.
어서 나의 말을 부정하라는.

그러나 송연은 고개를 저었다. 그리곤 일광이 구겨 던
진 편지를 주워 정성스레 펼치며 말했다.

"다음 달 안으로 결혼식을 올릴 거야. 너도 올 거지?"

송연이 싱긋 웃었다. 일광이 편지를 내던지며 누이의
멱살을 잡았다. 바람이 불고 살짝 열린 틈으로 향내가 스
며들었다. 무기력한 일광의 손이 툭 떨어졌다. 일광이 편

지를 주울 생각이 없이 방을 나섰다. 송연은 따라가지 않았다.

아버지를 땅에 묻자마자 송연이 짐을 쌌다. 송연이 짐을 싸는 동안 일광은 집에 들어오지 않았다. 상주의 복장 그대로 어딘가를 쏘다니고 있는지도 몰랐다. 그러나 송연에게 그런 것 따위는 신경 쓸 거리가 되지 않았다. 송연은 간소하게 짐을 꾸렸다. 짐이라기도 부르기 애매한 것들은 망설이지 않고 버렸다. 어차피 저택에 들어가면 이보다 훨씬 좋은 것들로, 모두 새것으로 가지게 될 것이다. 구질구질하게 헌 것은 모두 두고 가기로 정했다.

그래도 마지막 인사는 한번 해줄까. 송연은 백작이 데리러 오기로 한 시간을 생각하며 벽시계를 쳐다보았다. 백작의 자동차가 도착하기 전까지 일광이 돌아오지 않는다면, 평생 일광을 보게 되는 일은 없으리라는 확신이 들었다. 송연은 짐 가방을 마당에 둔 채, 그 위에 앉아 발을 동동거렸다. 지금까지와는 색다른 지루함이었다. 지루함이라고 부르는 것이 맞을지조차 헷갈리는 묘한 두근거림이었다.

송연이 대문과 시계를 번갈아 바라보았다. 그렇게 오랜 시간이 지나, 마침내 일광의 발소리보다 백작의 자동차 소리가 먼저 들렸다. 송연은 한숨을 쉬었다. 고집스럽기는⋯. 자리에서 일어난 송연이 짐 가방을 들고 대문을

열었다. 딱 맞추어 백작의 자동차가 멈추어 섰다. 운전기
사가 송연의 짐을 먼저 실었다. 그리고 송연이 자동차에
올라타려는 순간,

철퍽.

무언가 쏟아지는 소리가 났다. 거리를 지나던 사람들
이 비명을 질렀다. 운전기사와 송연이 동시에 소리 나는
쪽을 바라보았다. 소년의 형체가 담을 돌아 급하게 사라
지고 있었다.

집 담장 전체가 붉은 피로 덮였다. 이 만큼의 피를 구
하려면 어디서 소라도 한 마리 잡아야 했을 것이다. 피비
린내가 흩어지고, 적당히 미지근한지 김이 서렸다. 운전기
사가 인상을 찡그리며 송연을 급히 태우려고 했으나 송연
은 차에 올렸던 발 하나를 뺐다. 그리고는 담장으로 다가
가 손바닥으로 피를 문질렀다. 손바닥이 뜨뜻했다.

담장 중앙에는 아마도 소년, 일광이 남겨놓고 갔을 편
지가 붙어 있었다. 밥알을 뭉개 만든 풀 같은 것으로 붙
어 있는 종이였다. 송연은 귀퉁이가 피에 젖은 편지를 떼
어 읽었다.

나는 너를 누이라고 여기지 않는다.

일광의 곧은 필체로, 편지에는 그렇게 적혀 있었다. 송

연은 편지를 쥐고 어떻게 할까 잠시 고민하다 그대로 피에 젖은 담장에 붙여버렸다. 귀퉁이만 붉게 젖었던 것이 이젠 아주 빨갛게 젖어 어떤 글자도 알아볼 수 없게 되었다.

지금까지는 나를 누이라고 여겼단 말이니?

송연은 편지가 푹 절어 찢어지는 것을 보고는 그대로 뒤로 돌아섰다. 그리곤 한 번의 망설임도 없이 백작의 차에 올라 저택으로 떠났다. 새로운 아오마츠 부인의 탄생이었다.

2장

———

왕
후
장
상

王
侯
將
相

악惡, 착着

1등 칸 기차에 올랐다. 기차라는 것을 처음 타봤으니 1등 칸이야 말할 나위 없었다. 기차 안에도 방이 나뉘어 있었는데, 아오마츠 부인과 남매들이 쓰는 방은 달랐다. 아오마츠 부인이 쓰는 방 맞은편이 남매들의 방이었다. 테이블 위에는 재떨이와 담배가 놓여져 있었다. 낙이 흥미로운 눈치로 자꾸 담배를 만지작거렸다. 환이 낙의 손등을 맵게 내리쳤다. 떨어진 담배가 굴러 의자 밑으로 들어갔다. 낙은 억울하다는 얼굴로 환을 쏘아보았다.

"그 공장의 연기가 싫다고 고모님을 따라나선 건데, 담배를 태우겠다고?"

"그냥 궁금해서 만져본 거야."

"궁금해하지 마."

낡은 아픈 손등을 문지르다가 주머니에 구겨 넣었다. 그리고 털털 소리를 내며 굴러가는 기차 밖의 풍경을 바라봤다. 흔들거리는 불빛으로 멀어지는 기차역, 선명한 원산. 그 어딘가에 묻은 아버지, 어머니. 초가집이 불탄 자리에는 여전히 잿더미가 남아 있을까. 다나카의 오동나무 몽둥이와 은실 어멈의 돌 섞인 밥 덩어리. 공장 구석에서 매 맞고 울던 어린 사내아이와 그의 등 굽은 늙은 할머니. 모든 익숙했던 회색 풍경들. 그 모든 것을 뒤로하고 남매들은 죽은 아오마츠 백작이 지은 푸른 소나무의 저택으로 향했다.

규칙 하나. 어떤 일을 해도 좋다. 단, 부인의 눈에 거슬리지 말 것.

지나치게 간단했다. 그러나 '눈에 거슬린다'는 것의 정의는 지나치게 모호했다. 하나의 문항으로 끝나는 저택의 규칙을 말해주면서, 이시다는 별 설명이 없었다. 고모님이 원산에서 머무시던 저택은 무엇이었냐는 나의 물음에 별장이라고 답했을 뿐이다.

남매는 새삼스럽게 아오마츠 부인이 가진 부의 크기를 실감했다. 그러나 실감한다는 것은 존재하는 것을 아는 것에 불과했다. 그래서 실감하지 못하는 것이 더 두려운 법이었다. 부인은 눈에 보이지 않는 것까지 쥐고 있었다. 그래서 무서운 사람이었다.

어느 날 식사를 하며, 아오마츠 부인은 환에게 경성제
대에 입학하게 해주겠노라고 말했다. 고기를 씹듯, 아무일
도 아닌 듯 그렇게 말을 했다. '경성제대에 입학해라'가 아
니라, 입학하게 해주겠다. 확신에 찬 그 말이 환에겐 사뭇
무거웠다. 나라면 너를 제대에 입학시켜줄 수 있다, 는 확
신. 그 묵직함을 마주하노라면 환은 과연 이 사람과 내가
정말 한 핏줄이 맞기는 할까 싶었다. 평생 어디에도 붙어
있지 못하고 원산을 떠돌며 살았던 가벼움이 뒤로 숨었다.

"환이는 제대에 가고…, 졸업만 무사히 한다면 일본으
로 유학도 보내주마. 낙이는…."

아오마츠 부인은 고기를 한 점 더 물었다. 생각과 함
께 질겅질겅 씹더니, 곧 말했다. 너는 연전에 가라. 낙은
일단 고개를 끄덕였다. 형처럼 제대에 가고 싶어요, 라고
하려다 입을 닫았다. 스스로 생각해도 제대는 너무나 높
은 벽이었다. 형처럼 똑똑하지 않았고, 형처럼 기개가 크
지 않았으니 안 될 일이었다. 제대는 일본과 친한 사람들
이, 그리고 그들의 자식들이 날고 긴다는 머리와 돈줄로
모여드는 곳이었다. 그 사이에서 우러나올 진한 열등감을
견딜 자신이 없었다. 연전이라고 똑똑하지 않은 이들이
다니는 것은 아니었다. 영리하고 세심한 이들이 많이 다녔

으나, 제대보다는 그 무게가 덜했다. 그래서 낙도 고개를 끄덕였다.

서은은 오라버니들의 미래가 앉은 자리에서 뚝딱뚝딱 정해지는 것을 보며 가슴이 부풀어 올랐다. 작은 가슴이 쿵쿵 뛰어, 그 소리가 요란스러웠다. 가슴에 손을 얹고 가만히 귀를 기울였다. 심장의 북소리가 이화로도 가고, 숙명, 진명으로도 갔다. 어디라도 좋아. 배울 수 있다면…. 환 오라버니의 입을 통해서만 듣던 글을 내 눈으로 읽고 내 입으로 소리 낼 수 있다면.

그러나 아오마츠 고모의 식사는 거기서 끝이 났다. 덧붙이는 말도 없었다. 그냥 환은 조만간 제대에 갈 것이고, 낙은 연전에 갈 것이다. 무슨 일이 일어나도 형제는 아오마츠 부인에게 순종하면 그만이었다. 서은은 이시다의 부축을 받아 도도하게 식당을 나서는 고모를 쳐다보았다.

당장이라도 '깜빡했다'며 능청스레 돌아와 서은이는 무엇을 어떻게 하자, 라고 말할 것 같은 뒷모습. 아니, 그렇게 여기고 싶은 뒷모습. 슬프게도 고모는 지금까지 무엇을 잊은 적이 없는 철두철미한 사람이었다. 짧다면 짧은 동안 지켜봐 온 바에 의하면 그랬다. 서은은, 아무것도 하지 못하게 된 것이다.

고모가 말을 꺼낸 다음날부터 당장 선생들이 집안을 드나들었다. 선생들은 환이나 낙과 반나절 이상을 함께 보냈다. 그들은 일본말과 조선말을 함께 했는데, 조선말이 더 서툴렀다. 내지(內地)에서 공부했다고 했다. 경성제대도 아닌 동경제대를 나왔다고 했다. 꽤 뿌듯해 보이는 얼굴에 대고 박수를 쳤지만, 환의 얼굴은 떫었다. 낙의 얼굴은 기이했다.

일본어를 중점적으로 먼저 익혔고, 영어나 불어도 배웠다. 수학도 배웠다. 생물 비슷한 것도 배웠다. 어느 날 환이 이것은 무엇을 위해 배우느냐고 묻자, 의과에 가기 위해 배운다는 말이 돌아왔다. 왜 내가 의과에 가느냐고 묻자, 아오마츠 부인이 의과에 보내라고 했기 때문이라고 했다. 더 이상 환은 묻지 않았다. 그런가 보군. 방정식에 올려두었던 연필 끝이 툭 부러졌다.

서은에게도 선생이 왔다. 점심시간에 나이 있고 깐깐한 선생이 왔는데, 선생은 서은과 함께 식사하며 예절을 가르쳤다. 숙녀로서의 에튀튜드. 선생은 '에튀튜드'라는 말을 참 좋아했다. 식사하는 예절도 배우고, 춤을 추는 예절도 배우고, 신사들을 만날 때 대하는 법도 배웠다. 그 선생도 점심시간이 지나면 집으로 돌아갔다.

서은은 학교에 가고 싶었다. 배우고 싶었다. 글이라는 것을 넘어서, 겪을 수 있는 모든 학문을 접해보고 논해보고 싶었다. 학교라는 곳이 진정으로 그런 곳인지는 모른다. 그러나 그곳에 가면, 분명 저택 안에서보다는 더 큰 학문이 있을 것이다. 더 많은 사람이 있을 것이다.

더 많은 사람이 있다는 것은 더 많은 삶이 있다는 것과 일맥상통했다. 삶이 있다. 그곳에 이야기가 있다. 그 이야기 하나하나를 더 듣고 싶었다. 그들의 목소리로⋯. 상상을 하면 사람들의 모습과 행동을 만들어낼 수 있었지만, 그 목소리, 담담하고 평범할, 그 흔한 목소리들은 만들어낼 수 없었다. 그래서 더 애가 탔는지도 모른다. 그래서 더욱 책에 집착했는지도 모른다. 책 속의 문장들은 잃어버린 목소리를 들려주는 창 같았다. 조선 사람의 목소리뿐만이 아니요, 외국인이며 역사 속의 사람들의 목소리까지 전부다 그 안에 있었다. 한 사람 한 사람의 삶이 귀해서, 그래서 한 권 한 권의 책이 귀했다.

환과 낙이 모두 밖에 간 낮이었다. 외출했던 아오마츠 부인이 돌아오는 소리가 들렸다. 속치마 차림으로 침대에 누워 몇 권이고 책을 읽던 서은이 황급하게 책을 던져놓고 침대 밑에 아무렇게나 벗어두었던 치마를 갖춰 입었다. 단추를 잠그는 손이 급해 허둥거렸다. 서은이 얼른 1층으로 내려가자, 부인이 이시다의 부축을 받아 막 저택으로 들어오고 있었다.

"오셨어요?"

"뭘 하고 있었니?"

책을 읽고 있었다, 하고 솔직하게 답할 수 없었다. 고모는 책을 싫어했다. 계집애가 책 읽는 것을 병적으로 싫어했다. 그러면서 환과 낙에게는 꼭 '책을 읽으라'는 말을 했다. 그것 역시 하나의 집착이었다. 똑같은 책에 대한 집착이, 어째서 사람에 따라 다른 얼굴을 띄는지는 알 수 없었다. 확실한 것은 서은의 손에 들린 책이 어느 순간 고모의 심기를 거슬렀다는 것뿐이었다.

"그림을… 그리고 있었어요. 스케치요."

혹여나 예리한 눈을 번뜩이며 물감 냄새가 나지 않는다고 할까 봐, 그것마저 두려워 스케치라는 말을 덧붙였다. 아오마츠 부인은 고개를 끄덕이며 서은을 데리고 제 방으로 갔다. 외출한 옷도 벗기 전 서은을 부르는 일은 처음 있는 일이었다. 이시다가 두 사람을 방에 데려다주고는 제 외출복을 벗기 위해 먼저 방으로 사라졌다.

문이 닫히자마자 아오마츠 부인은 서은을 불러 테이블 맞은편에 앉혔다. 서은이 다소곳하고 얌전하게 앉았다. 고모는 그런 모습을 좋아했다. 한 떨기 꽃 같은 그런 모습. 고모는 문장을 좋아하지 않았지만, 유일하게 한 문장을 좋아했다.

桜が散った。

벚꽃이 흩어졌다.

어디서 들은 말인지는 몰라도 고모는 흩어진 벚꽃이라는 문장을 참 좋아했다. '사쿠라가칫다.' 고모는 가끔 그 말을 읊조리곤 했다. 그래서 다소곳하고 얌전한, 꽃 같은 서은의 모습만을 애정 어린 눈으로 보아주었는지도. 어떻게든 꽃을 닮아야 사랑받는다는 것이 조금은 슬프다. 아니, 많이 애석하다. 고모가 주머니에서 꺼낸 종이를 부스럭거리며 손수 펴는 것을 보며 서은은 생각했다.

아오마츠 부인이 종이를 펴 손바닥으로 곱게 문지른 뒤 서은의 앞으로 밀었다.

"이게 뭐예요, 고모?"

"보거라. 아무튼, 네 사정이 사정인 만큼 아주 좋은 사내와는 몰라두 거기 있는 사내들도 꽤 평판이 좋은 사내들이거든."

"아주 좋은 사내요?"

"내지인(內地人)들 말이다."

히로야마 소이치로, 토모사와 히카루…. 줄줄이 나열된 이름을 읽으며 서은은 속으로 실소했다. 내지인이 아니라고? 이름만은 이미 내지인들보다 더 내지인 같이 지어놓고는. 그 옆에 함께 쓰인 이름도 읽는다. 히로야마 소이치로는 윤치준, 토모사와 히카루는 신호경…. 이들 중 하나는 아무래도 서은의 남편이 되려는 팔자인 듯했다. 하나하나 입술을 오물거릴 때마다 입안의 바람이 작은 소리를 내며 꼭 소리처럼 새어 나왔다. 고모는 그 소리를 낭독이라도 듣는 양 기분 좋게 바라봤다.

"자, 마음에 드는 이로 고르렴."

"전 이들에 대해서 아무것도 알지 못하는데요?"

"옆에 쓰여 있잖니."

누구의 아들, 무슨 일을 하고, 무슨 작위를 받은 집안의 첫째, 혹은 둘째 등등. 잡다한 정보, 그러나 쓸모라곤 없어 보이는 정보가 그렇게 나열되어 있었다. 서은은 그 정보들을 다시 읽으면서 의문을 품었다.

'고르라'는 말은 지금 서은에게 쓰기엔 어울리지 않았다. 고른다는 것은 자유에 기초한 말이었다. 적어도 서은이 느끼기로는 그랬다. 그러나 지금 이것은, 자유라곤 하나도 없는 한 장의 종이 위에서 고작 몇 명의 사내 이름과 그들 아버지의 이름을 보고 죽음까지의 날들을 골라야 하는 압억(壓抑)일 뿐이었다. 그러니 '고르라'는 말은 동떨어져도 저 끝으로 한참 동떨어진 말이었다.

"고모, 조금 더 고민해 봐도 될까요?"

"그러렴. 올해를 넘기지만 않으면 됐지, 뭘."

"올해요?"

"너는 늦은 편이니까…."

고모는 서은을 내보내며 이시다를 불렀다. 이시다는 어느새 옷을 갈아입고 부인의 부름에 따라 바쁘게 복도를 뛰어왔다. 그래도 밖에서 얻어온 양 뺨의 붉은 홍조는 가시지 않고 있었다.

서은은 종이를 접어 손에 쥐고 방으로 올라가며 제 나이를 헤아렸다. 어느 날 까무러쳐서 한 오 년, 육 년이 흘러 내가 내 나이도 모른 채 나날들이 지나갔던가. 그것이 아니라면 서은의 나이는 분명 아직 스무 살도 되지 않은 채였다. 자신과 아오마츠 고모는 영 다른 세상에 살아 각자가 사는 세계의 셈법이 다른 모양인가. 그리고 이 반도는 아직 고모의 세상에서 쓰이는 셈법에 가까웠다.

서은은 다시 머릿속으로 익숙하지 않은, 그러나 그중 하나는 분명히 익숙해지고 말 이름들을 되뇌었다. 히로야마 부인이 될까, 토모사와 부인이 될까. 남작 집안의 며느리가 될까, 후작 집안의 며느리가 될까. 언제나 선택은 어렵다.

오후 시간을 함께 보내는 선생은 이시다였다. 이시다는 아무 말 없이 서은의 방문을 열고 들어왔다. 그러면 그때부터 수업이 시작되었다. 이시다가 테이블에 실과 천이 가득한 바구니를 내려놓으면 서은은 꾹꾹 글을 눌러 쓰고 있던 공책을 덮었다. 이시다는 흑연 냄새를 싫어했다. 예민한 후각이 서은을 훑겼다. 서은은 공책을 서랍 속에 집어넣고는, 책상에서 일어나 테이블로 갔다. 그리고 이시다의 지시에 따라 실로 꽃도 만들고 벌도 만들었다. 바늘에 찔려 피가 멎지 않으면 수업은 끝나곤 했다. 그래서 서은은 바늘로 수십 번 제 손가락을 찔렀다. 바늘 끝에 찢긴 손가락이 아무는 날이 없었다.

환이 제대에 갔다. 고모가 약속인지 장담인지 모를 말 그대로 환은 당연히 제대에 갔다. 그리고 같은 날 낙은 연전에 갔다. 형제 둘이 나란히 등굣길에 나선 첫날, 서은에게도 선생이 왔다. 그 선생은 저택으로 아주 들어왔다. 그러니까, 서은과 같은 층에 있는 빈방에 살면서 서은을 가르칠 가정교사 같은 것이라고 했다.

늦은 오전, 선생이 왔다는 소식에 현관으로 뛰어 내려간 서은 앞에 기껏해야 서은보다 한두 살 많을 것 같은 앳된 얼굴이 새초롬하게 섰다. 그이는 제 덩치만 한 짐 가방을 가지고 있었다. 이시다가 짐 가방을 들고 사라지자 현관에 서은과 선생 딱 둘만 남아 멍하니 서로를 보았다. 먼저 인사한 것은 선생이었다.

"나오코라고 합니다, 아가씨."

"일본 사람이에요?"

"일본 이름이죠."

"조선 사람이에요?"

나오코가 답하지 않은 채 서은을 지나쳤다. 나오코가 걸을 때마다 뒤에 묶인 굵은 댕기가 흔들거렸다. 곧 나오코의 방이 될 곳에 짐을 옮긴 이시다가 계단을 내려왔다. 나오코는 이시다와 안면이 있는 듯, 낯선 기색 없이 이시다의 뒤를 따라 계단을 올랐다. 세 사람이 함께 있는 곳에 서은만 홀로 동동 떠 있었다.

하긴, 경성에 온 후로는 어디에서 무엇을 하건 이런 상황이 늘 익숙했다. 서은은 저택의 아가씨랍시고 뜬금없이 나타난 촌티 나는 계집애였으니, 혼자 동동 떠 있는 현실이 더 이상 어색할 일도 아니었다.

나오코는 제 방에 들어가자마자 짐 가방을 열었다. 가방의 반은 옷이고 반은 책이었다. 이시다는 나오코를 데려다준 뒤 낙이 등교하기 전 허둥지둥 어질러놓은 방을 치우러 갔고, 서은은 뭉그적거리며 올라와 나오코의 방문 옆 기둥에 비스듬하게 기대섰다.

"책이 되게 많네요."

"네."

"다 읽으셨어요?"

"네."

"학교 다니세요?"

"네."

어쩐지 그이에게서 눅눅한 종이며 비릿한 잉크 냄새가 난다 했다. 굵은 댕기가 흔들거리며 층계를 밟아 올라갈 때, 비슷한 여운이 남는다 했다.

서은이 문지방을 밟고 서 있다 나오코의 옆으로 쪼그리고 앉았다. 불쑥 가까워진 서은을 보며 나오코가 미간을 찡그렸다. 낯가림이라는 걸 모르는 계집애인가. 헤죽헤죽, 배실배실 웃고 있는 꼴이 고깝다. 그러나 이내 서은에게 신경을 쓰는 것조차 귀찮아졌다. 나오코는 천천히 미간을 펴고는 가방에서 책 뭉텅이를 먼저 꺼냈다.

소설은 소설끼리, 시집은 시집끼리, 공부할 때 쓰는 책은 그것들끼리 묶여 있다. 권수가 상당했다. 오래되어 보이는 책도 더러 있었다. 쪽 끝이 무뎌지거나, 접혀 있거나 한 책은 나오코가 몇 번이고 읽은 책일 것이다. 아오마츠 부인이 나오코가 쓸 방의 구석에 준비해둔 책장이 금세 가득 찼다. 첫 칸에는 소설이, 둘째 칸에는 시집이 꽂혔다. 공부할 책은 칸이 모자라 되는 대로 책상 위에 얹어두었다.

그 다음엔 옷장을 정리해 옷을 넣었다. 속옷을 서랍에, 양말은 그 옆에 넣었다. 하나하나 서랍을 열어 옷을 넣다가 문득 옷을 정리하는 흐름이 끊기지 않는다 싶어 뒤를 돌아보니 서은이 옷을 차례차례 나오코에게 건네고 있었다. 나오코가 바라보는 순간에도 서은은 나오코의 옷을 툭툭 털어 건넸다. 여태껏 별생각 없이 그 옷을 받아 정리하고 있었구나, 싶어 나오코는 얼굴을 붉혔다.

무엇인지 모를 짜증이다. 서은의 손을 거치지 않고 제

손으로 옷을 가져다 넣는 쪽이 더 좋다. 나오코가 다시 서은의 옆에 앉아 한 움큼의 옷을 쥐었다. 그리고 일어나려는 찰나, 서은이 작은 탄성을 내지르며 옷 하나를 펼쳐 들었다. 여태껏 옷이 개어진 그대로 얌전히 건네어만 주던 서은이었다. 일어나려던 나오코의 시선이 그 옷에 가서 붙었다. 교복이었다.

"와아……! 선생님, 이거 선생님 교복이죠?"

흰 저고리에 발목까지 오는 검은 치마였다. 교실에 들어서면 죄다 빼곡하게 그 옷밖에 보이지 않는, 익숙하고 지겨운 그 옷이다.

교복을 손에 쥐고 이 방향 저 방향으로 돌려보는 서은의 눈에 환희가 빛났다. 나오코는 서은이 쥔 그 옷을 홱 낚아챌까, 생각했다. 그러나 한 손으로 남은 옷들을 가슴팍에 꼭 끌어안은 채 다른 한 손을 뻗어 휙 뺏으면 가능할 그 간단한 일을, 막상 해내지 못했다. 입술을 꼭 깨물고 미간을 찡그렸지만 나오코는 서은에게서 함부로 옷을 낚아챌 수 없었다.

"선생님은 어느 학교에 다녀요? 이 옷을 입고 가요?"

"여전에 다녀요. 이화여전."

"그렇구나. 그럼 영어도 배우고, 산수도 배우고 하겠네요?"

"네."

"좋겠다. 선생님들도 만나고, 친구들도 사귀어요?"

"네."

"저는 선생님도 없고 친구들도 없거든요. 학교에도 못 다니고요, 그래서 선생님이 정말 부러워요. 예쁘다."

서은이 손에 쥐고 휙휙 돌려보던 그 옷을 구겨 제 품에 꾹 눌러 안았다. 이화(梨花)라고 했으니 만개한 배꽃. 배꽃의 이름을 따다가 붙인 이들이 입는 옷이니, 어쩐지 은은하게 그 향기가 배어 있는 듯도 했다. 코를 박고 쓰러지고 싶은 향기다. 얇은 천 너머에 만나본 적 없으나 그리운 것 투성이다.

참 궁상맞다. 서은을 바라보던 나오코의 입술 사이로 무심히 튀어나오려던 말이 목구멍 깊은 곳으로 억지로 말려들어 갔다.

"부럽다는 말 쉽게 하지 마세요."

"네?"

"너무 비참하지 않아요?"

나오코는 그렇게 말하며 서은이 안고 있던 교복을 가져갔다. 옷걸이 하나에 교복을 걸고, 나머지 옷들은 모두 서랍에 넣었다. 서은은 그 교복이 걸리면 걸리는 대로, 교복을 품은 옷장 문이 닫히면 닫히는 대로 홀린 듯 그 전부를 따라갔다. 시선이 한참 옷장 위에 머물다 이시다가 열린 문을 가볍게 두드리는 소리에 정신을 차렸다.

"점심 식사 준비가 다 되었다는데요. 두 분 점심 함께하시지요. 부인께서 식당에서 두 분을 기다리고 계십니다."

"곧 내려가겠습니다."

"네. 서은 아가씨께서도 식사 준비를 하시지요."

나오코는 손을 뒤로 돌려 원피스의 지퍼를 내렸다. 마른 등이 훤하게 드러났다. 멍하니 바라보는 서은이 자리에서 일어나지 않자, 나오코가 먼저 입을 뗐다. 서은이 아니라 나오코가 먼저 말을 붙인 것은 처음이다. 나오코는 댕기를 풀어 침대로 던지며 서은에게 물었다.

"나가주시면 고맙겠습니다, 아가씨. 옷을 갈아입어야 해서요."

"아. 나갈게요."

서은이 튀어 오르듯 일어났다. 그리고는 화들짝 놀란 발걸음으로 나오코의 방을 나갔다. 이시다가 방문을 닫아준 후에도 소거실을 쿵쿵 울리는 발걸음 소리. 서은의 발걸음 소리는 거실을 둥글게 맴돌다 충계를 따라 빠르게 사라졌다. 정신도 교양도 없는 그 소리에 나오코는 가볍게 혀를 찼다. 입고 있던 낡은 남색 원피스가 발등 위로 떨어졌다.

잘 차려진 점심 식탁 상석에 아오마츠 부인이 먼저와 앉아 있었다. 오빠들 없이 오직 고모만 있는 식당에 들어서는 것은 처음이다. 오빠들과 함께 있지 않을 때, 고모와 독대하는 것은 너무도 조용해서, 그래서 무거웠다. 무언가 양쪽 어깨를 짓누르는 듯, 목이 뻐근하고 허리가 아팠다. 이시다가 서은의 자리를 끌어당겨 빼주자 조용히 그 자리에 가서 앉았다. 그러고도 고개를 들지 못해 준비된 은수저 위에 비치는 제 얼굴만 빤히 쳐다보았다.

"홍주는 만나보았고?"

"네?"

아오마츠 부인이 꽃잎이 뜬 대야에서 손을 빼내며 물었다. 부인의 주름진 손 위에서 물이 한 방울 떨어지기도 전, 양 옆에 서 있던 하녀들이 보드라운 수건으로 한 손씩 잡아 물기를 닦았다.

"홍주 말이다. 네 선생. 방금 짐을 풀었다고 하던데?"

"아, 나오코 선생님이요. 네. 방금 만나고 내려왔습니다."

"나오코? 아아, 그렇지. 그 아이의 이름이 나오코지. 나는 어쩐지 홍주가 더 익숙해서 말이야. 그래서, 인사는 나눴니?"

"인사는…."

그것을 인사라고 해야 하나. 만나서 반갑다거나, 뵙게 되어 행복하다거나 하는 것이 인사라면 딱히 나오코와 인사랄 것을 나눠보지는 못한 듯하다. 서은이 물으면 나오코가 답했고, 서은이 말하면 나오코가 그 꼬리를 잘랐다. 그것을 인사라기에는 사람 사이에 오고 갈 만한 미미한 열기나마 없다.

"인사 나눴습니다."

그래서 고모의 물음에 쉽게 답하지 못하고 있을 때, 나오코가 식당으로 들어오며 대신 답했다. 나오코는 새것 같은 블라우스 차림이었다. 댕기를 땋았던 머리도 어느새 풀어 쪽을 지듯 동그랗게 말았다. 나오코가 아오마츠 부인에게 예를 갖춰 허리를 숙였다. 인사를 받은 아오마츠 부인이 고개를 끄덕였고, 이시다가 서은의 맞은편에 나오코의 자리를 마련해주었다.

"입고 있는 옷, 내가 이전에 선물한 옷이구나. 어떻게, 마음에 드니?"

"그럼요. 마음에 들어 아껴두다 부인을 뵐 때가 되어서야 꺼내 입었습니다."

"옷이야 입으라고 있는 것인데 괜히 아낄 것 없지."

"그래도 함부로 입기에는 너무나 아까운걸요."

나오코가 환하게 웃었다. 그 웃음은, 정말이지 환했다는 표현이 아니면 어울리지 않을 그런 웃음이었다. 나오코가 익숙하게 물수건으로 손을 닦고, 무릎에 냅킨을 깔았다. 익힌 것이 아니라 당연한 듯 배어 나오는 움직임이었다. 부인과 일상 이야기를 나누는 것도, 하녀들이 따라주는 잔을 받는 것도 어색할 것 하나 없이 우아했다.

다시 서은만이 식당 어딘가에 동동 떠 있었다. 전축에

서 음악이 흐르고, 유연한 대화는 오가고, 군침 도는 냄새를 풍기는 음식은 하나둘 앞에 놓이기 시작하는데, 서은만 자리에 앉아 조용히 고립되어 가고 있다.

그런 이유로 저 계집애는 특이하다. 나오코는 아오마츠 부인과 눈을 맞추며 사근사근 미소 짓는 한편으로 맞은편에 앉은 서은을 곁눈질했다. 정작 다정하고 밝아도 모자랄 자리에서는 한없이 굳어 두려워하고, 다정할 이유도 밝을 필요도 없는 제 앞에서는 별 것도 없는 교복 따위가 좋다고 헤벌쭉했다. 저 말도 안 되는 계집애를 소나무 저택의 아가씨라고 앉혀 놓은 부인의 속내를 도무지 알 수 없었다.

"홍주는, 서은이한테 일본 이름만 말해준 듯하더구나."

"아… 네."

"보아하니 서로 이야기를 길게 나누진 못한 모양인데, 식사를 마치면 올라가서 둘이 차라도 마시는 게 좋겠다. 서은이는 홍주에 대해 다른 소개는 못 들었고?"

"그… 이화여전에 다니신다는 말만 들었습니다. 나이하고…."

"흐음. 홍주는 어릴 적부터 내가 후원하던 아이다. 나랑은 꽤 길게 교류한 셈이지. 빠르고 영특한 아이니, 이것저것 많이 배우거라."

"네, 고모님."

서은이 답했다.

식사 내내 아오마츠 부인과 나오코는 끊임없이 대화를 주고받았다. 대화는 부드러웠고, 나오코는 자주 웃었다. 그 대화 사이에 부인이 서은에게 무언가를 묻거나 동의를 구할 때만 서은은 대답을 하고 고개를 끄덕였다. 나오코는 서은에게 별다른 호기심이 없어 보였다. 부인과 있는 동안 만큼은 서은도 나오코에게 묻고 싶은 것이 없었다. 식기를 쓰는 법을 틀리진 않을지, 음식을 교양 없게 먹는 것은 아닐지에만 신경 쓰기에도 정신이 없었다.

그렇게 밥을 먹는 동안 두 사람이 하는 이야기를 들었다. 부인과 나오코는 꽤 오래 알고 지낸 사이였다. 부인은 가끔 나오코의 어릴 적 이야기를 꺼내기도 했고, 나오코는 부인과 함께 했던 날의 기억을 되살리기도 했다. 둘은 오랜 날을 알고 지냈고, 서은은 그러지 못했다. 같은 피가 흘렀으나 공유하고 있는 것은 아무것도 없었다. 소나무 저택이라는 연못을 유유히 헤엄치는 비단잉어 두 마리가 지나갈 때, 다짜고짜 툭 던져진 자갈돌. 서은의 모양새가 꼭 그랬다.

식사가 끝난 후 이시다가 2층 소거실에 다과상을 차렸다. 나오코는 방에 들어갔다가, 이시다가 부르자 소거실의 소파에 앉았다. 내키지 않았으나 아오마츠 부인이 가지라고 권한 다과상이다. 나오코가 자리에 앉자, 먼저 앉아 있던 서은이 찻잔에 차를 따랐다. 나오코가 몸에 밴 것처럼 건조하게 고맙다고 인사했지만, 여전히 표정에는 무엇도 없었다.

"그… 고모님과 오래 알고 지내셨나 봐요."

잠깐의 침묵 후에 서은이 말을 꺼냈다. 그러고도 손을 어디에 두어야 할지 몰라, 따뜻한 차가 덥히고 있는 찻잔을 두 손으로 꼭 그러쥐었다.

"네, 오래전부터요."

"그렇군요. 어떤 인연으로요?"

"부인께서 제 후원을 해주셨습니다."

"아무 이유 없이요?"

이유?

나오코는, 홍주라는 이름이 목에 걸려 따가웠다. 그래서 얼른 입안에 물고 있던 차를 목구멍으로 넘겼다. 물었으니 답을 해주긴 해야겠으나, 그때의 일을 떠올리는 것은 치욕이었고 치욕 뒤에는 또 오랜 절망 같은 것이 따라

붙었다. 그 질척함을 퍽 견디지 못하겠으므로 나오코는 쉽게 입을 열지 못했다. 홍차를 물었던 떫은 혀 위에 홍주라는 이름을 굴렸다. 까끌까끌하고 떫었던 혀가 알싸하게 매워오는 것 같았다.

나오코의 옆모습을 오래 보고 있던 서은이 나오코의 침묵이 길어지자 말의 고개를 돌려 다른 것을 물었다. 학교는 어떤 곳이냐는 둥, 무엇을 배우냐는 둥. 감흥이랄 것도 없는 일상이었으나 나오코는 그런대로 답을 해주었다.

"선생님에게서는 흑연 갈리는 내음이 나네요. 부럽다."

이야기의 끝에 서은이 그렇게 말했다. 쉽게 부러워하지 말라던 나오코의 말은 또 어느새 잊고, 말꼬리가 조용히 늘어졌다. 와삭, 쿠키를 씹었다.

"오빠, 학교에서 무슨 일 없었어? 교수들은 어떤 사람들이야? 무슨 수업을 배워?"

"배우기는. 다 저들 잘난 체만 하지."

"그래두……."

환이 돌아왔다. 환은 돌아오자마자 하녀에게 가방을 건네고 방에 들어가 외투를 벗었다. 표정 없는 얼굴에 피곤이 가득했다. 환의 방에 따라 들어온 서은이 방 안 테이블의 의자를 꺼내 앉았다. 환이 의자 맞은편 침대에 걸터 앉는 듯하더니 그대로 쓰러지듯 누웠다. 침대가 푹신하게 흔들렸다.

"그래도 학교에 가서 좋겠다. 아, 그래도 오빠! 나한테
도 오늘 선생님이 왔어. 이화여전에 다니는 선생님이래.
나보다 한 살이 많은데, 훨씬 똑똑하고 예뻐. 책도 많이 있
고…. 내일부터 산수도 알려주고 영어도 알려준대."

"그래?"

"지금 위층에 있어. 아주 여기서 살 거래. 나랑 계속 같
이 있으면서, 언니처럼 지내기도 하고 많이 배우기도 하
라고 하셨어. 고모님께서."

"그랬구나."

환은 서은의 말에 꼬박꼬박 답을 해주면서 저도 모르
게 말 사이 사이에 한숨을 섞었다.

피곤했다. 등교하자마자 쏟아진 시선과 관심, 수런거
림이 아직도 귓불 끝에 매달려 있는 것 같았다. 몇 번 고
개를 저어 털어내려 했지만 떨어지지 않는 끈적거리는 경
멸, 비웃음이나 부러움 섞인 비아냥들.

출신도, 살아온 날도 부모도 제대로 알 수 없는 놈이
경성에서 제일가는 자리에 들어앉았다. 저들끼리만 좋았
던 도련님들의 사회에 다짜고짜 촌놈이었다던 놈이 들어
박혀 앉았다. 그것만으로도 시기가 가득한데 교수들은 환
의 앞에서 알랑방귀를 뀌어대며 잘 보이려 애를 쓴다. 그
모습을 바라보는 모든 이들이 환의 앞에 고개를 숙였지

만, 환의 뒤에서 그의 귓불에 매달 또 하나의 비아냥을 갈아낸다.

딱 하루, 그 하루 만에 환은 모든 것을 예감했다. 환은 어딜 가나 사랑받을 것이지만 어디서 받는 사랑도 모두 거짓일 것이다. 어딜 가나 존경받을 것이지만 그 존경에는 경외가 없을 것이다. 어디에도 붙어 있지 못하고, 누구에게도 한 번 기대지 못할 것이다.

또 한 번, 환은 저도 모르게 한숨을 뱉었다. 한숨에 독이 섞인 듯 뱉으면 뱉을수록 머리가 아프고 몽롱해졌다. 귀도 먹어가는지 종알거리는 서은의 말도 잘 들리지 않는다. 들리지 않으니 무어라 더 답을 해줄 수도 없었다. 서서히 환의 입술이 단단히 맞물렸다. 그리고 서은의 목소리는 저만치 멀어져, 그 벅찬 말들도 함께 사라졌다.

힘들다.

환이 저도 모르게 내뱉으며 눈을 감았다. 한참 늘어놓던 서은의 말들이, 그 말 아래 차갑게 식었다. 서은이 눈을 감은 채 침대에 늘어진 환을 바라봤다. 꼭 시신 같다. 그런 생각 끝에 아예 다음 말을 잊었다. 그런 자신의 생각에 서늘함이 느껴져, 서은은 조용히 환의 방문을 닫고 나갔다. 어차피 조금 이따 저녁 식사 시간에 보게 될 것이다.

낙이 가방에서 책을 꺼내 책장에 넣었다. 마지막 책을 꺼내 정리하려는데, 책에 끼워두었던 쪽지 두어 개가 떨어졌다. 낙은 그제야 그 쪽지를 떠올렸다. 쉬는 시간에 종종 얼굴도 이름도 모르는 녀석들이 와서는 쪽지를 건네주곤 했다. 러브레터라도 건네는 양 어기적거리며 다가온 녀석들이 자기네 집 주소라며 심심하면 언제든 놀러 오란 말을 했다. 그러면서 노트를 뜯어낸 귀퉁이에 제 집 주소를 적어주었다.

점심시간에도 모두들 낙의 곁으로 왔다. 이시다가 칸칸이 올려놓은 낙의 도시락 곁에 몰려들어 아주 오래전부터 알고 지낸 벗마냥 친근하게 말을 붙여왔다. 그이들이 하도 익숙하게 굴어, 낙 역시 홀린 듯 익숙하게 굴었다. 그러다 종종 어디서 왔느냐, 이름이 무어냐, 형제가 있느냐 등의 질문을 들을 때야 이곳이 낯선 곳임을 다시 깨달았다.

그이들은 낙이 좋다고 했다. 같이 공을 차고, 밥을 먹고 놀러 가자고 했다. 원하면 술도 마시자고 했다. 알겠다, 그리하겠다, 좋다고 답은 했으나 저택에 돌아와 제 방에 앉으니 그제야 의문이다. 무엇이 좋아서? 눈에 띄게 잘생기지도, 덩치가 좋아 대장 노릇을 할 것 같지도 않은 제가 무엇이 좋아 온 경성이 저에게 퍽 다정한지 알 수가 없다.

그러나 의문보다 다정이 달다. 알아서 기어오는 것들을 애써 거절하며 질색할 이유는 없다. 공을 차자면 차고, 술을 마시자면 마시면 되는 것이다. 하루를 회고하는 동안 환의 얼굴에 저도 모르게 미소가 번졌다.

생각난 김에 주머니에 넣어놓았던 다른 쪽지들도 꺼내, 책에서 떨어진 것과 함께 서랍에 넣었다. 그리곤 식사전 씻을 생각으로 소거실에 나왔다. 갈아입을 옷을 챙겨 욕실에 들어가려는데, 비어 있던 쪽의 방문이 열렸다. 서은의 방은 아니다. 문이 열리는 소리에 욕실 문고리를 잡고 있던 낙이 뒤를 돌았다. 방에서 나온 사람이 적잖이 당황한 표정이었다.

서은보다 좋은 옷을 입진 않았으나 서은보다 세련됐다. 서은의 또래인 듯 보였으나, 어딘지 더 어른스러운 기색을 풍겼다. 차림새며 머리 모양을 보아하니 고모가 새로 들인 하녀는 아닌 듯했다. 낙이 낯선 이를 바라보는 시간이 길어지자, 피차 당황해 굳어 있던 낯선 이가 먼저 낙에게 고개를 숙였다. 낙은 그제야 종알거리던 서은의 목소리와, 언젠가 식사 중에 들었던 대화를 떠올렸다.

지금 위층에 있어. 서은이에게도 가정교사가 올 거다.

그이로군. 이렇게나 젊은 여자이리라곤 생각하지 못했었는데. 낙은 가정교사의 인사에 가벼운 목례로 답한 후 욕실로 들어갔다.

형제는 저녁 식사를 하며 그 낯선 가정교사를 소개받
았다.

"나오코라고 합니다. 이화여전에 다닙니다. 저택에 신
세를 지게 됐습니다. 나오코라고 불러주시면 됩니다."

나오코가 자리에서 일어나 인사를 하더니, 자리에 앉
아 식사를 이어갔다. 환이 무어라 말을 했고, 서은이 상기
된 얼굴로 무어라 말을 붙였다.

그새 또 나오코의 머리 모양이 변했다. 환이 씻으러 들
어가기 전에는 둥글게 말아 묶은 머리였는데, 지금 칼질
을 하는 나오코의 머리는 노란색 리본으로 묶은, 반 묶음
머리다. 원래 꾸미길 좋아하는 사람인 건지, 아니면 식사
자리가 부담스러운 것인지는 알 수 없지만, 어느 쪽 머리
도 잘 어울리는 것을 보면 타고나게 우아한 사람이긴 한
듯했다.

"일본 사람이에요?"

손을 뻗어 빵을 집어오던 낙이 물었다. 칼질하던 나오
코가 멈칫하더니, 칼을 내려놓고는 물수건에 손을 닦았
다. 그리곤 얌전히 테이블 아래로 손을 내려 겹쳐놓고는
고개를 저었다.

"아뇨, 조선 사람입니다."

빵 귀퉁이를 뜯던 낙의 물음이 이어졌다.

"그럼 조선 이름은?"

그리고 정적이었다. 서은은 그 정적 속에서 낙과 나오코를 번갈아 보며 낮에 들었던 예쁜 이름을 떠올렸다. 고모는 나오코를 홍주, 라고 불렀다. 입안이 굼실거렸다. 혀가 들썩여 나오코 대신 그 예쁜 이름을 말해주고 싶었으나, 그러지 않았다. 대답을 고민하는 나오코의 입꼬리가 올라갔다 내려가기를 여러 번 반복했다. 별 관심 없이 제 식사에만 집중하던 환조차, 길어진 정적에 결국 나오코를 바라보고 나서야 나오코가 웃으며 입을 뗐다.

"홍주입니다. 박홍주."

"그거 하나 말하는데 왜 그렇게 뜸을 들여요? 뭐가 어렵다고."

낙이 와인잔을 가볍게 흔들었다. 퍽퍽한 빵을 입안 가득 넣더니, 잔에 든 와인도 한 번에 모두 마셨다. 나오코가 낙의 말에 별다른 대답을 하지 않고 그저 웃으며 칼질을 이어갔다. 환이 나오코를 보며 고개를 갸웃거렸다. 그리고는 처음으로 먼저 나오코에게 물었다.

"여전에 다닌다고요?"

"네."

환의 물음에 또다시 나오코가 식사를 멈추고 손을 테이블 아래로 내렸다. 환이 미간을 찡그렸다. 이런 식이라면 그러잖아도 조막만 한 고기 한 덩어리, 다 먹지도 못하고 식사가 끝나버릴 것 같았다.

"식사 이어서 하세요. 괜찮아요."

"네?"

"무슨 말을 할 때마다 식사를 멈추면, 오늘 안에 다 먹지도 못하겠습니다."

"…네."

환의 말에 나오코가 다시 칼을 쥐었다. 그러나 하지 않던 짓을 하려니 어쩐지 어색해 입을 열자니 칼질이 되지 않고 칼질을 하자니 입이 열리지 않았다. 결국 나오코는 고기 하나를 죽일 듯이 쳐다보며 홀로 싸워나가듯 답했다.

"이화여전에 다닙니다. 내년이면 졸업이에요."

"서은에겐 뭘 가르쳐요?"

"산수, 작문, 영어 같은 것을 가르칩니다."

"좋네요. 바늘에 찔릴 일도 없고."

환이 그리 말하며 와인 잔 너머 서은의 손을 쳐다보았다. 매일매일 제 손가락 끝을 찔러대어, 이곳은 곪고 저 곳은 긁힌 서은의 손가락 끝.

원산에서 그리 억척스럽게 살아낸 서은이다. 바느질 따위가 서툴 리 없다. 그럼에도 불구하고 제 스스로 피를 보는 것은 그만한 이유가 있기 때문이다. 아무 도움도 되어주지 못한 채 서은에게 약을 발라주거나 반창고를 가져다주는 것이 전부였다. 그러나 이제 반창고가 아니라 펜이나 노트도 선물할 수 있게 되었음에 마음 깊숙이 따끈하고 뻐근함이 올라왔다.

서은이 웃었다. 환은 그 웃는 모습도 보았다. 산수나 작문, 영어를 가르치겠다는 나오코의 말에 함빡 젖어드는 웃음을 보았다. 그러자 또 그 따끈하고 뻐근하던 곳이, 따끈하고 우울해졌다. 슬프고, 이상했다. 사람은 저 하고 싶은 것을 하며 살아야 한다고, 그러니 아우가 행복해하는 모습이 당연하다고 여기면서….

입에 문 와인의 포도 향은 전부 어딘가로 날아가고, 오로지 쓴맛만 남은 채 식사가 끝났다.

그리고 매일 그런 날들이었다. 나오코의 방학이 곧 코앞이었으므로, 제대로 된 수업을 위해 서은의 수업은 아예 나오코의 방학 이후부터 하기로 했다. 그러므로 서은은 여전히 제 손가락을 찔렀고, 환은 무표정하게 등교했으며, 낙은 환하게 웃으며 하교했다. 나오코는 머리에 예쁜 장식품들을 달고 나왔고, 다 같이 모여 저녁 식사를 했다. 매일 그런 식사가 끝나면 환은 씻으러 갔고, 나오코는 아오마츠 부인의 부름에 부인의 방으로 따라갔다. 낙은 제 방으로 들어갔다.

그날 마지막까지 식탁에 남아 있던 서은은 이시다가

그릇을 치우기 시작하자 2층으로 올라가다 어쩐지 제 방에 들어가기 싫어 1층 복도를 돌아다니며 환의 방 문고리까지 잡았으나, 힘을 주어 열지 못하고 관두었다.

제대 의과에 진학한 후로 환은 눈에 띄게 말수가 줄어 서은이 먼저 말을 걸기도 어려울 때가 있었다. 가끔 피 비린내를 묻히고 오는 날도 있었는데, 그런 날은 서은이 아예 오라비에게 다가가지 않았다. 공장에서 맡았던 냄새와 비슷했기 때문이었다. 가끔 다나카의 권유로 일본군이 군용차를 끌고 들어왔을 때 맡곤 하던 냄새였다. 혹은 누구누구가 일을 잘못해 다나카의 오동나무 방망이에 물들었던 냄새. 그래서 서은은 피 냄새가 싫었다. 하다못해 한 달에 한 번씩 제 밑에서 흘러나오는 핏덩어리도 싫었다.

그렇게 환의 문고리를 잡으며 고민하는 시간이 길어지고, 괴로운 기억들이 짙은 냄새처럼 불쑥불쑥 올라왔다. 서은은 결국 그날도 환의 문고리를 놓았다. 그리고 층계를 밟아 2층으로 달려 올라가 낙의 방문을 열었다.

낙은 빼곡하게 글을 쓰다가 공책을 덮고는 누이를 맞이했다. 사뭇 기쁜 표정이었다. 서은이 오면 연전 생활에 대해 자랑할 수 있으니까. 교수들의 유식한 혀와 제 동무들의 영특함을. 그 사이에 속해 있는 자신을. 그러면 서은은 선망의 눈길을 감추지 않았다. 예상대로 테이블 의자를 당겨 앉은 서은은 숨 쉴 틈도 없이 물어왔다.

"낙 오빠. 오빠는 무슨 공부를 해?"

"나는 영문학을 공부하지."

"좋겠다. 환이 오빤 말 안 해줬거든."

"형이?"

"뭔가… 좀 힘들고 지겨운 모양이야."

그럴 때마다 낙은 환이 무척이나 고마웠다. 형이 제대를 지겨워해 준 바람에 서은이 나를 찾아주었다고. 모든 걸 다 가진 형이 유일하게 하나 만큼은 지겨워하고 소홀히 여겨 열심히 해주지 않은 덕분에 내게로 서은이 왔다고.

뒤를 잇는 서은의 수많은 물음은 비슷했고, 그에 응하는 제 답이라고 또 별반 다를 바 없었지만, 그래도 기뻤다. 아무도 들어주지 않는 제 열심과, 제 성의와, 제 노력을 서은에게 이야기할 수 있었다. 더불어 저에게 쏟아진 많은 쪽지와 약속 같은 것들도. 얼마나 많은 경성 사람들이 제 옆에 붙어 교정을 걷고 싶어했는지, 또 얼마나 많은 교수가 수업 도중에 낙의 눈치를 보며 웃고, 답했는지.

"오빠. 나도 영문학을 공부하고 싶어."

"영문학을 배워서 무엇하게?"

"그냥, 배우고 싶어."

"넌 조선 글도, 일본 글도 능숙하지 못하잖아."

"오라버니, 나를 좀 도와줘."

"내가? 너를? 어떻게?"

낙이 슬쩍 눈치를 보더니, 가슴에 있는 주머니에서 담배통을 꺼냈다. 하나를 입에 물더니 불을 붙이기 전 방 안을 돌아다니며 커튼이란 커튼은 모두 쳤다. 혹시 몰라 서은이 들어온 문도 잠갔다. 환이라든가 고모가 지나가다 냄새를 맡고 인상을 찌푸리며 들어오면 곤란했다. 특히 환이라면 더욱 귀찮아졌다. 분명 묵묵해진 그 입을 오랜만에 열어 공장 같은 옛날이야기를 해대며 잔소리를 늘어놓을 게 뻔했다.

아예 마주치는 것 자체가 피곤했다. 뭐가 그렇게 잘 나서 입도 걸어 잠그고, 집에만 돌아오면 눈도 감아버리는지 모를 일이었다. 때론 귀마저 먹은 양 멍하니 허공만 쳐다보다 어깨를 툭 치고 나서야 또 아무 말 없이 부른 사람을 올려다봤다. 그때마다 낙은 피곤으로 별 유세를 다 떤다, 생각하며 실소를 띠곤 했다.

낙이 문고리를 꼭꼭 걸어 잠근 후 두어 번 문고리를 딸깍거려 확인하고 나서야 불을 붙였다. 담배 끝에서 피어오르는 연기와 함께 푹신한 의자에 털썩 쓰러졌다. 담배 연기에 서은이 기침을 해댔다. 오므라드는 서은의 입과 콜록거리는 소리에 낙이 귀엽구나, 말을 덧붙이며 더욱 진한 연기를 뿜어댔다.

"내가 너를 어떻게 도와줄까?"

"공부하고 싶어. 나한테 책을 읽고 글 쓰는 법을 알려줘. 오빠, 나도 책 읽고 싶어."

"곧 나오코 선생과 할 거잖아?"

"더 많은 공부. 내가 하고 싶은 공부를 더 하고 싶어."

서은은 다시 글자들을 떠올렸다. 히로야마, 토모사와…. 그 이름들을 털어놓으면 무언가 바뀔까. 아니, 말하고 싶지 않았다. 입 밖으로 그 이름을 내면 정말로 현실이 되어버릴 것 같아 절대로 소리 내고 싶지 않았다. 낙이 관자놀이를 긁적거리다가 말했다.

"책을 가져다주면 되는 거야?"

"응. 그것만으로도 족해."

"아니지. 그것만으로 족하면 안 될 일이지. 내가 책을 빌려줄 테니…."

낙이 자리에서 일어나 제 책장으로 다가갔다. 그리고 손가락으로 책 끝을 훑다, 어느 한 곳에서 멈춰 한 권을 빼냈다. 아무것이나 한 권을 빼냈다.

"읽는 것만으로 만족한다는 건 다 변명이야. 쓰고 싶어져야지. 아마 너도 그렇게 될걸?"

"내가? 내가 글을 써?"

"당연히 뛰어나지는 않겠지만, 쓰고 싶어질 거다. 무언가를 너무나 사랑하고 귀하게 여기게 되면, 제 것으로 하고 싶은 게 당연하니까."

서은이 낙에게서 책을 건네받았다. 그것을 꾹 끌어안
으며 나직이 읊조렸다.

　"무언가를 너무나 사랑하고 귀하게 여기게 되면, 제 것
으로 하고 싶은 게 당연하다⋯."

푸른 소나무,
박홍주: 붉다

아오마츠 백작이 앓기 시작했다. 결혼식인지 뭔지 모를 일을 치르면서부터 조만간, 이라고 생각은 했으나 예상보다는 늦게 일어난 일이었다. 아오마츠 부인이 된 송연은 천천히 변호사와 상속 문제를 논의했다. 백작에겐 후손이 없다. 양자를 들이고 말고를 결정할 만한 상태도 아니었다. 오직 부인된 송연이 양자 문제를 결정할 수 있는 사람이었다.

그러나 송연은 그럴 생각이 없었다. 아오마츠 부인은 아직 젊었고, 아름다웠고, 주목받았고, 사랑스러웠다. 그러므로 저택을 홀로 가진다 한들 이상할 것이 없었다. 송연은 우에다 변호사와 함께 백작의 유언장을 확인하고 보관했다.

백작이 밖에 나다니지 못하게 된 후, 모든 사교 활동은 송연 혼자 전담했다. 백작의 이마나 좀 닦아주고 있자면 집안사람들이 옷을 입혀주고 화장을 해줬다. 편하게 자동차에 앉아 거리에 나가기라도 하면 화려하게 옷을 갖춰 입은 사람들의 중심에 자리하곤 했다. 그런 날들이었다. 어딜 가나 주목받고, 인사받고, 잊히거나 사라질 걱정 없는 날들.

"오늘은 어디에 가는 거야?"

그날 송연은 붉은 드레스를 입었다. 붉은 드레스 자락의 밑단이 동백꽃 봉오리마냥 뭉쳐 사부작거리는 소리를 냈다.

"박 시인의 집입니다."

"박 시인?"

"박해관 시인 말입니다."

"아… 그이."

그이의 이름은 송연도 알고 있었다. 그이는 아주 젊고, 강직한 사람이다. 경성 땅의 반을 차지한 거부이며 유명한 시인이다. 그의 집안은 아주 대대로, 그러니까 이젠 망하고 없는 옛 왕조의 아주 오래전부터, 높은 벼슬깨나 하며 명망이랄 것을 그득하게 쌓아온 가문이라 했다. 그 까마득한 옛 왕조 시절, 한양에서 이씨 왕조가 첫 번째면 그 다음은 박 시인의 집안이라고 여겨질 만큼.

딱히 송연의 입장에서 반가운 사람은 아니다. 그렇게 많은 재산과 명예를 가진 사람이 무슨 생각으로 제국에 반(反)하는 곳에 서 있을까. 적당히 숙이고 살면 얼마나 좋아.

그런 생각을 하면서도 송연은 차에 굴러다니는 신문 같은 걸 주워 뒤적거렸다. 얼핏 박해관의 이름을 문학란에서 본 것도 같다. 유명하기로는 여러모로 대단한 사람이다. 그이가 마음에 드는 것은 아니지만 송연이 밉보여 좋을 것도 없었다. 어쨌든 잘 보이면 잘 보일수록 좋은 사람인 것은 분명했다.

그것이 사교(社交)가 아닌가. 고개를 들었다 숙이기를 영리하게 해내는 일. 지금은 숙일 때다. 박해관은 송연을 얻지 못한다 해도 잃을 것이 없으나, 송연은 박해관을 얻지 못하면 손가락을 깨물 일이 많을 것이다. 송연은 신문을 뒤져 기어이 그의 이름이 박힌 시를 몇 개 찾아 읽었다. 학교에 가지 못한 지 오래된 제가 보아도, 그의 시는 아름답다.

"아오마츠 부인이십니다."

박해관의 집은 햇빛이 잘 들었다. 응접실 옆 대기실 의자에 앉아 있자니 온몸으로 햇빛이 쏟아졌다. 소나무 저택에서는 쉽게 맛보지 못하는 햇볕의 노곤하고 부드러운 맛이다. 햇볕이 뺨을 핥는 듯 보드랍고 따듯했다.

그 집 하인의 안내에 송연이 일어섰다. 응접실 문 앞에 서서 하인이 문고리를 돌리려는 순간, 응접실 안에서 아기 울음소리가 터져 나왔다.

이 집에 딸이 태어난 지 얼마 되지 않았으니 선물을 가져가면 좋아할 겁니다. 현관 앞에서 송연의 손에 아기 신발을 들려주던 운전기사가 말했었다. 송연이 잠깐 상자를 열어 아기 발에 신길 신발을 확인했다. 빨갛고, 작고, 앙증맞은 리본 달린 아기 구두였다. 정말이지 별걸 다해보는군. 송연은 다시 상자를 닫았다. 응접실 문이 열렸다.

박해관은 서서 아기를 안고 있었다. 박해관의 팔뚝 반정도 되어 보이는, 작은 체구의 아기가 아버지에게 안겨 울고 있었다. 거짓 울음이다. 태어난 지 얼마 되지 않아 우는 법도 알지 못하는 작은 핏덩어리. 송연은 그 날카로운 소리에 무심코 짜증스러운 얼굴을 했다가 곧장 폈다.

"처음 뵙습니다. 진즉 인사드렸어야 했는데, 경황이 없다 보니 이리 됐습니다. 남편된 분은 이미 뵀으리라 생각합니다. 함께 인사드리고자 했으나, 그이가 몸이 아픈지라… 이렇게 혼자 뵙게 됐습니다."

송연은 가볍게 드레스 자락을 들며 인사했다. 그 인사 뒤에 조금 오랜, 정적 같은 것이 맴돌았다. 그 정적의 무게가 상당해 송연은 쉽게 허리를 들지 못했다. 박해관도 딱히 송연더러 허리를 들라고 하지 않았다. 으아앙, 우는 아기의 소리만 들렸다. 아무도 고개를 들라 하지 않으니 송연 스스로 천천히 고개를 들었다.

고개를 들어 바라본 해관은 송연을 바라보고 있지 않았다. 내려다보고 있다는 느낌조차 없는, 완전한 외면이었다. 해관이 어르고 달래는 아기만 눈물도 나지 않는 눈으로 송연을 바라보고 있었다. 경성에서 가장 유명한 시인은 제 딸을 안은 채 송연을 등지고 서 있었다. 어린 눈만 껌뻑껌뻑, 천천히 고개를 드는 송연을 바라봤다.

"따님이… 참으로 예쁘네요."

"그래요?"

"이름이 뭔가요?"

"아직 못 붙였습니다."

"따님을 무척 아끼고 사랑하시나 봐요."

제 얘기를 하는 것도 모르는 어린것이 눈을 깜빡, 하더니 울음을 멈췄다. 눈물로 부푼 양 뺨이며 붉어진 눈두덩이 햇빛으로 또렷했다. 어린것의 뺨 위에 분내가 솔솔 날 것 같은 솜털이 돋아 있었다. 무심코 그것을 만져보고 싶어 손을 뻗는데, 박해관이 휙 몸을 돌렸다. 어린것의 얼굴이 저리로 멀어졌다.

"이름이 어떻게 됩니까?"

"아오마츠, 라고 불러주세요."

"아니지. 백송연 아닙니까."

"…과거의 이름이지요."

"일광의 누이."

몇 년을 잊고 살았던 이름이 해관의 입에서 툭 튀어나왔다. 그는 딸의 등을 토닥이고 제 몸을 들썩이며 방안을 빙빙 돌아다녔다.

"아우의 소식을 알고는 계시고?"

"모릅니다."

"이러니 어찌 아우고 누이라고 할까."

먼저 누이이고 아우이기를 끊어내자고 한 것은, 그 걸쭉한 피를 담장에 뿌렸던 일광이 아니었나. 송연은 해관의 물음에 그때를 떠올렸다. 비린내가 났었다. 바람이 불고, 어디론가 뛰어가는 소년의 그림자가 보이는 듯도 했었다. 그리고 그때의 송연은 조금 더… 아름다웠었다.

남매의 연을 끊어내자던 일광의 편지가 소의 피에 젖어 찢어지듯 찢어진 인연이었다. 해관에게서 그 말을 들으리라 생각도 못 했던 터였다. 그래서 말문이 막혔다. 자신을 한 번 바라봐주지 않는 태도에서부터 치욕을 억누르고 있던 송연이었다. 일광을 들먹이며 제 탓하는 해관의 앞에 아무 반박도 못 하는 입술이 파르르 떨렸다.

해관은 한 손에 딸을 안고, 나머지 한 손으로 방 한구

석의 서랍장을 열었다. 길쭉한 손가락으로 편지 몇 장을
슈아내더니 그중 하나를 끄집어냈다. 그리고는 편지를 송
연에게 내밀었다.

"읽어보세요."

"이게 뭔가요?"

"아무튼, 읽어보세요."

송연은 편지를 받아들었다. 이미 해관이 읽었던 듯 편
지 봉투의 일부가 뜯겨 있었다. 송연은 허름한 편지지를
꺼내 펼쳤다. 익숙한, 여전히 곧은 필체가 빼곡했다. 일광
의 필체였다.

···

　얼마 전 첫 아이를 낳았습니다. 이름을 환이라고 했습니
다. 환(換)이라 이름 붙인 것은, 이 아이가 척박한 세상의 무
어라도 바꿨으면 하는 젊은 부부의 욕심입니다.

···

　민망한 일이지만, 부탁드릴 일이 있습니다. 아들을 낳은
후 아내가 몸이 아픕니다. 어린아이와 아픈 아내를 두고 일
을 나갈 수 없으니 집에 돈이 모두 떨어졌습니다. 방세만 겨
우 낸 정도입니다. 아내가 회복하거든 곧장 다시 일을 다닐
생각입니다. 그때까지만, 그때까지만 아내와 아기가 먹을 수
있는 돈을 보내주실 수 있겠습니까.

...

　원산에는 하루에도 몇 개씩 공장의 굴뚝이 오르는 듯합
니다. 공기가 탁해지는 것이 경성과 다를 바 없다고 느껴집
니다. 가끔 경성을 생각합니다. 그곳은 어떠한지요.

...

　경성에는 나와 관련되어 남은 것이 하나도 없습니다.

백일광(白一光)

　경성에는 저 자신과 관련되어 남은 것이 하나도 없
다…. 몇 년이 지난 편지에서도 일광은 혼자였다. 물론 그
렇다고 기분이 나쁘거나 서운한 감정이 들지는 않았다.
여전히 멍청하고 일관되었구나, 생각할 뿐이었다. 그리고
마지막에 교묘하게 글자를 바꾼 일광(一光)이라는 이름에
한 번 비웃음을 흘렸다.

　박해관이 '독립 어쩌고'들을 그리 좋아한다더니 일광과
도 꽤 친분이 있는 모양이었다. 어떻게 알게 된 사이인 줄
은 모르나 꽤 골치가 아파졌다. 경성의 거목에게 밉보여
좋을 것 하나 없는데, 이렇게나 꼬일 일이 생길 줄이야. 송
연은 편지지를 다시 봉투에 넣고는 찡하게 울리는 관자놀
이를 짚었다.

　"조카가 태어난 것도 아마 몰랐겠습니다."

"네."

"가져오신 그 상자는 뭡니까?"

"아! 하마터면 잊을 뻔했습니다."

송연은 옆에 두었던 상자를 기억해냈다. 해관의 어린 딸, 그 딸과 마주친 눈, 그리고 연이어 읽은 일광의 편지까지 얼떨떨하던 와중에 잊고 있었다. 송연은 상자를 들어 기쁘게 열어 보였다. 운전기사의 말에 따르면 백화점 이곳저곳을 돌아다니며 정성 들여 골라온 아기 구두라고 했다.

"아기 구둡니다. 고급스러운 물건이에요. 아마도, 이렇게나 귀여운 따님에게 무척 잘 어울릴 겁니다."

송연이 뚜껑을 연 상자를 들어 올려 해관의 눈높이에 맞췄다. 작은 구두 앞코에서 햇빛이 부서졌다. 빨간 구두가 탐스럽게 반짝였다. 그 반짝임 탓일까, 해관이 저도 모르게 눈을 감았다. 그리곤 고개를 돌렸다. 빛이 요란해, 차마 마주보기 부담스러운 그러나 아름다운 구두였다.

"예쁩니다."

"그렇지요?"

송연은 구두 한쪽을 꺼내 끈을 풀었다. 그리곤 해관에게 다가가 그에게 매달려 있는 딸아이의 한쪽 발을 쥐려 했다.

그러나 이번에도 송연은 어린것을 만지지 못했다. 흰 스타킹으로 감싸진 작은 발이 휙 멀어졌다. 솜털이 보송하던 얼굴이 그랬던 것처럼. 해관은 무심코 인상을 찡그리며 뒤로 물러났다. 어쩌면 송연의 손이 딸에게 닿는 것조차 불쾌하다는 얼굴이었다. 송연은 당황스러움에 구두를 어쩌지도, 계속해서 걸고 있던 미소를 지우지도 못했다.

"고맙습니다만 딸아이에게 어울릴 신발은 아닌 것 같습니다."

"무척 잘 어울릴 것 같은데요?"

"괜찮습니다. 정 선물해주고 싶다면 조카께 해드리는 것은 어떨지요. 끼니도 잘 챙겨 먹지 못하고 있는 모양이던데."

"먼저 혈연을 끊자고 한 건 제가 아닙니다."

송연이 신발이 담긴 상자를 덮었다. 상자를 묶고 있던 끈도 다시 묶었다. 시계를 보니 한 것 없이 시간이 쑥 지나 있었다. 또 지겹게, 죽어가는 백작의 이마를 닦아주러 들어가 보아야지. 송연이 벌써 갈 시간이 되었네요, 하며 쓴웃음을 지었다. 해관이 고개를 끄덕였다. 송연이 가보겠습니다, 라고 하자 해관이 한 번의 만류 없이 안녕히 가시길, 하고 답했다. 송연이 고개를 끄덕인 채 다시 고개를 숙였다. 이번에도 해관은 송연의 인사를 봐주지 않았다.

송연은 아기 신발 상자를 들고 그대로 응접실을 나왔다. 응접실 문이 닫힐 때쯤, 아기가 다시 울기 시작했다. 해관이 울지 말거라, 우리 예쁜 홍주…, 하고 말했다. 아직

붙이지 못했다던 아기의 이름이었다.

박홍주.

송연이 그 이름을 웅얼웅얼 씹으며 뒤도 돌아보지 않고 복도를 걸어 나왔다. 닫힌 문과 긴 복도 뒤로 아기의 울음소리만 퍼지다 끊겼다. 차에 오른 송연이 아기 구두를 구석에 던졌다. 그러고도 경멸이 쉬이 풀리지 않아 경성의 길 어딘가를 달릴 때 창문을 열어 한 켤레씩을 던졌다. 어쩌면 홍주의 구두가 되었을지도 모르는 빨갛고 예쁜 구두였다.

그리고 아오마츠 백작이 죽었다. 백작은 송연이 잠들어 있던 새벽에 죽어서, 그 다음 날 아침이 되기 전까지 아무도 백작의 죽음을 몰랐다. 이미 시신이 된 지 오래된 백작을 발견한 젊은 하녀가 한 번 까무러쳐 쓰러지는 작은 소동이 있었다. 그것 말고는 모두 예견했던 일이었다. 시신을 거두고, 방을 치우고, 백작이 오래 썼던 이불을 갈고, 장례를 준비하고, 일본의 아오마츠 본가로 전보를 쳤다. 우에다 변호사를 불러 재산 문제를 넘겨받았다.

그렇게 서서히 아름다움이 위태해질 때쯤, 송연은 경성에서 유일하게 아오마츠의 이름을 쓰는 이로 남았다. 그 아오마츠 부인이 경성에서 제일가는 부자가 된 것은 또 예상치 못한 날의 일이었다.

부인이 홀로 차를 마시던 어느 오후, 경성 땅의 절반이 헐값에 나왔다는 말을 전해 들었다. 남들이 들으면 헐값이 아닐 돈이었으나 어쨌든 소나무 저택에서는 아주 못 쓸 돈도 아니다. 매물로 나왔다는 땅들은 그 가격에 나올 만한 땅들도 아니었다. 누군지는 몰라도 이 땅을 저 가격에 내놓다니, 아주 미친놈이군. 아오마츠 부인은 차를 한 번 더 우리며 사람을 시켜 땅 주인을 찾았다. 사실, 찾을 것도 없었다. 그만한 땅을 가지고 있다가 한 번에 팔 정도의 사람은 온 경성 땅에 딱 두 군데뿐. 총독부이거나 박해관이거나.

땅의 주인은 박해관이었다. 총독부와 아오마츠 부인이 동시에 눈독을 들이던 그 땅들은 곧장 아오마츠 부인의 것이 되었다. 땅의 소유자가 박해관이라는 것이 드러나자마자 아오마츠 부인은 망설임 없이 땅을 사들였다. 내세울 명목 하나 없는 일이었다. 별 관심이 가는 땅도 아니었다. 홀로 있는 공간은 저택만으로도 이미 충분히 넓었다.

그리고 박해관은 반도를 떠났다. 가족 일가를 모두 데리고 만주로 갔다는 소문이 돌았다. 돌던 것이 아주 소문만은 아니었는지, 제국군이 만주로 움직였다는 말도 같이 웅성거렸다. 불량한 시인 정도였던 박해관이 아주 '불령선인'이 되려고 마음을 먹은 모양이었다. 새로 사들인 땅 위에 새로 올라가는 건물의 기둥을 보던 아오마츠 부인이 쯧쯧 혀를 찼다. 그렇게 멍청하게 생각하지 않았던 사람인 것을….

"오늘 내일이면 건물이 완공된다고 합니다. 한 나흘쯤 뒤로 완공식을 할까 하는데, 미리 한 번 보시는 게 낫지 않을까요?"

"벌써?"

"아주 더운 여름이 오기 전까지 마무리할 생각으로 열심히들 지은 모양입니다."

햇볕이 잘 들지 않아 봄은커녕 여름이 오는 것도 몰랐다. 탁자 구석에 밀어놓은 달력도 3월에서 멈춰 있었다. 아오마츠는 오늘 날짜가 어떻게 되지, 하고 물었다. 멀리서 있던 하녀가 5월 30일입니다, 하고 답했다. 그제야 달력을 끌어다 두 장을 넘겼다. 생각해보니 조금 더운 것도 같았다. 아오마츠는 부채를 가져오라고 한 뒤 펼쳐 천천히 부쳤다.

곧장 준비를 마쳤다. 딱히 할 일 없는 일상만큼이나 지루한 경성의 거리였다. 차고에서 차를 가져오라고 말을 할까 하다가, 심심함이 지나쳐 오랜만에 길을 걷기로 했다.

경성의 거리는 제법 눅눅하고 향기롭다. 볼 것 없는 삭막한 거리에도 어떻게 볕이 들고 나무가 자라 색이 제법 알록달록했다. 그러나 볕이 잘 든다고 어디나 다 밝은 것은 아닌 모양이었다. 군데군데 사람들이 자리를 틀고 앉거나, 잠이 든 곳은 확연한 응달이었다. 그런 이들을 바라보며 피해 걷다가, 덜컥 멈추어 섰다. 옆에 서 있던 하녀들이 제지하기도 전에 일어난 일이었다.

"마님, 살려주세요!"

아오마츠 부인의 뒤, 그리고 아래에서 쥐어 짜낸 목소리가 들렸다. 보지 않고도 제 발목을 붙잡은 것이 어린 손임을 알 수 있었다. 어린 손이 어떻게든 부인의 발목을 놓지 않겠다고, 아귀에 점점 힘을 주었다. 부인이 미간을 찡그렸다. 아프거나 죄이는 느낌은 하나 없고, 다만 귀찮음과 불쾌함이 있을 뿐이다. 남은 한쪽 발을 들어 조용히 지르밟은 후 가던 길을 마저 가도 괜찮으리라 생각했다.

허나 심심하던 찰나다. 심심함이 아니었다면 그대로 밟혔을 어린 손, 한 번은 아량을 베풀어주기로 했다. 부인은 살며시 들었던 다른 쪽 발을 다시 내렸다. 그리고 고개를 돌렸다.

넙죽 엎드려 부인의 발목을 잡고 있는 어린 계집애는 머리가 형편없이 길어 뻗쳐 있고, 그 머리 사이사이에 나뭇잎이며 흙이 묻어 굳어 있었다. 더러운 꼴이다. 순간 괜히 뒤를 돌아봤다 여겼다.

"정말로 무엇이든지 하겠습니다. 밥 한 끼만 주세요. 하루만 재워주세요!"

그러나 나오지도 않는 목소리로 악을 쓰며 고개를 치켜든 계집애는 괜한 수확이 아니다.

아오마츠는 한눈에 계집애의 부모를 알아보았다. 네 아버지를 똑같이 닮아 생생히 살아 있는 까만 눈. 언젠가 마주쳤던 것 같기도 한 눈동자. 그때도 너는 울음을 운 눈이었지. 그 눈이 오랜 시간 끝에 다시 나를 바라보고 있다.

박해관의 옛터 앞에서 자신을 쳐다보는 그 딸의 얼굴. 시선 한 톨도 다르지 않은 눈과, 앙 다문 입술이 그때 아비의 목소리를 웅얼거리는 듯했다. 아오마츠가 아니라 백송연이 아니냐던, 박해관의 목소리.

그때 너는 아비의 품에 안겨 나를 내려다보며 나를 피하였고, 지금의 나는 너를 내려다보며 너를 모른 척 뒤돌아설까 고민을 한다.

"네 이름이 뭔데?"

너의 이름을 어찌 잊겠니. 아오마츠 부인은 그날, 응접실을 나오면서 얼핏 들었던 계집애의 이름을 기억한다. 지금껏 한 번도 잊은 적이 없었던 이름이다. 자장가에 섞여 들리던 네 이름.

"홍주, 박홍주입니다."

계집애, 어느새 자라 제 아버지를 꼭 닮은 얼굴을 한 계집애가 죽기 전의 목소리로 씩씩하게도 이름을 고한다.

아오마츠 부인은 아침에 읽었던 신문을 머릿속에서 다

시 곱씹었다. 박해관이 만주에서 붙잡혀 온 지 며칠, 그의 상태는 어떠하며 그의 죄목이 어떠한 이유로 곧 사형에 처해질 것이라던 기사. 아오마츠 부인은 과거 그를 만났던, 햇볕이 따뜻했던 집의 풍경을 떠올렸다. 박해관과 그 가족이 살았던 집은 그가 만주로 떠난 후 어떤 부자 일본인의 손에 넘어갔다고 했다.

그때의 기억을 떠올리며 지금 눈앞의 홍주를 바라봤다. 팔뚝만 하던 핏덩이가 자라 이렇게 커지기까지의 시간이 흘렀음에도 어느 하나 잊지 못한 것을 보면, 생각보다 지독했던 기억이었다. 아오마츠 부인은 박홍주…, 하고 나지막이 중얼거리다 덧붙였다.

"아…. 결국 중국으로 건너가지 못하고 만주 어디서 붙잡혀 끌려왔다던 그 독립 어쩌고의 딸?"

그 독립 어쩌고의 딸은 차마 부정하지 못한 채 아오마츠 부인의 발목만 죽으라고 붙들고 있을 뿐이었다. 무엇이 두려워 그렇게도 두려운 눈빛을 하고 있을까. 굶주림이? 비참함이? 제 아버지가? 제 아버지와 관련지어지는 것이? 그러나 그중 무엇을 두려워하든, 두려워하는 눈빛만으로도 홍주는 답을 말하고 있다. 저는 그때 그 박해관의 딸자식입니다, 하고.

"…네."

결국 홍주는 못을 삼키듯 제 아버지의 이름을 삼켰다.

속에 넣고도 따가워 어린 얼굴이 이리저리 일그러졌다. 그 꼴을 보는 것이 꽤 재미있어서 아오마츠 부인은 싱긋 웃었다. 부인이 홍주 앞에 쪼그려 앉았다. 그리곤 제 발목을 쥔 홍주의 두 손을 보드랍게 풀어 쥐었다. 옆에 서 있던 하녀들이 저들끼리 조용히 눈을 맞추며 놀란 기색을 감추지 못했다.

"그래서, 내가 널 어떻게 해주길 바라니?"

친절하게 물었다. 그러니 너도 기꺼이 친절하게, 살랑살랑 꼬리질하며 답해보렴.

"살려주세요. 살려… 주세요, 부인."

"그래, 홍주야. 저택으로 가자. 내가 네 아비의 시를 얼마나 좋아했는지 아니?"

아오마츠 부인은 저택에 도착하자마자 최근의 신문들을 찾아 모았다. 하인들이 홍주를 씻기러 간 사이, 아오마츠는 테이블에 앉아 꼼꼼하게 신문을 살폈다. 박해관의 이름은 더 이상 문학란이 아니라 사회란에 있었다. 그것도 세상 끝에서 떨어지고 짓이겨져 마땅할 인간이 되어 있었다. 신문 마지막 줄 즈음은 그의 만주 생활을 요약해놓고 있었다. 독립쟁이들을 데려다가 먹이거나 살피고, 돈을 대주고, 그도 모자라 직접 총을 들기도 했다고 적혀 있었다. 그리고 그러는 와중에 부인을 비롯한 주변 일가가 싹다 죽었다고 했다. 참으로 간략하고도 명쾌한 요약이었다.

지금 제 앞에서 볼이 빨갛게 익어 나온 작은 계집애 하나를 빼면.

"부인, 정말 고맙습니다."

아오마츠 부인은 홍주를 맞은편에 앉힌 후 밥을 먹었다. 별로 배가 고프지 않아 홍주가 먹는 모습을 주로 쳐다보았다. 교양 없고 더럽기는. 태어나서부터 고고한 척을 다 떨었을 때는 언제고, 홍주는 손에 잡히면 잡히는 대로 음식을 입속에 욱여넣었다. 빵이 구겨지고 스프가 턱을 타고 흘렀다. 그러면서도 먹기를 멈추지 않아 하녀들이 다가와 닦아줄 틈도 주지 않았다. 오랜 허기가 어린 소녀 안에 뱉어두고 간 게걸스러움이었다. 그 게걸스러움을 어쩌면 인간다움이라고 부르기도 했다.

무서워할 줄 알아야지. 간절할 줄도 알아야지. 살고 싶어야지. 그게 인간인데. 아오마츠 부인은 홍주를 바라보며 와인 잔을 빙그르르 돌렸다.

"홍주는 무엇을 하고 싶니?"

"음…."

"살고 싶다며. 살 수 있다면 뭘 하겠니?"

글쎄. 홍주는 말이 없다. 쉴 새 없이 움직이던 턱과 입술이 그제야 조금 멈췄다. 굶주린 채 거리를 굴러다니는 동안, 언뜻 제 몸에서 어머니가 죽으며 풍겼던 냄새를 맡았던 것도 같았던 순간, 오직 산다는 것 말고는 떠올렸던 생각들이 없었다. 아버지의 이름을 피하며 거리에 떨어지는 무엇이라도 주워 먹어 살아야겠다는 것뿐. 아버지가 홍주를 만주로 데리고 가고 나서부터 시작된 생각이었다.

무엇을 하고 싶냐니. 홍주가 가여운 입술만 오물거리는 동안 아오마츠 부인이 먼저 운을 뗐다.

"학교에 가고 싶니?"

"학교요?"

"그래, 여학교."

"네, 네!"

생각지도 못했던 말에 홍주가 고개를 끄덕였다. 손에 들고 있던 포크를 떨어뜨려 바닥에 부딪히는 소리가 났다. 홍주는 환하게 웃었다. 씹고 씹어 걸쭉해진 빵이 이 사이사이에 끼어 있어 보기에 흉했다.

"학교에 보내줄까? 살게도 해주마. 기숙사도, 옷도, 책도 사주마. 학교에 가겠니?"

"네! 네. 부인, 정말이지 송구스럽지만은요, 먹는 것만으로도 꿈같은데…, 정말로 학교에 저를…."

"말했잖니. 내가 네 아버지의 시를 참 좋아했다구. 분명 너도 시인을 닮아 영리하고 똑똑할 텐데, 아깝지 않니? 내가 너를 아주 몰랐다면 모를까."

"저를 아셨나요? 제가 아니라면, 저희 아버지랑이라두…."

"그럼. 아는 사이였지. 네가 태어났을 때, 나를 어찌나 빤히 쳐다봐주던지. 내가 그날을 어떻게 잊겠니."

아버지의 이야기에 뭉개져가던 홍주의 얼굴이 단번에 개었다. 무너져가던 세상에서 출구를 찾았다는 그 안일한 안도감. 대단히 순박하고 허투루 똑똑하다. 제 아버지랑 똑같은 부류의 인간인 것이다.

홍주는 밥을 먹고 곧장 잠이 들었다. 아오마츠 부인은 아무 빈방이나 하나 정돈하라고 시킨 뒤 그 방에 홍주를 재웠다. 그리고 당장 실력 좋은 애들 선생 하나를 구해오라고 시켰다. 어쨌든 심심하던 찰나에 경성에 뚝 떨어진 좋은 유희거리. 아버지와 달리, 아버지와 멀리 살고 싶거든 이름도 하나 바꾸라고 할까. 그 이름을 유희(遊戲), 라고 해도 좋겠다. 아오마츠 부인은 운 좋은 가여운 것을 떠올리며 잠이 들었다.

홍주는 다음날부터 곧장 공부했다. 여학교에 들여보내는 것을 목표로 가르쳤다. 보통의 아이들보다 영리한 것만큼은 확실한지, 하루 걸러 하루 이야기를 나눌 때마다 머리가 커가는 것이 느껴졌다.

그날 홍주는 일본에서 들여온 책을 펼쳐놓고 아오마츠 부인에게 종알종알 배운 것을 이야기하고 있었다. 부인은 흔들의자에 앉아 벽난로를 쬐고, 홍주는 바닥에 깔린 카펫에 앉아 들어주는 이도 없는 독백을 계속했다.

"선생님께서는 이 한자의 읽는 방법이 어려우니까 맥락을…."

"홍주야."

"네, 부인."

"우리 홍주가 봄이 되면 학교 기숙사로 간다고 했던가?"

"네, 부인 덕분입니다."

"그럼 나는 쓸쓸해서 어찌 지내지?"

"걱정하지 마세요, 부인. 제가 주말마다 열심히 달려 저택으로 올 거예요."

"그럼 네가 없는 날에는 어쩌지?"

"부인…."

홍주가 책을 내려놓고는 무릎으로 기어 아오마츠에게로 다가갔다. 홍주가 부인의 허벅지에 얼굴을 묻고는 부인의 손을 쥐었다. 그리고는 고양이가 아양을 떨듯 앓는 소리를 냈다. 우는 소리인지 한숨 쉬는 소리인지 모를 소리가 한참 이어졌다. 벽난로의 땔감이 타들어가는 소리도 났다. 부인은 고양이를 만지듯 홍주의 머리를 만지다가 말했다.

"시를 써줄래?"

"네?"

부인의 허벅지에 기대 있던 홍주가 벌떡 일어섰다. 저

택에 머물렀던 날들 동안 잊고 지낸 아버지의 모습 같은 것이 스멀스멀 벽난로가 만든 그림자처럼 홍주를 타고 휘감는다.

아버지의 시에 관해 이야기를 들으면, 본 적도 없는 아버지의 시신을 보기라도 한 것 같은 기분이 들었다. 몸이 빳빳해지고 정신이 아득해졌다. 아버지 시신에서 났을 냄새가 꼭 아버지의 시에서도 나는 것 같았다. 한때 모든 이들이 찬양처럼 읊던 그것을, 경성으로 돌아온 홍주는 단한 번도 읽지 않았다. 아주 어쩌다 비슷한 글이 들리거나 보이기만 해도 그 자리를 달려 나왔다. 그 시들이 너무나 아름다워 두려웠다.

그러나 지금 부드럽게 홍주의 머리를 쓰다듬고 있는 부인은, 홍주가 그와 같은 시를 써주길 바랐다. 어쩌지? 홍주는 미처 깎지 못한 제 손톱으로 손바닥의 여린 살결을 꾹꾹 눌렀다. 무엇을 어찌해야 좋을지 몰라 입술도 뜯었다. 피 맛 같은 것이 나기 시작할 때, 부인의 손수건이 홍주의 입술을 닦았다.

"저런. 피가 나네."

"부인⋯."

"그렇게 싫으니?"

아오마츠 부인은 홍주의 피가 묻은 손수건을 차곡차곡 접으며 물었다. 홍주는 손수건을 접기 위해 저를 떠난 부인의 시선을 쫓았다.

내 목숨이 시보다 가벼울 리 없지. 목숨과 시를 떨어뜨리면 둘 중 뭐가 먼저 떨어지겠어.

홍주는 손수건을 개던 부인의 손을 잡고 일단 고개를 끄덕였다.

"쓸게요."

"응?"

부인이 홍주를 바라보았다. 그래, 이 시선. 놓으면 떨어지고 말 이 시선.

"부인이 저를 얼마나 아껴주시는데요. 부인께서 기쁘시지 않으면 제가 이 은혜를 어떻게 갚겠어요. 미진한 능력이나마 최선을 다해볼게요. 매주 돌아올 때마다 새로운 글을 써서 꼭 낭독해드리겠어요."

"그래 줄 수 있겠어?"

"그럼요, 부인."

아오마츠 부인이 홍주를 보며 웃었다. 참으로 아름답다, 라고 홍주는 생각했다. 벽에 붙어 돌아다니던 시 따위는 어느새 떠돌다 사라진다. 아버지의 유령 비슷한 끔찍한 냄새도 나지 않는다. 아무렴 저택은 소나무의 숲이다. 향기로운 잎들 사이에서 그런 냄새가 날 리 없었다.

홍주를 기숙사에 들여보내며 아오마츠 부인은 홍주에게 새로운 이름을 주었다. 나오코라고 했다. 저택을 떠나 있을 때는 꼭 나오코라는 이름으로 살아야 한다고. 그래야 네 아버지와 멀어질 수 있지 않겠냐고. 홍주는 고개를 끄덕였다. 제가 가지고 있는 모든 물건에 나오코, 하고 이름을 달아놓았다.

홍주는 이제 죽은 이름으로 삼아도 좋을 것 같았다. 그럼 이번 주말에 보자꾸나. 부인이 인사를 하고 돌아서고, 홍주는 부인의 뒷모습을 향해 몸을 반으로 접어 인사했다.

다시 만나기까지 다섯 날, 이제 나는 사랑하는 부인께 드릴 시를 써야지.

"마님, 나오코…. 그 죽어서 나간 어린 하녀 이름 아닌가요?"

"맞아."

"어째서 그런 이름을…."

"그냥 생각이 나기에."

아오마츠 부인의 답에 이시다가 어깨를 들썩였다. 얼굴도 잘 기억 나지 않을 만큼 짧은 날 동안, 저택의 하녀로 일하다 병에 걸려 죽어 실려 나갔던 어린 계집애가 하나 있었다. 성씨도 모르고 나이도 정확히 몰랐다. 그냥 나오코, 라고 불렀었다.

나오코가 살아 돌아오기라도 한 듯 어쩐지 섬뜩하고 가여운 느낌이었다. 이시다는 부인 몰래 뒤를 돌아 차창 밖을 내다보았다. 아직도 멀어지는 차에 대고 고개를 숙이고 있는 홍주, 그러니까 나오코의 모습이 보였다.

토요일 아주 이른 시간에 홍주가 저택의 문을 열고 들어왔다. 아침 식사도 하기 전의 시간이었다. 아침 준비를 하는 냄새가 1층에 퍼져 고소했다. 일주일도 안 되는 시간 저택에서 나와 있었을 뿐인데 벌써 이렇게 그리운 냄새가 날 수 있다니. 홍주는 코를 킁킁거렸다.

"홍주 왔구나."

식탁에 앉아 미음을 먹고 있던 아오마츠 부인이 홍주의 등장에 숟가락을 내려놓았다. 홍주는 아오마츠 부인에게 절 비슷한 인사를 하고는, 익숙하게 자기 자리를 찾아 앉았다. 그리고는 벅찬 얼굴로 주머니에서 편지 봉투 같은 것을 꺼내 부인에게 내밀었다.

시로군.

물어보거나 열어보지 않아도, 박홍주의 들뜬 얼굴만 봐도 알겠다. 아오마츠 부인은 그렇게 쉽고 뻔한 홍주가 가여웠다. 그리고 한편으로는 지극히도 가소로울 수 없었다. 모른 척, 편지를 받아든 부인이 물었다.

"이게 무엇이니."

"시입니다, 부인."

"어머⋯. 정말로 시를 써주었구나. 정말로 기쁘다."

부인은 그 자리에서 봉투를 뜯어 홍주의 시를 꺼냈다.

짤막한 시인지라 시간이 걸릴 것도 없이 한눈에 훔쳐 읽었다. 그러나 이 형편없고 실력 없는, 시를 두고 음미하는 척이라도 해주어야지. 먹던 미음보다도 씹을 맛이 없고 밍밍한 글자들을…. 부인은 애써 몇 번씩이나 시를 읽었다.

오죽도 읽을 맛이 나지 않는 시였다. 시라 하기도 부끄러운 낙서였다. 제 아비인 박해관의 시가 딱 보기에도 유려하고 진득했기에, 저도 모르게 기대 비슷한 것이라도 했었나. 어차피 헌시를 받아보자고 던진 말은 아니었지만, 이것은 생각보다도 더 우습다.

"이렇게나 아름답게 써주다니…."

"아니에요, 부인. 모자라도 한참이 모자라고 부족한 점만 많은걸요."

그럼. 당연히도 그렇지. 그러나 아오마츠는 그 말을 꾹꾹 눌러 억지로 속에 밀어 넣었다.

"말했던가? 난 아름다운 것을 참 좋아한단다. 홍주처럼, 그리고 홍주의 시처럼. 홍주의 문장처럼."

"부인…."

"고맙다, 홍주야. 그럼 나도 너에게 보답을 해야겠지?"

"네?"

아오마츠 부인이 뒤를 돌아보자 옆에서 상자를 들고 서 있던 이시다가 다가왔다. 그리곤 상자를 열어 홍주에게 보였다. 빨간색 구두였다. 앞코에 리본이 달린 새 신이었다. 홍주의 발에 꼭 맞는 크기였다.

"부인!"

"네게 주고 싶어서 오래 기다렸단다."

"제가 뭐라고 이런 예쁜 구두를…."

"한 번 신어보겠니?"

홍주는 눈물 같은 것이 쏟아져 나오려는 모양인지, 입을 틀어막고 있었다. 아마도 감격이나 감동 비슷한 그런 것이리라. 아오마츠 부인은 애써 구한 똑같은 모양의 구두를 바라보았다. 십여 년도 전 갓 태어난 박홍주에게 신기려고 했었던 그 작은 아기 신발. 그것과 똑같은 모양으로 만들어낸 구두를 이제야 홍주가 신고 있었다.

구두는 홍주의 발에 꼭 맞았다. 홍주야, 일어나 걸어보겠니? 부인의 요구에 홍주가 벌떡 일어났다. 그리고는 카펫 위를 종횡무진으로 걸었다. 하도 통통 튀듯 걸어 걸음인지 춤인지도 모를 움직임이었다. 손끝이 보드랍게 말려 올라갔다. 입고 있던 치마가 나풀거렸다. 빨간색 구두가 또각또각 소리를 냈다.

홍주는 앞으로도 나를 위해 열심히 글을 써주렴. 아오마츠의 말에 그럼요! 하고 답하는 홍주, 어쩌면 나오코의 목소리가 들렸다.

3장

동
상
이
몽

同床異夢

칼 위를 걷다

여름이다. 학교들이 하나둘 방학을 했다. 낙이 오랜만에 늦잠을 잤다. 환은 학기 중과 별 차이 없이 일찍 일어나 식사를 하고, 교수를 만나기 위해 외출을 했다.

다른 이들의 방학은 서은에게 개학이나 마찬가지였다. 여태껏 학교랄 것에 다녀본 적이 없으니 개학이 아니라 입학 비슷한 것일지도 모른다. 그러나 입학이라고 생각하면 무척 쓸쓸해지므로, 서은은 홀로 개학이라 생각하기로 했다.

입학식이라면 화려하고 수선스러워야 하는 것이 아니었나? 다들 좋은 옷을 입고, 학교에 가서 내키면 사진이라도 한 장 찍는 것 아니었나. 덕담이나 만년필 같은 것들도 건네고, 어깨를 두드리며 앞으로의 학업을 격려하는 그런 날. 그러나 서은의 입학 아닌 입학에는 참석하는 사람도, 뻔한 축사나 환영사도 없었다. 선물도 덕담도 없었다. 그러므로 이런 것을 입학식이라 부르기 쓸쓸해, 서은은 그렇게 홀로 '아오마츠 학교'에서의 첫날을 열었다.

혼자만의 개학 날, 서은은 아침을 먹고 양치를 한 뒤 방을 정돈했다. 먼지를 한 번 더 쓸어보고 구석마다 향수를 뿌리기도 했다. 그리고 방 중앙에 있는 테이블에 앉았다. 맞은편에는 나오코가 앉으리라. 그리고 공부를 하겠지. 그이는 나를 가르칠 것이고, 나는 그이의 학생이 될 것이다.

그러나 그렇게 생각하고 보니 나오코를 바라볼 때 시야에 낄, 테이블 중앙에 얌전하게 놓인 화분이 신경에 거슬렸다. 분명 예쁘게 꽂아놓은 꽃들이지만 지금은 필요 없다. 서은은 자리에서 일어나 화분을 장식장 한쪽으로 옮겼다. 그리고 다시 테이블에 앉자 나오코가 문을 두드렸다. 나오코는 두 번의 노크 후 문을 열고 들어왔다. 품에는 몇 권의 책과 필통을 안고 있었다.

"선생님!"

"안녕하세요, 아가씨."

"기다리고 있었어요."

나오코가 책들을 테이블에 내려놓으며 앉았다. 책들은

나오코가 이전 학년, 그 전 학년일 때 배웠던 것들을 다시 구해다 놓은 새 책이었다. 나오코는 자리에 앉아 책들을 서은의 쪽으로 밀어주었다. 그리고 제 손은 몇 년 전에 썼던, 똑같은 헌 책 위에 가지런히 겹쳐 올렸다.

"아가씨가 쓸 책들이에요. 영어, 산수, 한문, 일본어."

"그리고요?"

"그리고…, 라뇨?"

"실은 작은 오빠에게서 책을 몇 권 받아 읽고 있어요. 조선 글씨는 읽을 줄 알거든요. 우리, 책은 읽지 않는 건가요?"

"부인께 들은 말은 영어, 산수, 한문, 일본어가 전부입니다만…."

"세상은 그것 말고도 넓지요? 법국어, 덕국어, 음악, 미술, 화학 같은 것. 이걸 다 가르쳐 달라고 욕심내지는 않을게요. 다만… 종종 저랑 같이 책도 읽어주시고, 대화도 나눠주세요."

서은이 헐어버린 책 표지를 만지고 있던 나오코의 손을 부드럽게 쥐었다. 서은의 손끝은 거칠거칠하다. 원산에 있을 때는 일을 하느라 다 상해버렸고, 경성에 온 뒤로는 바늘로 손을 찔러대느라 손에 약이 마를 날이 없으므로 그랬다.

나오코는 제 손등에 와 닿는 까칠한 촉감에 놀라 흠칫

어깨를 떨었다. 서은에게 잡힌 제 손을 보던 나오코의 시선이 손목을 타고, 팔뚝을 타고, 어깨를 지나 서은의 얼굴로 향했다. 입은 웃고 있으나 눈은 저리도 절박할 수 없는 얼굴. 그 얼굴을 한참 본다. 무언가 보일 듯 보이지 않을 듯 눈앞이…간지럽다.

"네."

"네?"

"그렇게 할게요. 우리 주에 한 번은 책을 읽고 대화를 나눠요."

서은이 자리에서 벌떡 일어났다. 그러더니 또 곧장 앉았다.

"제가 왜 벌떡 일어났는지 모르겠어요! 어떡해? 선생님, 저 발바닥이 막 간지럽고…, 머리가 부풀어 터져버릴 것 같아요. 행복해요!"

"그럼 이제 우리 공부할까요."

"네, 네! 뭐부터 할까요?"

"산수부터 해요. 책을 먼저 봐요."

그렇게 나오코는 서은을 가르쳤다. 어쩌면 가르친다기보다는, 서은에게 빨려 들어간다는 것이 더 어울리는 표현일지도 모른다. 나오코가 하나를 내놓으면 서은은 그 말에 서너 개의 질문을 붙였다. 숙제를 내주면 그 다음 날 거기에 가지를 붙이고 잎을 달아 왔다.

서은은 믿지 못할 속도로 세상을 알아가는 아이였다. 열어놓은 창문 너머로 여름날 나른한 바람이 불어도, 밑에서 올라오는 달콤한 간식 냄새가 나도 한 번 흔들리는 적이 없었다. 오히려 하품하게 되는 쪽은 나오코였다. 참고 참다가 하품이 터지면, 곧장 서은에게 사과를 했다. 이렇게나 열심인 사람을 앞에 두고 하품을 했다는 것 자체가 민망해지고는 했다. 그러면 서은은 그냥 웃고 말았다.

어느 날은 물었다.

서은 아가씨, 지치지도 않으세요? 이렇게 포근한 바람이 불고 다디단 냄새가 나는데. 어떻게 한 번 다른 곳을 보지 않으세요?

그때 서은이 무어라고 답을 했더라. 아마도, 글자만큼 포근하고 단 것이 어디 있다고요, 라고 했던 것 같다. 그리고 그날 수업을 마치면서, 다음에 읽어올 작품으로는 김동인의 〈광염 소나타〉로 하자는 약속을 했었다.

그날, 나오코는 방으로 돌아가 곧장 침대에 누웠다. 저녁 식사 전까지 계속해서 서은의 말을 곱씹었다. 아직 너는 글자가 달기만 하구나.

나는 쓰다.

뒤척거리며 누운 방향을 바꾼 나오코의 시선에, 어제 새벽까지 쓰다 찢어버린 원고지가 눈에 들어왔다. 차마 버리지는 못하고 책상에 그대로 둔 채 다른 책들을 얹어 가려놓은 원고였다. 소설의 첫머리를 쓰다가 갈기갈기 찢어버렸다. 책을 얹어 종이를 가렸으나, 귀퉁이까지 아주 완벽히 가리지는 못해 귀퉁이만 여름 바람에 펄럭였다.

나오코는 개어 놓았던 이불을 끌어당겨 얼굴을 가려버렸다. 시선이, 가라는 곳으로는 가지 않고 자꾸 찢어진 원고지로 향했다. 버릴 쓰레기로 생각하라는, 머리에는 따르지 않는 마음이 자꾸 그것을 애정이 붙은 원고라고 삼았다. 아무것도 듣고 싶지 않은 귓가에 웅웅 서은의 목소리만 자꾸 맺혔다. 단 것과 쓴 것은 이렇듯 한 마디의 차이인 것을, 아직 막 돋은 어린 애정은 그 거리를 알지 못한다.

저녁 식사 중 아오마츠 부인이 남매들에게 하계방학 중 계획을 물었다. 환은 별다른 계획이 없다고 했다. 낙은 허락만 떨어진다면 양주에 있는 친구네에서 쉬다 올까 한다며 조심스레 말했다. 서은도 별다른 계획이 없다고 했다. 그저 매일 그랬듯 나오코와 열심히 공부하고, 책을 읽고, 토론하면 그것만으로도 충분히 멋진 일상이다. 별달리 계획을 세우겠다는 생각조차 해본 적 없었기에 오히려 자신에게도 계획을 물어주는 고모의 목소리가 놀라울 정도였다.

아오마츠 부인은 각자 답들을 듣더니 식사를 마치고 입을 닦았다. 부인은 후식이 나오기 전 잠깐의 틈에 무언가 골똘히 생각하다 이시다가 찻잔을 내려놓자마자 말했다.

"그러면 환이는 동경에 다녀오는 것이 어떻겠느냐."

"동경이요?"

환보다 낙이 먼저 놀라 물었다. 아오마츠 부인이 미묘하게 인상을 찡그렸다. 미간에 주름이 잡히고 관자놀이의 푸른 핏줄이 보기 흉하게 솟았다. '거슬렸다.' 그것은 낙이 아오마츠 부인의 신경을 거슬리게 했다는 뜻이었다. 낙이 곧 기미를 알아채고 조용해졌다. 그제야 환이 운을 뗐다.

"동경이라니, 무슨 말씀이세요."

"얼마 전 모임에서 나온 말이다. 죽은 백작의 친척 자제들이 모두 모여 승마를 한다고 하더구나. 한 달 정도 넉넉히 잡는 것 같던데, 어떠냐? 가서 말을 배우고 오는 것이? 이 '말'도 배우고, 저 '말'도 배우고."

"일본어라면 평소에도 충분히 능숙하게 합니다."

"가서 하는 것과는 또 다르지. 선생들? 그래 봐야 일본에서 오래 산 조선인일 뿐이 아니니."

서은이 잠시 고까워졌다. 아오마츠, 당신의 이름은 본디 백송연. 성을 바꾸었다고 핏줄까지 바꿀 순 없지. 더욱이 태어난 땅까지 바꿀 수는 없는 일. 마치 자신은 조선 사람과는 연관이 없다는 듯 선생을 뒤에서 질겅거리는 입술을 경멸했다.

가끔 이렇게나마 고모의 옛 이름을 떠올리면 기분이

오묘해졌다. 백송연이라고 되뇌면 죽은 아비의 얼굴과 고모의 얼굴이 너무나 닮아 보였다. 아비는 이렇게나 닮은 얼굴을 과연 좋아했을까? 묻고 싶었지만, 물을 길이 없어 언제나 고모의 얼굴을 오래도록 바라보고 있을 뿐이었다.

송연이었던 시절의 고모는 그 성마저 백(白)이요, 희디 희었다. 그러나 아오마츠(靑松)는 그 글자마저 푸르고 푸르러, 희었던 시절의 백송연은 아주 옛 기억에서조차 이미 죽었을지도 모른다. 그래서 저 자신조차 기억하지 못하고 있는 것일지도 몰랐다.

환은 먹지도 않을 케이크를 포크로 쿡쿡 찌르며 크림을 망쳤다. 뒤에 선 하녀가 들리지 않게 한숨을 쉬는 것을 보면 크림을 쌓는 데에 꽤 공을 들인 모양이었다. 환은 포크로 과일이며 크림을 몇 번이고 찌르다가, 포크를 내려놓고는 멍하니 답했다.

"말 타는 것은 취미가 아닙니다."

"취미? 저 좋은 일만 하고 살면 그게 사람 사는 일이겠니? 때론 어울리지 않고 좋아하지 않아도 해야 하는 일이 있단다. 그걸 '교양'이라고 부르지."

"교양이요."

"그래, 교양."

아오마츠 부인은 교양 있게 차를 홀짝였다. 입술 근처의 주름이 중앙으로 빼곡하게 모였다가 다시 늘어졌다. 환은 찻잔의 테두리만 만지작거렸다. 잔의 부드러운 곡선을 따라 환의 손가락이 왔다 갔다 했다. 꼭 입으로 먹지 못할 것을 손으로 대신 음미하는 것 같았다. 환은 몇 번 그러더니 고개를 끄덕였다. 가겠습니다, 동경으로. 부인이 흐뭇하게 낙의 어깨를 두드리고는 식당을 나갔다. 부인이 나가자마자 낙이 의자에 늘어졌다. 낙의 시선이 고모의 발걸음을 쫓다가, 흔적이 사라지자마자 매섭게 환에게 꽂혔다.

"염병. 물놀이는 얼어 뒈질. 나도 아무 생각 없다고나 지껄일걸."

날 선 말이 제 형을 노렸다. 아무리 좋은 양주의 놀거리도 동경의 본가 모임 앞에서는 흥미를 잃었다.

제대 입학 후 첫 시험에서 환이 1등을 해온 날, 부인은 환을 양자로 입적했다. 그날은 낙의 성적표가 나온 날이기도 했다. 똑같이 성적표 위에는 1등이라는 말이 적혀 있는데 고모의 주름진 손은 환의 어깨만을 두드리다가 떨어졌다.

그 옆에서 순서라도 기다리던 것처럼 두근거리던 가슴이 순식간에 식어버리는 느낌이었다. 내심 기대했다. 항상 최선을 다했다. 눈에 들기 위해 항상 조금 더 잘하고, 더 교양 있기 위해 노력했다. 같은 노력인데도 환의 것은 만족이 되었고 낙의 것은 거슬림이 되었다. 어째서 그런지 이유라도 알면 차라리 아주 슬프거나, 아주 화가 나서 그만둘 수 있지 않았을까.

고모의 시선은 언제나 낙을 비껴갔다. 그래서 낙은 고모의 시선을 통해 무엇이 잘못된 것인지를 알 기회조차 없었다. 그냥, 헤매는 수밖에 없었다. 그래도 조금은 더 기대했던 때가 있었다. 형을 양자로 들이며 나도 함께 들여주지 않을까. 아닌 척하면서도…. 그러나 '아오마츠'가 된 것은 환뿐이었다. 왜? 무엇이 달라서? 낙은 손톱을 뜯으며 생각했다. 틈만 나면 앞니로 손톱을 뜯어서, 피가 나고 살이 트다 못 해 짓물렀던 때도 있었다. 무더운 여름날에 축축하게 젖은 손가락은 낫지도 않은 채 진물만 쑥쑥 뱉어냈다. 그래, 1등 성적표 두 장이 저택에 도착한 그날. 그날부터 고모의 입에서 나오는 모든 말이 곧 비참한 열등감이 되어 낙을 짓눌렀다.

환의 키가 크구나, 하면 낙은 왜소한 제 키가 죽을 만큼 수치스러워졌다. 환의 목소리가 듬직하구나, 하면 제 목소리가 경박하고 또 경박하게 느껴졌다. 환의 필체가 수려하구나, 하면 그 밤에는 형이 쓴 것과 같은 문장을 백 번씩 연습했다. 열등감만큼 지독한 것이 없어 자꾸 가슴에 들이닥쳐 빠져나가지 않고 뿌리를 내렸다. 백환의 동생 백낙이 아니라, 백낙 한 사람으로 존중받고 싶었다. 백환만큼 했다면 잘한 것이요, 그보다 못하면 못 한 것이 아니라 낙이 가진 온전한 그대로가 기준이 되길 바랐다. 얼마나

열심이고 얼마나 갈망했었는지를 알아서 똑같이 사랑해
주길 원했다. 그것이 아오마츠 고모에게는 그리도 어렵단
말인가. 낙은 무참한 미소로 얼굴을 일그러뜨리곤 했다.

날 선 말에 이어 날 선 행동이 제 형을 노렸다. 유언장
에 이름 적힌 사람은 좋겠군. 낙은 그렇게 말하고 자리에
서 일어섰다. 하녀가 의자를 넣기 위해 다가왔지만, 하녀
가 오기도 전 낙이 발로 의자를 차 넘어뜨리는 바람에 하
녀는 움찔한 채 다시 벽에 기대야 했다. 낙의 맞은편에 앉
아 얌전히 케이크를 먹고 있던 나오코도 놀라 포크를 떨어
뜨렸다. 포크는 옆에 있던 서은이 주워 다시 올렸다. 의자
를 넘어뜨린 낙은 빠르게도 제 방으로 들어가 버렸다. 고
모의 어떤 말도 제 뒤를 따라오는 것이 싫어서, 무언가에
쫓기는 사람마냥 빠른 걸음으로 바닥을 밟아 울리며 올라
갔다. 서은은 식당의 문이 닫히고도 낙이 사라진 쪽을 오
래 쳐다보았다.

"요즘 작은 오빠 이상해. 환이 오빠도 알지? 낙이 오빠,
많이 변했다는 거."

"알지. 잘 알지."

"근데, 오빤 억울하지도 않아? 아까 보니 오빠도 동경
에 가기 싫은 얼굴이던데. 억지로 가는 건데 낙이 오빠한
테 삐딱한 말이나 듣고…."

"거슬리지 말라잖니. 그럼 그러지 말아야지."

고모의 눈에 거슬리면 안 된다. 무엇을 하든 철저해야 했다. 아버지를 제 안에서 스스로 죽인 이상, 철저히 소나무의 빛깔처럼 푸르고 푸르른 사람이 되어야 했다. 사람은 사람 사이에서 은밀하고, 나무는 나무 사이에서 비밀스럽다. 우아한 세계에 누구보다 고아하게 스며들기 위해서 환은 철저할 필요가 있었다.

허나 교양이 무엇인지, 이제는 모르겠다. 하루가 지날 때마다 일 년이 허탈해졌다. 피폐해진 정신에 다시 교양을 심고 지식을 심는다. 이것이 과연 무슨 소용일까, 하는 생각이 들면 은실 어멈의 돌 섞인 밥 덩어리를 떠올렸다. 매캐한 공장 연기를 생각한다. 머리에 기어 다니던 이를 생각하고, 눈을 뜨면 붙어 있던 파리를 생각한다. 죽은 부모의 몸에서 나던 역한 냄새와 그들의 입에서 나던 마른 침 내음을. 그들의 욕창을 씻고 홀로 염을 하면서 몇 번이고 헌 요강에 쏟아내던 신 토사물 내음을.

그러나 아버지의 단호했던 음성도 함께 떠올리곤 했다. 망자의 세계로 채 섞이지 못한 아버지의 목소리는 아직까지도 환을 옭아매고 있었다. 너는 땅과 혼과 얼을 모두 짓밟은 그 깃발이 휘날리는 집에서 배불리 먹고, 따뜻하게 자고, 사랑받아 좋겠구나! 아버지는 밤마다 환의 정수리에 소 피를 들이부었다.

뜨겁고 끈적끈적해서 생생히 살아 요동치는 붉은 피.

그것이 정수리에서부터 어깨, 가슴, 사타구니, 발목까지 몸 전체를 적시면 환은 번쩍 눈을 떴다. 그리고 벅벅 몸을 씻고, 학교에 갔다. 그리고 학교에 가서는 교양 있는 교수들의 교양 있는 강의를 교양 있게 들었다. 깨끗하게 노트를 정리하고, 몇 안 되는 친구들과 도시락을 화목하게 나누어 먹었다. 그리고 다시 강의를 듣고 집으로 돌아갔다.

가끔 실습이 있는 날이면 정말이지 딱 죽고 싶다는 생각밖에 들지 않았다. 그림과 글로 보아도 익숙해지지 않는 피와 장기를 눈으로 보고 있으니 구역질이 났다. 특히나 냄새, 카데바에서 나는 그 냄새에 욕지기가 절로 일었다. 온몸에 냄새를 가득 묻히고 돌아오는 날엔 서은마저 환을 피했다. 옷을 벗어 제 손으로 불태우고 나서도 환은 세 번, 네 번, 어느 날은 열 번까지도 물에 들어가 박박 몸을 문질렀다. 쓸 수 있는 향료와 향료는 죄다 넣어 제 몸에 들이부었다. 그러면 향료와 피 냄새가 코끝에서 또다시 섞여 구토를 해야 했다. 목욕통 밖에 나올 것도 없는 구토를 해놓고, 바가지로 물을 퍼 그 맑은 토사물을 치우면서 환은 비틀거렸다.

무엇을 위하여 지금 제대의 정문을 지나고 있는가. 또 무엇을 위하여 저택의 대문을 열고 들어오는가. 푹신한 침대에 누워서도 온몸이 쑤시고 아팠다. 마음이 아프니 몸이 같이 아팠다. 칼날을 들고 죽은 살점을 베면, 꼭 제 배를 스스로 가르는 것처럼 괴로웠다.

그러나 그것마저 치열해야 했다. 소나무 저택의 수많은 창문마다 눈이 달려 어딜 가더라도 환을 바라보는 것 같은, 그런 타의에 의한 치열함. 흘러가고 싶은 생각이 없는데 자꾸만 무언가에 떠밀려 원하지 않는 곳으로 유유히 흘러갔다. 그것을 유유하다고 표현하는 것이 옳은가. 유유하다는 것은 어쩌면 낭만적이다. 낭만은 죽어가는 것에 어울리지 않았다.

환은 알았다. 제가 죽어가고 있다는 것을. 어딘가 투명하게 썩어가는 느낌이었다. 저만 맡을 수 있는 고린내가 풍겨, 실습용 침대에 카데바 대신 제가 누워도 될 것 같았다.

그런 환이 또 다른 교양을 쌓기 위해 동경으로 떠나는 날, 낙도 양주로 떠났다. 양주에서 올라와 연전에서 공부하는 친구 중 한 명이 양주에서 알아주는 부잣집이라고 했다. 집 근처에 냉골이라고 불릴 만큼 차디찬 계곡이 있는데, 딱 그 옆에 별채가 있으니 놀기에는 안성맞춤이라며 꼬드겼다고. 마치 놀고 싶은 마음이라곤 좁쌀 하나만큼도 없는데 마지못해 떠나는 사람 같은 말을 남기고 떠났다.

아오마츠 부인은 크게 반대하지도 않았고 눈을 흘기지도 않았다. 그저 가만히 말을 듣고 이시다를 통해 낙에게 넉넉히 용돈을 챙겨주고는 다시 방으로 들어갔다. 이시다를 통해 용돈을 받은 낙도 별다른 감사 인사를 하지 않고 제 방으로 돌아가 짐을 쌌다.

환이 배에 오를 때 배웅을 나갔던 것은 서은 혼자였
다. 아오마츠 부인은 함께하지 않았는데, 대신 환의 지갑
이 부풀어 올라 접히지 않을 만큼의 돈을 서은의 편으로
보냈다. 여러모로 죽은 남편의 본가로 보내는 양자에게 신
경이 쓰이는 모양이었다. 남편이 죽은 마당에, 두 번째 정
실로 들어온 조선인 여자의, 처음으로 선보이는 조카이자
양자는 꽤나 큰 자존심의 문제였다. 그렇기에 요 며칠 환
에게 유독 신경을 쓰느라 두통이 도져 나오지 못한 것이
다. 서은은 그 모든 과정을 고모 옆에서 수발하면서 몰래
혀를 내두르곤 했다. 백화점에 가서 옷을 고르는 일 하나
에도 사람이 이렇게 열과 성을 다할 수 있음을 처음 알게
된 나날들이었다.

환을 도쿄에 보내기 위해 준비를 서두르는 고모의 모
습은 지켜봐왔던 고모의 모든 모습 중 가장 열성적이었다.
고모의 뒤에 서 있으면 고모의 오래된 그늘이 보였다. 조
선에서는 무서운 것이 하나 없어 보이던 사람이 도쿄라는
지명 하나에도 그렇게 예민하게 온 신경을 곤두세웠다. 저
그늘은 얼마나 오래되어 저리 짙고, 얼마나 깊어 고모 당
신도 헤어 나오지 못하고 저리 계실까. 아주 오랜 시간을,
등골마저 푸르게 물들 정도로.

서은은 백화점에서의 고모 모습을 떠올리며 저도 모르게 피식 웃었다. 그 생각을 하며 아무 생각 없이 환을 졸졸 쫓아가다 환이 가방을 내려놓자 움찔하고 멈췄다. 갑자기 웃음이 멈춰 딸꾹질이 날 것처럼 명치가 아팠다. 환은 바지 주머니에 넣어 놓은 지갑을 꺼내어 눈으로 보지도 않고 잡히는 만큼 서은에게 용돈을 나누어주었다. 얼떨결에 돈을 받아든 서은이 눈꺼풀만 껌뻑였다.

"오빠, 이거 배 안에서 있는 동안 밥도 먹고 동경에서 지낼 돈이잖아요."

"가면 오죽 잘 챙겨줄까. 저택만 해도 호의호식하는데 거긴 본가라잖니."

"그래도, 이건 너무 많아요."

"그냥 받아."

환이 분주하게 승객들 사이를 오가는 부둣가의 상인들을 가리켰다. 상인들은 음료수나 냉 보리차가 든 병을 가지고 승선을 기다리는 승객이나, 이별하는 사람들 사이를 돌아다니며 한 잔씩 권하고 있었다. 아예 상판을 벌려 놓고 호객하는 상인들도 있었다. 환은 그중 아무나 한 명을 가리켰다.

"나 가면 저기 가서 음료수라도 한 잔 사 먹어라."

"한 잔치고는 준 돈이 니무 많아!"

"남는 건 고모 몰래 네 용돈 삼구."

서은은 지폐를 몇 장 세어보다 그 액수에 놀라 식겁하곤 얼른 주머니에 넣었다. 그리곤 혹시 몰라 이곳저곳을 살피다가 환의 어깨를 당겨 귀에 대고 속삭였다.

"오빠. 도착하거든 전보 쳐."

"되는 대로 칠게."

"몸조심하고. 절대 다치면 안 돼, 오빠!"

"너야말로 조심해라."

"난 걱정하지 마."

환은 배에 올라타기 전 서은이 쓰고 있던 모자의 챙을 꾹 눌렀다. 듬성듬성하게 햇빛이 들어오는 곳은 제 그림자로 막았다. 꼭 서은에게 아무것도 보여주지 않겠다는 것처럼. 서은이 한껏 눈을 올려 뜨며 큰오빠를 보기 위해 아등바등했다. 그럴수록 환은 더욱 힘을 주었다.

서은아.

나지막한 목소리로 아우의 이름을 불렀다. 차마 시선은 마주할 수 없어 얇은 모자챙 한 겹으로 그것을 가려두고, 아우의 이름을 되뇌었다. 서은의 시선이 닿으면 생각해온 모든 게 부서질 것만 같았다. 서은의 눈을 보면 다정했던 날들이 모두 살아나 모든 결심을 흐리고, 다시 또 썩는 냄새에 토악질하는 날들로 회귀할 것 같았다. 서은의 어떤 것도 보지 않고, 그 뒤에 오롯한 곰살가운 나날들과 마주치지 않고… 그냥 그렇게 바다 위에 오르고 싶었다.

다정한 것은 섬뜩하다.

배 위에서 사람들이 손수건을 흔들고, 육지에 두고 떠나는 서로의 연인을 더 잘 보고자 빈자리를 찾아 바삐 뛰어다닐 때. 매표 검사원이 일본말과 조선말을 섞어 타지 않은 손님을 재촉하고, 밀항하고자 했던 어린 거지들이 개 끌리듯 끌려 나올 때, 환은 그때가 되어서야 서은의 모자를 놓아주었다. 그리고 양옆에 내려놓았던 짐 가방을 들고 매표원에게 뚜벅뚜벅 걸어갔다. 환은 기계처럼 딱딱하게 매표원에게 표를 보여주고, 서은을 향해 한 번도 돌아보지 않은 채 배 안으로 사라졌다. 배 안에서는 밀항을 시도하던 거지 아이들이 몽둥이로 맞고 있었다.

사흘 후 낙에게서 전보가 왔다. 양주에 잘 도착했다는 말이었다. 일주일 후 환에게서도 전보가 왔다. 동경에 잘 도착했다는 말이었다. 그 전보를 모두 서은이 받았다. 그때 서은은 이시다에게서 아기 옷 짓는 법을 배우던 중이었고, 전보 핑계를 대며 수업을 마칠 수 있어 다행이라고 생각했다.

아오마츠 부인은 물에 두통약을 타 먹으며 환의 전보에 답장을 쳤다. 늠름한 사진을 몇 장 보았으면 좋겠다고. 보통 이런 전보는 운전기사가 치곤 했는데, 그날은 서은에게 부탁했다. 오라비 둘이 다 밖으로 떠나고 서은이 갑갑해 하는 기색이 워낙 눈에 선했던 탓이었다. 마침 주에 딱 한 번 서은이 수업을 쉬는 날이었다. 그러니 더욱 심심하고 갑갑해 했다.

오죽했으면 이시다가 먼저 서은에게 외출을 권했을 정도였다. 오라비 둘이 떠나고 한동안 묵직하게 열리지 않던 서은의 입술이 기쁘게 떼어지더니, 전보 한 장을 치러 나가면서도 두 시간이나 준비했다. 점심 식사도 걸렀다. 대신 나오코와 함께 나가 밥을 먹고 오겠노라고 했다. 그런 서은의 권유에 방 안에서 조용히 글을 쓰고 있던 나오코가 고개를 끄덕였다.

나쁘지 않았다. 생각해보면 방학이 시작된 후, 저택 밖으로는 한 번도 나가본 적이 없었다. 나오코는 서은의 외출 준비 끝 무렵에 옷을 갈아입고 머리를 묶었다. 그게 외출 준비의 끝이었다. 이시다는 서은의 준비를 도우면서 세 가지 말만 반복했다. 하나, 마님의 전보를 절대 잊으시면 안 됩니다. 둘, 저택의 이름에 누가 될 가벼운 행동은 하시면 안 됩니다. 셋, 선생처럼 예절과 법칙을 잘 지키도록 하세요. 숙녀답게 구세요.

이시다가 허리를 꽉 조여 숨이 막히는 와중에도 서은은 죽으라고 고개를 끄덕였다. 알겠으니 대충 잔소리하고 끝내라는 뜻이었다. 이시다는 허리의 끈을 묶어주며 한숨을 쉬었다. 숙녀답게 구세요, 아가씨. 아셨죠? 아셨죠? 꼭 끝나지 않을 것만 같은 물음이 서은의 귓가를 빙빙 돌았다. 질리고 물리는 목소리였다. 알았으니까, 가요. 서은은 이시다를 방 밖으로 밀어낸 후 바늘 자국이 무수한 손가락에 연고를 찾아 발랐다.

전보를 부친 것은 나오코였다. 나오코가 경성의 길목이며 전보를 부치는 일에 더 능숙했으니 그랬다. 서은은 나오코가 우체국에서 나오기를 기다렸다가, 곧장 식당으로 가기로 했다. 신이 난 서은의 걸음걸이가 바쁘고 발랄해서, 나오코의 신은 거의 경성 거리를 질질 끌려다니듯 했다.

늘 그렇듯 학교에 가던 길. 심심하면 친구들과 함께 간식을 사먹던 곳. 가끔 여유가 생기면 연극을 보던 극장. 그런 것들을 죄다 놀라워하는 이이더러, 누가 그 경성 제일의 아오마츠 저택 아가씨라고 불러줄까. 나오코는 또 제 손을 쥔 서은의 손을 보고 이리저리 걸어간다. 그늘진 곳의 토양은 여름임에도 축축하지 않고 버석버석해서, 서은이 나오코를 매달고 그곳을 뛰어갈 때면 모래바람 비슷한 것이 일었다. 그 옆에서 일본인 부자에게 구걸하던 아이들이 콜록거렸다.

"아가씨, 우리 천천히 가면 안 돼요?"

"배 안 고파요? 전 너무너무 배가 고픈데!"

"고프긴 하지만, 숨이 너무 차요."

제가 일으킨 모래 바람에 나오코가 콜록거렸다. 서은은 그제야 나오코의 손을 놓았다. 앞만 보고 달려오다가 뒤를 바라보니, 나오코가 가슴 가운데를 가볍게 두드리며 숨을 몰아쉬고 있었다. 서은은 양 볼을 빨아들여 불만스럽게 씹었다.

"왜 이렇게 숨차 하세요? 뛰는 것도 느리셔."

"제가 뛸 일이 뭐가 있었겠어요."

"지금까지 함께 다녔던 동무들, 아가씨들은 그렇게 하나같이 나비 같고 우아하셨어요? 그냥 그렇게 가만히 앉아 있기만 했어요? 이렇게 뛰는 적 한 번 없이?"

"지금껏 그랬죠. 학교에 함께 다니는 동무들 아니면 마님을 뵙는 일이 전부였으니까. 마님께서 뛰시길 하셨겠어요, 제 손을 쥐고 물소마냥 길목마다 헤치고 나가길 하셨겠어요. 걸어도 그저 정원 산책을 함께 하는 정도가 전부였는데… 당연히 우아하셨죠."

나오코는 큰 숨을 한 번 내쉬더니 다시 서은의 뒤에 따라붙었다. 다시 경성 거리를 걷기 시작하면서 서은은 두리번 두리번 거리의 이곳저곳을 살폈다.

경성의 거리에는 볼 것이 참 많구나. 계절이 몇 번이나 바뀌고 바람의 색이 달라졌는데도 자유롭게 한 번 뛰어 보지 못한 거리의 구석구석, 사람이 사는 냄새가 풍겼다.

사는 냄새가 있는 곳에 죽어가는 냄새도 풍겼다. 세상의 바람을 갓 맞아본 아기의 살냄새가 있으면 같은 자리에 당장 오늘 내일을 기약하는 노인도 있었다. 그것을 가만히 앉아 구경하고 싶다. 그 오묘한 풍경들 하나하나를 캔버스에 담아 전시하고 싶다. 그러면 낙이 돌아오기 전 한 편의 소설을 완성할 수 있을 것 같았다.

그러나 당장 캔버스를 사서 거리에 이젤을 펼 수는 없는 노릇이었다. 서은은 나오코에게 급한 대로 종이와 펜을 살 수 있는 곳을 물었다. 마침 나오코도 외출한 김에 원고 지며 잉크를 더 사려 했던 참이므로, 멀지 않은 곳에 가서 제 일을 보는 김에 사 오겠노라 했다. 서은은 고개를 끄덕이며 나오코에게 돈주머니를 내밀었다. 어디라도 좋으니, 쓸 수 있는 것을 좀 부탁드려요. 나오코는 서은이 내민 돈주머니를 받고는 걸어온 방향으로 다시 돌아갔다. 학교 다니며 자주 들렀던 잡화점이 있는 방향이다.

나오코가 종이를 사러 간 후, 서은은 조금 더 그늘진 골목으로 걸어갔다. 그리고 해가 드는 곳과 들지 않는, 딱 그 경계에 쪼그리고 앉았다. 노인이 죽은 것인지 잠든 것인지 모를 모습으로 평상에 앉아 입을 벌리고 있었다. 어린 여자아이가 갓난쟁이로 보이는 동생을 안고는 그 노인의 옆에 앉아 있었다. 서은이 다가오자, 어린것은 본능적으로 제 동생을 품속으로 가뒀다.

서은이 얼른 두 손을 겨드랑이로 넣어 팔짱을 꼈다. 너를 해치려고 할 수단이 아무것도 없다고 알려주는 것이었다. 여자아이가 양 갈래 댕기를 딴 머리를 번갈아 도도

하게 어깨 뒤로 넘기더니, 그제야 서은에 대한 경계를 조금 풀었다. 갓난쟁이는 강보에 싸여 조용히 잠들어 있었다. 한껏 느슨해진 어린아이의 팔 위에서, 갓난쟁이가 서은에게 얼굴을 내보였다. 그 수줍은 얼굴을. 삼칠일은 지났을까? 아이는 보송보송한 뺨에 햇빛을 올려놓고 마음껏 광을 냈다. 도르륵 굴러떨어지다 솜털에 걸려 멈출 것 같아…. 서은은 어린것의 뺨에 대고 경탄했다.

여자아이는 서은의 귀걸이에 대고 경탄했다. 태어나서 마주해보지 못한 보석이 서은의 손가락에도 있고 귀에도 있었다. 언뜻언뜻 보이는 쇄골에도 줄줄이 매달려 있었다. 여자아이의 낯섦은 곧 얼마 가지 않아 황홀로 변했다. 서은을 통해 제가 보지 못했던 세상을 본 듯했다. 서은의 파란 귀걸이를 관통하는 햇빛에 눈을 찌푸렸다. 처음으로 햇빛이라는 것이 밝아 보였다.

"얘야. 네 동생이니?"

"응."

여자아이는 저도 모르게 서은의 귀로 손을 뻗다가 화들짝 놀라 손을 거두며 시치미를 뗐다. 그러나 아기에게 시선이 팔린 서은은 개의치 않았다.

"태어난 지 얼마나 됐어?"

"열 밤이랑 열 밤이랑 다섯 밤."

"스물다섯 날?"

"아니, 열 밤이랑 열 밤이랑 다섯 밤!"

여자아이는 손가락을 쭉 펴 열 밤, 열 밤, 다섯 밤 하고는 서은의 목전에 당당히 내어 보였다. 열 밤, 다섯 밤 하는 목소리가 씩씩했다. 스물다섯이라는 숫자를 아직 배우지 못한 게로구나. 어쩐지 서은은 슬퍼져서 아이의 머리를 쓰다듬었다. 부드러운 머릿결이 마치 '나도 솜털투성이에요' 하는 것 같아 잠시 미소를 걸었다. 아이는 서은의 손이 지난 제 정수리를 만져보다 따끈따끈한 느낌에 배시시 웃었다.

갓난아기는 삼칠일을 겨우 지난 모양이었다. 부모님은 어디 가시고 네가 동생을 보고 있느냐고 물으려다가 입을 막았다.

서은은 나름대로 세상의 사연을 잘 안다고 생각했다. 적어도 지금 살다 가는 이 세상은 나름대로.

"이녀언!"

여자아이가 다시 본능적으로 동생을 끌어안았다. 아기의 솜털 번진 뺨도 울컥울컥 솟아오르더니, 곧 앙앙 소리를 내며 울기 시작했다. 정말로 어린것은 눈물을 흘리지 못했다. 우는 소리만 서럽게 낼 뿐이다. 여자아이는 동생을 끌어안고 궁둥이를 씰룩거리며 평상 모서리로 물러났다. 소리를 친 이는 여자아이의 옆에서 죽은 듯 햇볕을 쬐고 있던 노인이었다. 외형은 죽어가도 속은 그렇지 않았는지, 노인의 목소리가 쩌렁쩌렁 귓전을 때렸다. 서은은 그 목소리에 놀라 엉덩방아를 찧었다. 따끈따끈 데워진 흙바닥이 나름대로 푹신했다.

노인이 맹렬히 서은을 노려봤다. 마치 환이 일본 군인들을 보던 눈 같아 서은은 잠시 당황했다. 서은에게로 향할 줄 알았던 노인의 호통은 뜻밖에 아이들을 향했다. 모서리에 쪼그리고 앉아 제 동생을 안고 있는 여자아이가 어깨까지 덜덜 떨었다.

"이년! 이년이 집 안에나 처박혀 있을 것이지, 어딜 기어 나와! 제 에미를 똑 닮아가지고는, 닮아가지고는…."

"할머니, 하지만 심심해서…. 할머니랑 같이 놀고…."

노인이 앙상한 팔을 들어 올렸다. 위협적인 그림자가 아이의 얼굴에 졌다. 아이가 제 동생을 꼭 끌어안았다. 끽해봐야 마른 겨울나무의 가지 같은 저 노인의 팔뚝이 아이에겐 저렇게나 두려운 것인가. 노인의 팔이 아이를 내려치지는 못하고 다시 평상으로 떨어졌다. 집 안에서 웬 중년 사내의 목소리가 들려왔기 때문이었다.

보이지 않는 중년 사내는 별안간 '어머니 그만 해요!'를 외치더니 다시 픽 목소리를 꺾어버렸다. 노인은 평상에 떨어뜨려 놓은 제 팔을 노려보다가, 몸을 픽 돌려 햇빛이 없는 쪽으로 고개를 돌렸다. 그리곤 다시 눈을 감았다. 눈을 감고 다시 또 평온하게, 죽은 듯 잠든 듯 움직임이 없다.

여자아이는 동생을 안고는 민첩하게 평상에서 내려왔다. 그리곤 벗어놓은 낡은 고무신을 신을 겨를도 없이 제 아버지가 있는 집안으로 도도도 뛰어 들어갔다. 그러면서도 문을 닫기 전 한 마디를 잊지 않았다.

"언니 같은 사람들은 오지 마! 귀에 예쁜 돌멩이 붙인 사람들은 싫어!"

그리고 문이 쾅 소리를 내며 닫혔다. 여전히 아기 울음 소리가 들렸다. 노인은 여전히 서은을 등지고 앉아 고요하게 숨을 쉬고 있었다.

나오코의 종종걸음 소리가 들렸다. 뒤에서 달려온 나오코는 다시 또 거친 숨을 몰아쉬며 서은의 겨드랑이 사이에 제 팔을 끼워 서은을 들어 올렸다. 그리곤 멍청하게 얼이 빠진 아가씨를 몇 번이고 불렀다. 서은은 나오코가 품에 노트와 연필을 안겨주기 전까지 멍하니 나오코의 씩씩거리는 얼굴을 보고만 있었다.

"아가씨. 왜 그러고 앉아 계셨어요? 넘어지셨으면 일어나셨어야지요."

"미안해요."

"애당초 넘어지실 일이 뭐가 있었기에…. 아니, 됐어요. 일단 먼지 먼저 털어야겠네요.."

"정말 미안해요, 선생님."

나오코는 서은을 빙글빙글 돌리며 얼이 빠진 서은을

대신해 엉덩이며 다리에 붙은 흙 자국을 털어주었다. 부인께 혼이 나겠네요…. 나오코가 저도 모르게 중얼거렸다.

서은의 옷을 털어주면서 나오코는 문득 허무해졌다. 저택이고 길거리고 이렇게 넘어지고, 쓰러지고, 이상한 행동만 해대는 아가씨를 보고 있자면 그냥 허무해졌다. 아가씨면, 아가씨처럼 구시지. 더 우아하고 더 점잖게. 소나무 저택의 아가씨라는 말이 전혀 어색하지 않게, 제가 가르치면서도 그 위용에 억눌리게, 그렇게 억울하지 않게.

짜증이 난다.

나오코는 서은의 옷자락을 털어주면서 생각했다. 이 비싼 천, 단추 하나를 뭐 하나 제대로 모르는 계집에게 주니 이 꼴이 난 것이다. 아오마츠 부인의 조카라고? 아무리 평생을 떨어져 살았다지만, 품위가 너무나 없다. 서은의 옷자락을 툭, 툭 치는 나오코의 손길이 점점 무덤덤해졌다.

기계가 돌아가는 것처럼 탁탁, 하는 규칙적인 소리가 거리에 울렸다. 며칠 동안 다정하고 유연했던 모든 기억이 다시 감흥 없이 얼어버린 듯했다. 경성 거리에 머물던 여름의 훈김이 와 닿지 않는다. 저택에 돌아가 침대에 눕고 싶다. 그리고 벽을 보며 멍하니 시곗바늘이 일하는 소리만 듣고 있고 싶다.

서은은 나오코가 매무새를 정리해주는 틈에 노트를 펼

쳤다. 노트 위에 펼쳐진 흰 공간에 방금 전의 모습을 그렸다. 서툰 솜씨지만 연필이 사각거리며 사라질 때마다 햇빛 속에서 잠시나마 소란했던 광경이 다시 드러났다.

나오코가 그 옆에 서은의 옆얼굴을 가만히 바라봤다. 참으로 행복해 보였다. 저택에서는 본 적 없던 웃음이 고작 이 길거리에서 그림이나 그리는 와중에 일다니. 역시 백서은이란 사람은 별종이었다. 이젤 앞에서 한 번도 웃는 걸 본 적이 없었는데, 길거리에 엉덩이를 붙이고 끄적거리며, 둥그렇게 눈이 휘고 광대가 쑤욱 올라왔다. 촌뜨기라 그런 건가. 아무튼, 아가씨라고 부르기에 허무하고, 괴상하다. 치욕인지 설움인지 모를 뭉치가 명치 아래에서 서서히 차올라, 나오코는 습관처럼 아랫입술을 깨물었다.

속 깊은 곳에서부터 신맛과 쓴맛을 가득 품고 차오르는 탐탁잖은 감정은 늘 새벽에 눈물이나 구토가 되어 쏟아지곤 했다. 오늘 밤 그러고 싶은 생각은 없다. 물론 그러고 싶은 생각이 없다고 한들, 한 번도 피해 가지는 못했다.

서은이 집으로 쏙 들어가 버린 여자아이의 두툼한 양갈래 머리를 그릴 즈음이다.

'언니 같은 사람들은 오지 마!'

그림 속의 아이는 아직 입이 없는데 그렇게 말을 한다. 왜 그랬을까? 연필심이 아이 얼굴 주위를 맴돌다 부러졌다. 흑연이 이곳저곳으로 흩어져 풍경을 흐렸다. 언니 같은 사람들? 그것이 무엇인지 몰랐다. 귀에 예쁜 돌멩이를 붙인 사람들. 서은은 귀에 매단 귀걸이를 조심히 매만졌다. 묵직하고 매끄러운, 잘 정제된 돌멩이가 반짝반짝 햇빛에 빛날 것이다. 서은은 잠시 멈추고 귀에서 귀걸이를 빼냈다. 그리고 식당에 가지 않고 그 길로 돌아왔다.

나오코는 늦은 점심이나마 함께 드시겠냐고 물었고 서은은 거절했다. 나오코는 식당으로 혼자 내려가 이시다가 간단하게 내어준 끼니를 챙기는 모양이었다. 온 집안이 조용했다. 서은은 방문을 걸어 잠그고 책상에 앉았다. 완성하지 못한 그림이 있는 노트를 폈다. 노트에 흑연이 뭉개져 군데군데 그림이 흐려져 있었다. 서은은 입김을 불어 흑연을 털어냈다. 그리고 연필꽂이에서 잘 깎인 새 연필을 들어 그림을 완성할까, 하다가 그만두었다. 아이는 입이 없는 채로도 말을 할 줄 아는데 입을 그리면 되레 그 말이 멎을 것 같았다.

글을 쓰자. 아이의 입을 막는 대신, 글을 쓰자. 아이가 하는 이야기를.

서은은 쥐고 있던 연필을 내려놓고 책상의 서랍을 열었다. 원고지 뭉텅이가 가득했다. 그중 한 뭉텅이를 들고 아이의 목소리에 귀를 기울였다.

어린 친구야, 넌 그 거리에서 매일 무슨 이야기를 듣고 어떤 것을 보았니? 얘야, 네 동생의 이름은 뭐니? 네 할머니는 어째서 네가 어머니를 닮은 것을 고까워하니?

서은은 책상에 납작 엎드려 종이 안의 여자아이와 눈을 마주했다. 여전히 강보에 싸인 제 동생을 꼭 끌어안은 채, 아이는 말을 한다. 언니 같은 사람들은 오지 마!

나에게 아비는 어미였고, 어미도 어미였다.

아이의 악에 받친 목소리가 첫 문장을 그렇게 말했다.

일주일 후 낙이 먼저 돌아왔다. 양주란 제법 신이 나는 곳이었던지, 얼굴이며 몸이 어디라고 빼놓을 곳 없이 까맣게 그을린 채였다. 낙이 집에 돌아왔을 때 아오마츠 부인은 외출 중이었다. 이시다도 부인을 따라나선 후여서, 나오코가 낙의 짐을 대신 받아들었다. 꼭 그래야 할 이유는 없었으나, 저택에 살게 되면서부터 생긴 나오코의 괜한 불편함이었다. 방에 있지 않은 이상 나오코는 늘 움직였다.

낙이 넥타이를 풀며 고모를 찾았다. 나오코는 낙의 뒤를 졸졸 따라다니면서 넥타이며 시계를 건네주는 대로 받아내기에 바빴다.

낙에게서 풀 냄새가 났다. 셔츠의 소매 끝에도, 넥타이의 핀에도, 저마다 짓무르고 짓이겨진 초록색 냄새들이 가득 풍겼다. 나오코는 낙이 씻는 사이 옷을 개었고, 그 사이 사이에 물든 꽃 냄새며 풀 냄새며 물 냄새를 하나하나 뭉쳐 그 풍경을 그렸다. 붉은 꽃 냄새, 녹색의 풀 냄새, 푸른 물 냄새. 향기로 그리는 풍경화에 반짝이는 햇살을 버무린다. 물 위에 가득한 윤슬, 낮에도 볼 수 있는 흐르는 별빛. 황홀한 풍경들에 나오코는 저도 모르게 샐쭉 웃었다. 낙은 그런 나오코에게 제 옷을 모두 맡기고는 곧장 씻으러 들어가 버렸다.

씻고 나온 낙에게 초록색 냄새는 나지 않았다. 나오코는 낙의 머리에 수건을 둘러주며 아쉬워했다. 낙에게서는 이제 비누 냄새가 났다. 꼬질꼬질해도 좋으니 조금은 초록빛이어도 괜찮을 뻔했는데.

"고모는?"

"외출 중이세요."

"언제쯤 올까?"

"글쎄요…. 백화점에 가셨으니 거기서 아예 식사도 하고 오시지 않을까요?"

"그럼 좀 푹 잘 수 있겠네."

낙이 머리를 말리며 노곤하게 늘어져 갔다. 졸음에 순응해 고분고분하게 눈을 감았다. 뭉근한 피로가 순식간에 온몸으로 퍼졌다. 촉촉하게 젖은 머리칼이 말라갔다. 피부 위에 맺혀 있던 물방울들이 공기 중으로 사라졌다.

낙은 그 감각이 좋았다. 무언가 당장 좋은 일들이 무

더기로 쏟아져도 이상하지 않을 것 같았다. 얼만큼 기쁜 일이 생겨도 놀랄 일도 없을 것 같았다. 가슴 속에서부터 따끈하게 차오르는 만족감. 참으로 오랜만에 느껴보는 느낌이었다. 아무것도 부족하지 않고, 비어 있지 않은 채 차오르는 감각. 나오코는 낙이 머리를 말리고 바닥에 흘린 수건을 챙겨 나왔다. 낙은 그대로 제 침대로 엎어졌다. 낙이 베개에 얼굴을 묻고 숨을 내쉬었다. 숨결이 포근했다.

나오코가 낙의 방문을 잠그고 나왔을 때, 서은은 물이 뚝뚝 떨어지는 머리카락을 짜내며 그 앞에 서 있었다. 서은도 홀로 씻고 나온 모양이었다. 하긴, 낙이 돌아왔을 때 서은은 다른 때와 다르게 내려와 맞이하지 않았다. 씻고 있으니 그랬던 것이로구나. 서은은 나오코의 시선을 느낀 듯 젖은 제 머리카락을 손으로 잡고 빙빙 돌려 물기를 짜냈다.

"낙이 오빠 왔어요? 들어가 봐도 괜찮아요?"

"막 잠드셨어요. 오래도록 깨지 않으실걸요. 마님 오시기 전까지 기다리셔야 할 거예요."

"보여주고 싶은 게 있는데…. 오빠에게."

"뭔데요?"

나오코가 한 손에 빨랫감 통을 들고, 한 손에는 낙의 여행 가방을 들고 걷기 시작하자 서은도 나오코를 따라 걷기 시작했다. 나오코가 어디로 향하는지도 알지 못하면서 서은은 계속해 종알거렸다. 나오코에게 별다르게 귀찮은 기색은 없었다. 그러나 별 흥미로운 기색도 없었다. 그저 그러려니, 호응할 뿐이었다. 이들 남매가 워낙 돈독하게 커왔음은 부인에게 들어 알고 있었으니까. 떨어져 있으면 또 얼마나 떨어져 있었다고 그 사이에 보여주고 싶은 것까지 생겼나 싶어 유별이라는 생각을 했을 뿐. 손뼉까치 쳐가며 열심히 호응하기엔 당장 양 손에 들린 빨래통과 가방이 무겁다.

"제가 소설을 쓴 게 있는데요, 이게 잘 쓴 건지 아닌지를 잘 모르겠거든요. 아무래도 내게 책을 가져다준 첫 번째 사람은 작은 오빠니까요. 그래서 숨기고, 숨기다가 낙이 오빠 오거든 보여주려고 했었어요."

나오코가 빨래통과 가방을 내려놓고 빨래방의 문을 열었다. 계절에 상관없이 늘 젖어 있고, 여름이면 훈김이 불고 겨울이면 꽁꽁 얼어 있는 곳.

"정말요? 무슨 내용인데요?"

서은이 무언가 쓰고 있다는 것은 어렴풋이 짐작하고 있었다. 수업하기 위해 서은의 방에 가면 정신없이 널려 있던 원고지라든가, 급하게 무언가 적어놓은 것 같은 종이들이 늘 가득했다. 하룻밤을 자고 나면 거짓말처럼 불어 있고, 결국 일주일이면 방 하나를 가득 채울지도 모른다는 두려움이 들게 했던 것.

그러나 나오코는 감히 오만하게 서은을 동정한다. 글에 애정을 품으면 처음에는 무엇 하나 무서운 것이 없지. 원고지를 앞에 두고 하룻밤에 짧은 소설 한 편을 완성하던 시절은 나오코에게도 있었다.

원고지 칸마다 놓인 공백과 공백들이 두려움이 아니었던 때. 그때, 원고지 한 칸에도 수백 개의 글자들이 경쟁을 벌이곤 했다. 그 경쟁이 너무나 치열해서 가만히 원고지를 보고 있는 것만으로도 머릿속에서 희열이 태어나던 고요. 잉크를 몇 통씩이나 쓰고, 글을 쥐려는 제 악력을 이기지 못해 몇 번이나 부러지던 연필심. 나오코에겐 먼 옛날에 지나가 버린 열풍을 서은은 이제 와 앓고 있다.

무슨 내용인가를 물으니 수줍어 몸을 비비 꼬는 모습도 익숙하다. 옛날의 제 모습이었던 것만 같은 환영이 살아 움직이는 듯도 했다. 그 수줍음을 어디다 비할까? 잘 알고 있지. 처음 글을 만난 수줍음은 어디에 견주거나 비유할 수 없는 야릇함이다. 무척 유혹적인 연인과 한참 사랑에 빠진 듯하기도 하고, 제 자식을 낳고 삼칠일이 지나 처음 남들에게 보여주는 듯도 하고, 제 못자리를 스스로 마련한 후 멀찍이 떨어져 바라보는 그런 느낌이었다.

"응…. 그게, 나오코한테 막상 얘기하려니 되게 부끄럽다."

"그런 거 잘 모르는 저한테도 이야기하기 부끄러워하

시면서 도련님께는 어떻게 보여드리게요?"

"그건 그래."

여기, 쥐 나오는 곳인데 들어가시겠어요? 서은은 별 놀랍지도 않다는 얼굴로 고개를 끄덕였다. 나, 원산에서 살 땐 쥐며 날벌레들이랑 잠드는 게 일상이었는데 뭐. 나오코는 혀를 내두르며 틈새만 열려 있던 문을 완전히 밀었다. 도대체 우리 아가씨께서는 언제쯤 원산에서의 기억을 모두 잃고, 그것과 관련된 것은 질색팔색하시면서, 아가씨 흉내, 아니, 아가씨 되실까. 나오코는 빨래 바구니를 내려놓고 한숨을 쉬었다. 한숨 끝에 늘 짜증 같은 것이 오묘하게 달라붙어 진득했다.

"내가 뭐 도와줄 거 없어요?"

"아가씨 손 버리세요. 뭘 도와주신다고요. 저도 빨래 할 줄 몰라요. 그냥, 짐 옮겨만 놓는 거예요. 나머지는 하인들이 잠에서 깨면 다 알아서 하겠죠. 아가씨, 언제까지 원산 이야기하실 거예요? 밤에 주무실 때도 가끔 원산, 원산 하는 거 아세요? 여긴 경성이잖아요. 그곳보다 훨씬 좋은 곳이라구요."

"왜 경성이 항상 제일 좋은 곳이에요? 그렇지 않을 수도 있잖아요. 나오코 선생님, 경성에서 원산 이야기 좀 하면 어때요."

"아가씨…."

"저 이런 거 잘해요! 처음 기억이란 게 남은 나이부터 이런 걸 해왔었으니까요."

"정말…."

서은은 환이나 낙과는 다르다. 낙의 여행 가방을 여는 서은을 보며 나오코는 생각한다. 환은 생기를 잃고야 있지만, 그런대로 경성에서의 삶에 잘 어울린다. 똑똑하고 우직해서, 머릿속에 '신사'라고 써넣으면 어떻게든 신사의 옷을 입는다. 다만 우직하다는 것은 한편으로 아둔하다는 뜻도 되어서, 욕심을 내지 못한다. 낙은 반대다. 똑똑하고 영리하지만 우직한 면이 없었다. 하지만 약간의 영악함은 이 바닥에선 이득이다. 특히나 경성이라면 더욱 그렇다.

어쨌든, 서은의 큰 오라비와 작은 오라비가 어떤 길이든 알아서들 경성 생활에 딱 어울리는 신사들이 되어가고 있었다면, 서은은 그렇지 못했다. 못 하는 것인지 안 하는 것인지는 잘 모르겠지만, 서은은 아직 경성과 조금 동떨어져 보일 때가 있었다. 외형과 행동은 '에튀튜드'를 갖춘 아가씨이나, 아직까지 정신머리는 원산의 공장 굴뚝에 매여 있는 것 같았다. 그런 서은을 볼 때마다 나오코의 마음에 묘한 기분이 일었다.

부럽다가도 안쓰러웠다. 안쓰럽다가도 부러웠다. 그러다가 짜증이 났다. 짜증이 나서 관심을 꺼버리려고 하면, 다시 그 징한 원산 타령이 마음에 걸렸다. 경성보다 산골을 사랑하는 촌스러움이 이해 가지 않다가도, 바깥에만 나가자고 하면 신나하는 것을 보면 어딘가 뭉클하기도 했다. 아무튼 서은은 이상하고 독특했다.

나오코는 낙의 셔츠를 물에 담그며 생각했다. 참으로 별나기도 해라, 아가씨. 별나서 자꾸 시선이 간다. 그 부러운 독특함에.

"선생님. 옷 종류는 죄다 여기에 넣으면 될까요?"

"네, 아가씨. 거기 통에 넣으면 될 거예요."

"으, 냄새. 물에 젖었었나 봐요."

"그러게요."

젖은 옷이 마르지 않고 썩은 내를 풍겼다.

서은은 옷이란 옷은 죄다 빨래 바구니에 넣었다. 주머니를 확인해 동전 몇 개를 꺼내놓기도 했다. 그 돈을, 마찬가지로 빨랫감 주머니를 정리하는 나오코의 앞주머니에 슬쩍 넣었다. 나오코가 놀라며 서은을 쳐다보자 서은은 고개를 양옆으로 저었다. 괜찮아요, 선생님이 가지고 써도. 어차피 오빤, 이제 이런 돈은 돈이라고도 생각하지 않을걸요? 서은은 나오코의 주머니를 가볍게 두드리며 함께 쪼그려 앉았다. 나오코에게 돈을 쥐어주고는 씩 웃는 얼굴이 어리고 맑았다.

나오코는 인상을 찡그릴까, 서은을 따라 웃을까 고민하다가 결국 둘 중 무엇도 하지 않았다. 저 웃는 얼굴에 대고 뭐라고 정색하며 돈을 꺼내놓을 수 없었기 때문이었다. 찰박찰박 물 위에 셔츠가 떨어지다가 젖어 가라앉는 소리만 울렸다.

서은은 낙의 가방에 든 것을 대강 정리하고, 뚜껑에 달린 주머니를 열었다. 그 안에는 젖어서는 안 되는 것들이 들어 있었다. 지폐라든가 잉크, 펜촉, 노트 같은 것들이었다. 서은은 낙의 물건을 신기하게 구경했다. 펜촉이 하도 많아 펜촉만 돌돌 말아 들고 다니는 필통이 있었다. 그것이 제일 부러웠다. 오라비의 지갑이며 시계들도 대충대충 구겨진 물건들 사이에 자리 잡고 있었다. 서은은 그것들을 하나하나 들어 물에 젖지 않는 바구니에 따로 담았다.

서은이 노트를 집었을 때, 그 사이에서 사진 한 장이 떨어졌다. 웬 교각(橋脚) 같은 곳을 뒤로하고, 셔츠를 입은 남자들이 가득히 서 있었다. 색깔이 없는 흑백 사진 한 장일 뿐인데, 그 색이 보이기 시작했다. 오빠의 옷에서 나던 썩은 젖은 냄새가 갑자기 맑게만 느껴졌다. 사진 속 낙이 밟고 있는 냇물이 지나치게 투명했기 때문인지도 몰랐다. 바라만 보는 것만으로도 발이 시려서 마음도 시렸다. 바지를 걷어붙이고 양말도 휙휙 벗어 던진 채 환하게 웃고 있는 모습이 호탕했다.

어깨동무한다든가, 장난스럽게 목을 감싸고 조이는 사내들의 모습. 서은이 알지 못하는 학교 친구들. 서은이 알지 못하는 생활. 서은이 갖지 못한 친구. 서은이 갖지 못하는 시간. 낙을 둘러싼 그 모든 것이 함께 즐거워 보였다. 그런데 어째서 이렇게 시릴까. 사진 속 냇물이 너무나 시렸는지, 그것을 쥐고 있는 서은조차 시렸다. 서은은 얼른 낙의 노트 안에 사진을 다시 끼워 넣어 바구니에 던졌다.

"선생님. 나, 작은오빠 방에 짐 정리 좀 하고 올게요."

"도련님 깨지 않게 조심하시구요."

"응. 걱정하지 마세요!"

서은은 물건을 가득 담은 바구니를 품에 안고 빨래방의 밖으로 나왔다. 복도에 선 서은은 홀로 덩그러니했고, 벽은 차고 바닥은 적막했다. 나오코가 빨래 바구니를 밀어 넣는 소리가 울렸다. 그 소리가 얼얼하게 뺨을 때리는 것 같았다. 흑백 사진 한 장이 푸르게 얼룩져, 결국 잉크가 새다 못 해 물에 불어 흩어지는 것 같았다. 아니, 사진이 아니라 서은의 마음 한구석에 있는 어딘가가 세찬 물에 흩어지는 것 같았다.

노트를 다시 열어 볼 용기가 나지 않아 차라리 영영 닫아버리기로 했다. 서은은 노트가 혹여나 열리지 않도록 바구니를 끌어안고 낙이 잠든 방으로 걸었다.

낙은 고이 잠들어 있었다. 새근새근 규칙적으로 흘러나오는 숨소리가 지난날들이 얼마나 유쾌하고 그래서 얼마나 피곤했는지를 보여주는 것 같았다.

숨소리의 박자마다 걸음이었다. 양주의 계곡 어딘가를 걷는 걸음이었다. 낙은, 꿈속에서 사진 속의 풍경을 걷는 중일지도 모른다. 꿈속에서 찰박거리는 물소리와 데굴데굴 굴러가는 자갈 소리 같은 것들을 듣고 있을지도 모른다. 서은은 낙의 숨소리만 들어도 가슴이 묵직해졌다. 언젠가, 낙의 발끝에 걸려서 아무렇지 않게 데구르르 굴러갔을 자갈이 죄다 서은의 마음 위에 쌓이는 것처럼.

서은은 얼른 바구니를 책상에 올려놓았다. 황급히 이곳을 벗어나고 싶어 던진 바구니가 책상에 놓여 있던 화병을 건드려 화병이 넘어지며 물을 쏟았다. 낭패다, 라고 생각했다. 서은은 이미 뒤돌아섰던 몸을 돌려 책상으로 다가갔다. 소매로 얼른 물을 훔치고 달아나야겠다고 생각하며 소매를 끌어당겨 손에 쥐었다.

"뭐야?"

화병이 넘어져 부딪히고, 도르륵 책상을 굴러가는 소리가 조용한 와중에 낭랑하게도 울렸다. 그 소리에 낙이 부스스 눈을 떴다. 낙이 몸을 뒤척이며 흰 이불이 바스삭 부서지는 소리를 냈다. 낙은 뭉그적거리며 침대 머리에 기대고 앉아 마른세수를 했다. 얼굴을 주무르고, 쓸어내리는 그 손가락 틈으로 충혈된 눈이 보였다.

"미안해 작은오빠. 깨우려던 건 아닌데. 화분은 내가 얼른 치울게."

서은은 낙과 눈을 마주치지 않았다. 그것을 볼 자신이 없었다. 서은은 얼른 몸을 돌려 화병에서 떨어진 물을 옷소매로 훔쳤다. 꽃도 다시 꽂으려 했으나, 뿌리가 잘린 채 예쁘게 다듬어져 꽂혀 있던 꽃은 그 잎이 화병 모서리에 이미 짓이겨진 후였다. 그것을 다시 꽂아두어 봤자 소용이 없을 것 같았다.

하긴, 애당초 죽은 것을 산 것처럼 꽂아두는 것부터가 의미 없는 짓거리였다. 서은은 꽃을 쥐고 제 주머니에 넣었다. 화병을 다시 세워놓으며 중얼거렸다. 꽃은 하녀에게 다시 꽂아놓으라고 할게. 낙은 서은의 허둥거리는 모습을 보면서 한숨을 쉬었다. 텁텁하고 건조한 숨이 입 밖으로 빠져나왔다.

"나 보러 온 거야? 왜 들어왔어? 그러고 보니 인사를 못 하긴 했네."

"오빠가 일찍 도착할 줄 모르고 씻고 있었어."

서은은 문득 젖은 머리카락이 적신 제 등 어귀를 느낀다. 축축하고 차가워 순식간에 기분이 나빠졌다. 모든 것이 착 가라앉아 황망하리만큼 순식간에 그 고유의 의미를 잃는다. 화병을 치우며 분주했던 손이 멈추고, 낙의 한숨은 얼고, 주머니 속 꽃은 존재가 사라졌다.

"책 전해주는 이가 꽤 오래 집에 없었으니 심심했겠다?"

"괜찮았어. 오빠 없는 동안 소감문이나 필사에서 벗

어나서 내가 쓰고 싶은 글을 처음으로 몇 개 써 봤거든."

"글을 썼다고? 무슨 글인데?"

"소설."

"내용이 뭔데?"

"질투."

"질투? 왜 하필 질투야?"

"오빠들한테 전보를 붙이려고 나갔다가 생각났어."

'언니 같은 사람들은 오지 마!'

양 갈래 여자아이를 다시 떠올린다. 그 애의 눈에서 선명하게 보이던 질투라든가, 원망이라든가, 아무튼 간에 풍요롭게 사랑받지 못했다는 증거들도 함께 떠올린다.

서은은 상상했다. 어린것이 뭐가 그리 서럽고 슬픈 눈을 가졌을까? 슬픈 것은 곧 악한 것이다. 그렇게 생각한다. 가지지 못한 것을 탐하는 것은 욕심이라고 치부하는 세상이니까.

슬퍼서는 안 된다. 그것은 가지지 못했다는 것을 의미하니까.

서은은 그 여자아이의 눈에 살을 붙이고 뼈를 조립해서 소설을 썼다. 손이 가는 대로, 잉크가 찍히는 대로 선을 긋고 이야기를 지었다. 이야기를 지었다는 표현은 어쩌면 서은에 대한 심한 공로였을지도 몰랐다. 서은이 이야기를 지은 것이 아니라 그림 속에 남은 여자아이가 계속해서 윙윙 말했다. 내 이야기를 써 보라. 내 이야기를 어디 한번 네가 뭉쳐 보라고.

낡은 침대 밑에 떨어져 있던 셔츠를 주워 입으며 내려왔다. 소설을 썼다는 서은의 이야기가 꽤 흥미로운 얼굴이었다. 낡은 침대 옆 서랍장의 맨 위 칸을 열더니, 만족스러운 웃음을 지었다. 그의 손가락 끝에 담배 케이스가 딸려 올라왔다. 그가 잘 말아 놓은 담배 한 개비를 꺼내어 물었다. 아무 놀랄 일도 아닌 것처럼 지포 라이터를 딸깍거리며 불을 붙였다. 순식간에 방 안 곳곳에 냄새가 흘러 다녔다. 아무리 맡아도 익숙해지지 않는 냄새에 서은이 코를 감싸 쥐고 켈록거렸다.

"뭘 낯설어 해. 공장에서 살 때 많이 맡아봤던 냄샌데."

"공장 냄새랑은 또 미묘하게 달라."

낡은 주머니에 손을 찔러 넣고 서은에게로 다가왔다. 손가락 사이에서 연기가 피어올랐다. 그는 책상에 걸터 앉아 근처에 재떨이로 쓸 만한 것을 찾았다.

"오랫동안 사서 노릇도 못 했는데 한번 볼까?"

"뭘?"

"네가 썼다는 그 소설."

"보여줄 만한 글 아닌데…."

서은의 목소리가 점점 죽어갔다. 서은은 여태껏 한 번도 '제가 쓴' 글을 누군가에게 보여준 적이 없었다. 애당초 '제 글'을 써 본 적도 몇 번 없었다. 글을 쓸 때 무한히 자유로웠고 평화로웠지만, 타인에게도 그 글이 같은 의미가 되리라는 확신은 없었다.

낙은 책상 서랍 구석에서 다 쓰고 버리지 않은 잉크 통을 찾았다. 까만 것이 안에 묻어 속이 보이진 않았지만, 두드리니 텅 빈 소리가 났다. 낙은 그 안에 담뱃재를 털었다.

"글의 매력은 읽는 사람마다 그 의미가 다르다는 거야. 그렇지 않아? 그 유명한 영국 희곡 로미오와 줄리엣을 읽어도 누군가에겐 절절한 사랑 이야기가 되고, 누군가에겐 어리고 어린 부잣집 아가씨, 도련님들의 철모르는 사랑 노래가 되는 것처럼 말이야."

"하지만 내 글이 엉망진창이면 어떡해."

"뭐 어때. 그것도 나름 재미있는 거지."

엉망인 것은 재미있다. 서은은 아직 담배 연기에 싸여 개이지 않은 텁텁한 공기를 손으로 헤었다. 그리고는 달음박질치듯 다급하게 방으로 올라가 원고를 들었다. 원고를 손에 쥐면 가슴이 터질 듯 두근댔다. 처음으로, '내 글'을 누군가에게 보여준다. 내 글이 오직 나만의 의미가 되는 것이 아니라, 다른 누군가의 의미로도 바뀐다. 참으로… 아름다운 변절이다.

그러나 낙의 방으로 돌아온 서은의 손에 원고는 없었다. 낙이 원고를 왜 들고 오지 않았느냐, 하며 눈으로 물었다. 서은이 답했다. 내 글 선생은 따로 계시잖아. 나오코 선생에게 먼저 보여드리고 괜찮다고 하면, 그때 오빠에게 보여줄게. 그게 순서야.

그러든지, 하고 대답한 낙이 의자 깊숙이 기대 앉았다. 낙이 담배를 태우는 내내 서은은 낙의 침대에 앉아 서랍장을 열었다. 서랍장 안에는 담뱃갑들이 가득했다. 비싸 보이는 것부터 싼 맛에 태우는 것으로 보이는 것까지 종류도 다양했다. 언제부터, 얼마만큼 낙이 담배라는 것을 모았는지 알 수 없는 일이다. 공장 연기가 떠올라 피우고 싶지 않다던 환의 목소리가 어렴풋이 떠올랐다.

낙이 재떨이에 담배를 꾹 누르는 것을, 서은이 바라보았다.

나오코는 낙의 옷을 모두 물에 담근 후 방에 올라왔다. 제 방문을 열자마자 보이는 책상 위에, 나오코가 멋대로 찢어놓은 원고가 아닌 정갈한 원고 뭉치가 놓여 있었다. 꼭 폐허에 다시 놓은 상아(象牙)의 교각(橋脚) 같았다. 홀로 너무 흰색이고 홀로 너무 튼튼하다. 나오코는 저렇게 튼튼한 글을 만들어 놓은 적이 없다. 나오코는 젖은 손을 치마에 닦으며 책상 의자에 앉아 그 원고를 집었다.

… 그래서 어미는 애를 낳고 삼칠일도 지나지 않아 다시 일터로 갔다. 매운 경성 연기가 뼈마다 섞여 시렸다. 그래도 일터로 갔다. 남편은 담뱃재 쌓아가는 일 외에는 별 관심이 없고, 다 죽어가는 늙은 시모는 목소리와 눈빛만은 독하게 살아 있어, 시대 변한 줄도 모르고 제 미덕을 강요했기 때문이었다. 일하다가 젖 물릴 시간이다 싶으면 집에 가서 젖을 물리고 다시 일을 하러 왔다. 시모는 젖 물리는 광경을 보다가 끌끌 혀를 찼다. 저도 계집이면서, 저도 젖가슴이 있으면서, 저도 남편이라는 작자를 낳은 계집이면서. 젖을 물리고 있는 계집도 싫어했고, 젖을 세차게 빨고 있는 계집도 싫어했고, 그 옆에서 아우를 구경하고 있는 계집도 싫어했다. 그 근본 없는 혐오를 혐오했다. 어미는 시모에게서 눈을 돌렸다.

'언제쯤 가시나!'

젖을 물리다가 그런 생각이 들면 어미는 고개를 홱홱 저었다. 늙은이를 앞에 두고 장사 지낼 날만 기다리게 된 제 신세도 슬펐고, 어느새 그런 생각이 잦아지는 것도 슬펐다.…

서은의 서체였다. 중간에 잉크 터진 자국이 있는 곳, 그 바로 뒤에 오는 글자는 연필로 쓴 글자였다. 잉크를 갈아 끼우는 짧은 시간도 아까워 손에 잡히는 것으로 일단 떠오른 문장을 쓰고 봤을 그 어린 열정.

… 심심한 계집애는 동생을 안고 놀았다. 실은, 노는 것 반이었지만 제 어미가 불쌍하고 동정스러워 그런 것도 있었다. 계집애는 저도 어리고 어리면서도 영특해서 어미가 불쌍한 줄은 알았다. 그것이 서럽고, 어미의 삶이 가엾다가도 그 불쌍한 것이 저에게도 옳을까, 생각하면 그것은 싫었다. 어찌 좋다고 하겠는가? 어린것은 이미 지긋지긋함이란 무엇인지를 너무나도 잘 알았다. 태어나서부터, 아니, 어미의 뱃속에 잉태되면서부터 예견했던 것인지 모른다.

  …

 사랑하고 사랑하는 것이 언제부터 늙은이의 도리라던가? 애교에 웃어주고 어린것들 장난질에 허허실실 허파에 바람 든 사람마냥 있는 것이 언제부터 미덕이던가? 시모는 평상에 앉아 그런 생각만 했다. 지겨운 삶이 끝날 기미를 보이지 않았다. 빨리 끝나면 좋겠다 싶다가도 정작 그날이 당장 내일이다 생각하면 그건 또 싫었다. 노인네 심사가 변덕스럽다며 아들이 툴툴 거릴 때에는 모가지를 콱 졸라 죽이고 싶었지만, 이럴 때 되짚어보면 아들 눈이 총명한가 싶었다. 하긴 저 놈도 젊어서는 나름대로 똑똑하고 영리했다. 시절이 이래서인지, 아니면 늙어가면서 본성이 드러나는 것인지 그 모습이 홀랑 사라지고는 말았지만 태어나면서부터 멍청한 놈은 아니었다.

 "할망…"

제 어미가 일에 가면 큰 계집애는 작은 계집애를 강보에 싸서 들고 나왔다. 익숙하게 안지도 못해 어영부영하는 꼴이 꼭 밑을 닦지 못한 게걸음 같았다. 시모는 계집애가 싫었다. 왜 싫으냐? 왜 싫으냐, 설명하자니 어이가 없고 물어보자니 그 원인이 지나치게 분명하다. 이 계집의, 그러니까 제 손녀의, 제 아들의 딸이 누리게 될 젊음이 싫었다.…

짧지 않은 분량이었으나 빠르게 읽었다. 아직 다 완성된 것은 아니었으나, 읽은 문장이 쌓이고 쌓일수록 더욱더 단단하다는 느낌을 주는 원고였다.

빠르게 읽는 것은 그다지 놀라운 일이 아니다. 빠르게 읽는 것보다 놀라운 것은 빠르게 읽히는 글을 탄생시키는 일이었다. 한 문장을 읽는 데에 속으로 열을 세는 동안의 시간도 걸리지 않으나, 한 문장에 점 하나를 찍고자 열 달을 품는 일도 잦았다. 열 달이면 그나마 생명이라고 부를까. 십 년이 걸려 한 문장을 쓰는 이도 있으니, 문장은 분명 기이한 태생을 가진 생명이다. 그러니 시곗바늘이 도는 줄도 모르고 읽을 수 있는 한 뭉치의 글을 써낸 서은은 분명…, 타고난 이야기꾼이다. 그것을, 나오코는 직감했다.

나오코는 들고 있던 원고를 책상에 내려놓고 책상 구석에 둔 시계를 쳐다보았다. 시간이 꽤 흘러 있었다. 그렇게 요란하게 하루를 파고들던 시곗바늘 소리도 듣지 못하게 한 문장들. 그것을 빚어낸 이가, 서은이다. 제가 가르치는 서은이다. 나오코는 아랫입술을 씹었다. 피 맛 같은 것이 슬금슬금 번졌다. 아, 이 비릿함. 피가 나는 비릿한 마음은 참으로 오랜만에 느꼈다. 아주 과거에 묻어버린 듯 흐릿할 때에 이런 감정을 느껴본 적이 있었던 듯도 했다. 그때…, 그때 나오코는 홍주의 이름으로 흙바닥 위를 뒹굴고 있었지.

흙바닥과 상아의 교각, 선명하게 다른 두 곳의 위에서 나오코는 피 맛을 느낀다. 언젠가 살인했던, 박홍주가 흘리는 피일지도 모른다. 경성으로 돌아온 후 곧장 죽인 박홍주가 여태껏 살아 있어, 나오코의 안에서 토해내는 피일지도 모른다.

나오코가 한쪽 머리를 쥐고 내려왔다. 1층으로 내려와 부엌으로 향해 냉수를 벌컥벌컥 마셨다. 그러나 마실수록 어쩐지 뱃속 깊은 곳까지도 피가 번지는 듯해 이번에는 배를 쥐었다. 아프다. 이것은 고통이다.

"전보요."

문밖에서 전보를 던지고 가는 소리가 났다. 나오코가 부엌 찬장에 기대 배를 쥐고 주저앉다가, 이내 이시다가 없음을 기억해내곤 자리에서 일어났다. 저택 안에서 나오코는 쉬이 아프거나 쉬고 있을 수 없는 사람이지. 그러므로 자리에서 일어난 나오코는 현관으로 나가 떨어진 전보를 받아 챙겼다. 도쿄에서 온 전보였다.

낙에게 양주 이야기를 듣던 서은이 깔깔 웃었다. 그 순간 문이 벌컥 열렸다. 양잿물 묻은 앞치마를 갈아입지도 못한 나오코가 숨을 헐떡거리며 들어왔다. 나오코의 손에 짧은 전보가 한 장 쥐어져 있었다.

전보를 쥔 나오코의 손이 벌벌 떨리고, 코끝이 붉었다. 현실감이라고는 없는 나오코의 공포스러운 얼굴에 서은의 웃음이 싸늘히 식었다. 남매가 손을 내밀기 전에 나오코가 천천히 걸어와 낙의 손 위에 전보를 얹어주었다. 슬쩍 전보에 쓰인 글자를 읽던 서은이 비명이 터져 나오려던 입을 황급히 틀어막았다. 숨이 터지려다 말고 틀어막혔다.

白煥 — 落馬 死亡, 東京の病院に臨時安置
백환 — 낙마 사망, 도쿄의 병원에 임시 안치

푸른 소나무,
백환: 돌아오다

"마님, 찾으시던 소식입니다."

아오마츠 부인이 읽고 있던 신문을 덮었다. 이시다가
쟁반에 차와 종이 뭉치를 올려 들고왔다. 이시다는 새로
가져온 차를 먼저 부인의 앞에 놓고, 그 옆에 종이 뭉치
를 내려놓았다. 먼저 마시고 있던 빈 잔은 다시 쟁반에 올
렸다.

"말씀하셨던 것처럼 이십 년 가까이 원산에서만 살았
다고 하더라고요. 어떻게 예상하신 거예요?"

"뻔하지. 한 번 타고난 성정이 쉽게 바뀔 리가 없거든.
백일광이라는 사람이 어떻게 살았을지 눈에 보여."

"어떻게 사셨을 것 같은데요?"

"아주 가난하고, 아주 뚝심 있고 아주 성실하게 살았 겠지."

"저 몰래 먼저 다 읽어보신 거 아니시죠?"

이시다가 부인 앞의 종이를 한 장 한 장 넘기며 말했 다. 첫 장에는 빛바랜 가족사진 한 장이 붙어 있었다. 꾸 미거나 준비한 것 없이 간소하게 찍은 사진이었다. 부모 와 세 아이. 아버지라고 서 있는 자는 아오마츠 부인의 눈 에 익숙하고도 낯을 얼굴이다. 피를 뿌리고 도망가던 소 년의 얼굴에 주름이 몇 개 그어진, 그뿐. 아오마츠 부인은 그 얼굴을 한참 바라보다 코끝을 비볐다. 걸쭉하고 붉은 냄새가 나는 듯하다.

바랜 사진을 하나하나 뜯어 보자니 신기하고도 감명이 깊다. 그 어리숙한 일광의 아내. 일광이 사랑했으므로 결 혼했을 그의 아내. 일광도 누굴 사랑할 수 있나. 일광과 사 랑이라는 어울리지 않는 단어에 차분하게 냉소를 지었다. 일광의 아내는 일광을 닮았다. 서로 닮은 모습, 그 재미 없 고 무뚝뚝한 얼굴. 그 사이에서 난 아이들이 조르륵 서 있 다. 가장 어린 여자아이는 일광의 다리 위에 앉아 있었다.

사진이 작아 얼굴까지 면밀하게 보이지는 않았으나 비 슷하게들 생겼겠지. 아비와 어미가 똑같이 생겼는데. 감히 그 성질까지도 한번 가늠해보려다가 벌써 질려 관두었다.

"그런데요, 마님. 말씀드리기 송구스럽습니다만 딱 어

제 새벽에… 부부가 같이 죽었다고 합니다."

"응?"

"그 부근에 병이 심하게 돌았는데 부부만 딱 걸렸나
봐요."

"그럼 애들 셋만 남았겠네?"

"네, 그렇다고 합니다. 어떻게 할까요?"

"데리러 가야지, 그래도…, 내가 고모 아니니."

"당장 차를 준비할까요?"

"아니."

아오마츠는 보고 있던 사진을 제자리에 돌려놓고는 표
지를 덮었다. 이시다는 자리에서 일어나 서두르려 하다 멈
췄다. 부인은 여전히 우아한 손짓으로 이시다가 새로 가져
온 차에 설탕을 섞었다. 조금만 더 기다렸다가, 배가 곯고
살이 붙어 자존심이랄 것도 가난해졌을 때 그때 찾으러 가
야지. 그때까지는 서두르지 말아야지.

그렇게 네 새끼를 굶겼단다, 일광아. 네가 죽었을 때
당장 원산에 가서 데려오지 않고 가난과 주림이 얼마나 처
절한지를 느낄 수 있게. 유연하게 잊히거나 사라지는 것이
얼마나 무서운지를 감촉해볼 수 있게.

남매들을 데리고 그렇게 기차에 올랐었다. 경성으로
내려오는 동안, 부인은 기차 맞은편 칸 안에 옹기종기 붙

어 앉아 있는 남매들을 바라보곤 했다. 넓은 칸을 어떻게 써야 하는지도 몰라 공간을 남겨두고 저들끼리 따닥 붙어 앉아 있는 꼴이란. 꼭 바닷가 갯바위의 떼어내기 힘든 굴 뭉치였다. 어디선가 은근한 비린내가 풍겼다.

아오마츠 부인은 잠이 들 듯 말 듯, 몽롱하게 앉아 흔들거리고 덜컹거리며 상상했다. 경성에 도착하면 환에게 선생을 붙여야겠다. 아아…, 내키지는 않지만 그 동생도 성정으로 보아 꽤나 칭얼거릴 테니 함께 선생을 붙여줘야지. 그리고 환을 제대에 보내야겠다. 제대에 보내고, 경성이 좀 익숙해질 즈음 일본 이름도 제대로 붙여주고, 말끔하게 옷을 입히고 가르쳐 사교 모임에도 데리고 다녀야겠다. 낙은, 제 형에게 해주는 정도로 적당히 해주면 되겠지. 그리고 누구더라. 그 어리고 까무잡잡한 계집애. 그 아이는…. 그리고 잠이 들었다.

눈을 떴을 때는 경성역이었다. 경성역 앞에 미리 준비시켜 놓았던 저택의 운전기사가 짐을 옮겼다. 부인과 남매들을 챙겨 저택으로 데려갔다. 소나무 저택의 비어 있던 방들이 오랜만에 주인을 맞이했다.

환에게 경성제대에 가게 해주겠다고, 명령인지 약속인지 모를 어떤 것을 말한 밤이었다. 아오마츠 부인이 환을 불렀다. 잠옷으로 갈아입으려던 환이 이시다의 손에 이끌려 안방으로 들어왔다.

"환아, 제대에 가면 무엇을 하고 싶니?"

환은 대답 없이 그냥 웃고 말았다. 여기서 무슨 말을 한들 소리로 흩어질 뿐, 어떤 기약이나 실체가 될 수 없음을 예감했다. 애당초 제대라는 말에서 그 어떤 실감도 닿지 않았는데 그 안에서의 무엇을 꿈꾸거나 계획한단 말인가.

부인이 환의 맞은편에 앉았다. 부인은 한 번 더 유언장을 꺼내 환에게 보여주었다. 막대한 재산들, 셀 수 없는 숫자들, 길고 긴 문장들. 어지러웠다. 환이 잠깐 이마를 짚었다.

"제대에 가고 나면, 그 후에 좋은 직업을 가지면, 좋은 사람들과 어울리면, 좋은 결혼을 하면 여기 적힌 것이 모두 네 것이다."

"필요… 없습니다."

"알고 있다."

"동생들 때문입니다. 배를 곯던 동생들이 밥을 먹을 수 있으니, 그저 고모님께서 하라는 대로 할 뿐입니다."

"환아, 사람들이 네 아버지 살아생전에 우직하다고 하디?"

환에게선 답이 없었다. 갑자기 되살아난 아버지의 기억을 외면하려 애쓸 뿐, 행여 아버지와 마주할까 눈을 감을 뿐.

"그건 사람이 멍청하다는 걸 돌리고 돌려서 하는 말이다."

환은 예전처럼 고모님! 하며 벌떡 일어나지 못했다. 낙과 서은이 먹었던 음식, 옷, 지금 잠들어 있는 침대까지 제 목소리 하나에 달려 있음을 알고 있다. 영특하고 눈치 좋은 헛똑똑이야. 이렇게 사랑스러울 수가. 아오마츠 부인은 유언장을 다시 접어 넣으면서 환의 어깨를 두드렸다.

"조만간 함께 파티에 가자."

"네."

"총독부의 고관들이 모두 모이는 우아한 자리다."

"네…."

"애교 있고 정중하게 인사드려야 한다."

사랑스러운 나의 조카, 환아. 너를 보고 있으면 죽은 일광이 돌아온 듯한 착각을 할 때가 있단다. 이번에는 감히 나에게 소 피를 뿌리고 도망가지 못할 어린 일광이.

그 백환이 죽었다던 날, 아오마츠 부인은 백화점에서 돌아오자마자 밤 배를 타고 도쿄로 갔다. 낙도 함께였다. 빈집을 지켜야 한다는 이유를 들어 서은은 경성에 머물게 했다. 아오마츠 부인은 제정신이 아닌 사람처럼 보였다. 나오코에게서 전보를 받아 읽자마자 먹고 들어온 저녁을 모두 토해냈으며, 평소처럼 이시다가 짐을 챙길 때 꼼꼼하게 관여하지도 않았다. 멍하니 앉아 있다 이시다의 부축을 따라 대문을 나섰을 뿐이었다.

부인이 대문을 나서며 나지막이 읊조렸다. 소식을 들은 후 첫 마디이자, 도쿄로 떠나기 전 마지막 마디였다.

"본가에서 뭐라고 생각할까!"

낙이 부인의 뒤를 따라 차에 오르려 할 때 서은이 낙의 소매를 붙잡고 간절하고 단호히 말했다. 만일 죽음이 사실이면… 오라버니 유골은, 꼭 이 땅으로 가져와 줘. 낙이 고개를 끄덕이고 차에 올랐다.

두 사람이 떠나고도 서은은 오래도록 잠들지 못했다. 너무나 황당하지 않은가. 처음에는 무작정 세상의 반 토막이 잘려나간 느낌이었고, 그 후에는 정신이 없었다. 하도 얼떨떨하고 어이가 없어서, 나오코와 둘이 밥을 먹다 깔깔 웃어대기도 했다. 그 모습이 기괴하고 기괴했다. 호박죽을 먹다가 웃고, 보리차를 마시다 울었다.

거짓말이다. 나오코의 전보를 받아 읽던 낙의 목소리. 그의 일그러지고 구겨지던 얼굴. 딱딱한 글자들의 소리. 사망, 병원, 안치.

오빠! 환이 오빠!

환을 배웅하던 날의 기억을 떠올렸다. 갑판에는 수많은 사람들이 가족과 연인과 고국에 안녕을 고하며 손을 흔들고 있었다. 우짖다시피 오열하는 이도, 덤덤하게 인사하는 이도 있었다. 서은은 환이 배로 오른 후 갑판으로 나오기를 기다렸지만, 손 흔드는 이들 사이에 환은 보이지 않았다.

환은 가방을 맡기고는 그대로 객실로 들어갔다. 일등석 객실은 갑판 바로 아래에 있었으므로 소란스럽고 부산했다. 관자놀이부터 찡하게 울려대는 두통이 환을 괴롭혔다. 어금니까지 아플 정도로 욱신거리는 머리를 부여잡고 환은 객실 문을 닫고 바로 침대에 누웠다.

침대에 누은 채 외투 안쪽 가슴 주머니를 더듬었다. 꽁꽁 묶어 훔쳐 온 주사기들이었다. 환의 손보다 작아 실습실에서 가져오는 데 무리는 없었다. 환은 배에 타기 전 미리 사람에 사람을 거쳐 흥분제를 구했다. 짐승용이었다. 주로 돼지를 치는 사람들이나 귀족들에게 말을 대는 사람들이 얼른 새끼를 보게 하려고 쓰는 것이었다. 그 흥분제를 주사기에 담은 것은 우발적인 시작이었으나, 또한 치밀한 계획이기도 했다.

시작은 그냥 갑자기 머릿속에 떠오른 계획이었다. 이것을 타고 있던 말의 엉덩이에 놓아 말이 발광하면, 그것이 조금 과해 적당히 다치게만 된다면 더할 나위 없었다. 한동안 정신을 잃는 정도여도 괜찮을 것 같았다. 그 이상이어도 나쁠 것은 없다. 낙마라…. 좋은 핑계다. 꿈에 나오는 송장 모습의 아버지를 피하기 위한.

환이 아오마츠 본가에 도착했을 때, 환의 또래 남녀들이 이미 모두 모인 후였다. 여기도 아오마츠, 저기도 아오마츠. 본가의 상징성을 또렷이 하려는 듯 빽빽하게 뿌리를 박아놓은 마당의 소나무들. 집 안 어디에서도 송진 냄새를 피할 수 없었다. 역했다. 환은 그들과 여유를 떨고 인사를 나누면서도 몇 번이고 숨어 코를 틀어막았다. 아버지와 어머니의 시신에서 나던 냄새 같기도, 송진 냄새 같기도, 부모를 파묻었던 흙냄새 같기도 한 것들이 코끝에 내내 맴돌았다.

죽은 아오마츠 백작의 오촌 조카라는 소년이 환을 마구간으로 데려갔다. 승마를 위해 전날 깨끗하게 씻기고 정돈해놓아 말똥 냄새나 짚 냄새는 느껴지지 않았다. 좀처럼 보기 힘든 백마부터 시작해 다양한 생김을 가진 말들이 도열해 있었다. 소년은 환에게 고를 기회를 주겠다며 뒷짐을 졌다. 환은 말들이 앞다리로 깡깡 차대는 나무 걸이에 손을 얹고 부드럽게 끝에서 끝으로 훑었다.

말의 기골이 장대하면 장대할수록 좋다. 장대하고 높을수록 좋다. 그래야 떨어졌을 때 성공할 확률이 높았다. 탐스럽게 윤기가 흐르는 백마는 다른 것들에 비해 키가 조금 작았다. 그래서 환은 백마를 지나쳤다. 뒤를 따르며 지켜보던 소년의 얼굴에 은근히 웃음이 피었다. 제가 점찍어

놓은 말을 지나쳐주니 아닌 척 고마웠던 것이다. 환은 대열의 끝에 음울하게 서 있던 흑마를 골랐다. 털이 길고, 콧김이 셌다. 햇빛을 받으면 당장이라도 질주할 것 같이 날카로운 짐승의 숨소리에 환은 잠시 긴장했다.

"말을 타 본 경험도 적으실 텐데 그렇게 큰 말을 타서 괜찮겠습니까?"

"괜찮습니다. 잘생겼군요."

환이 손을 내밀었다. 훈련된 말이어서일까, 아니면 제가 잘생겼다는 말을 들었던 걸까? 인간의 말을 알아듣는 양 환의 손길을 거부하지 않았다. 환이 털을 쓰다듬으면 쓰다듬는 대로 거친 숨을 토해냈다.

처음에는 우아하게. 귀족들의 스포츠는 곧 우아가 목적이다. 사내들이 각자의 말을 몰고 나와 능숙하게 말에 올랐다. 그중에서도 환이 우뚝했다. 그렇지 않아도 키가 큰 편인 데다가 환의 흑마 역시 키가 컸으니 당연해 보였다. 동물들은 저보다 큰 존재를 보면 긴장하여 침을 삼킨다. 묘한 경계를 내뿜는다. 말은 동물이었고, 인간도 동물이었다. 환을 에워싼 모두가 그를 경계했다.

그들이 우아하게 트랙을 돌았다. 환에게 이것저것 물어보고, 아오마츠 백작 부인에 대한 안부도 빠뜨리지 않았다. 환은 고모와 더불어 연습했던 답을 무심히 내뱉었다. 환은 한 손으로 고삐를 잡고 말을 몰면서 한 손으로는 주머니 속의 주사기를 확인했다. 우아한 미소, 우아한 어조, 우아한 기품을 잃지 않은 채.

"자, 슬슬 달려볼까요?"

"그럴까요? 경기로 넘어가기 전 몸도 풀 겸 한 명씩 저 끝까지 달리는 것으로 합시다."

사내들이 고삐 방향을 돌려 나란히 출발선에 섰다. 일 직선으로 말을 몰아 달려 저 끝에 모이면, 그때부터 경기가 시작되는 것이었다. 낙은 출발선에 선 자들의 좌우를 살피며 제 순서를 곱씹었다. 하나, 둘, 셋…, 일곱. 제 옆에 소년이 서 있었다. 백마를 탄 소년은 자랑스럽게 제 말의 흰 털 갈기를 만지고 있었다.

환은 아무도 자신에게 관심을 보이지 않는 순간을 틈타 주머니 속 주사기를 꺼내 포장을 풀었다. 첫 번째 말이 출발하면 말의 엉덩이에 찔러 넣어야 한다. 말끔하게 약물을 밀어 넣은 후 군것질거리를 굽기 위해 태우고 있는 짚더미에 던져 넣으면 된다. 환은 손가락을 까딱이며 몇 번 허공에 대고 연습을 했다. 하지만 곧 그만 두었다. 이미 도쿄로 오는 배 안 객실에서 수십 번, 수백 번을 연습했던 일이다.

"그럼 먼저 달리겠습니다!"

가장 연장자, 아오마츠 본가의 후계자가 먼저 고삐를 당겼다. 그와 오래도록 교류해온 말은 바람을 가르고 씩씩하게 달렸다. 말발굽이 땅을 때리는 소리가 기백이 넘쳤다. 그 소리가 절정에 닿아 주변의 모든 이들이 후계자와 그 말의 달리기에 넋을 놓고 있을 때, 환은 망설이지 않고 깔끔하게 말의 엉덩이에 바늘을 찔렀다.

말이 앞다리를 들고 히힝, 하고 한 차례 울었다. 그러나 아무도 관심을 보이지 않았다. 후계자의 말 달리는 모습에 모두들 넋이 나간 탓이리라. 히힝, 소리에 잠깐 고개를 돌린 이는 오로지 백마에 타고 있던 백작의 조카뿐이었다. 백작의 조카가 잠깐 거슬린다는 표정으로 보더니, 이내 다시 후계자를 향해 박수를 치며 환호했다.

어느새 저 멀리에 도착해 사람들을 향해 고개를 숙이는 후계자는 우아했다. 환은 바늘을 뽑아 아무도 보이지 않게 짚더미를 향해 던졌다. 짚더미 사이로 떨어진 주사기가 불길 속으로 사라졌다.

두 번째 말, 세 번째 말이 뛰기 시작했고 도착점에 닿았다. 그리고 네 번째 말이 달릴 준비를 하며 제 주인과 무어라 대화하고 있었다. 그리고 바로 그때 흑마의 뒷다리가 거센 경련을 일으키기 시작했다.

환은 가볍게 고삐를 쥐었다. 어느 정도의 시간이 지난 후에 떨어져야 자연스러워 보일 테다. 흑마의 발광이 점점 거칠어지면서 네 번째 말에 주목하던 사람들의 시선이 일제히 환에게 옮아오기 시작했다. 마침내 그 시선들이 죄다 환의 것이 되었을 때 흑마가 질주하기 시작했다. 저 끝에서 깃발을 들고 서 있던 하인들이 비명을 지르며 달아났다. 울타리가 부서졌다.

사내들이 제 말을 뒤로 뺀 채, '잡아라! 잡아라!' 고함만 질러댔다. 말을 잡으라는 것인지, 환더러 고삐를 잡으라는 것인지는 알 수 없었다. 모두와의 거리가 어느 정도 멀어지고 환의 정확한 움직임도 희미해, 그저 미친 말의 등 위에서 들썩거리는 나비춤처럼 보일 때쯤. 환이 슬며시 고삐를 쥐고 누르던 손아귀의 힘을 풀었다. 너울너울, 허벅다리와 허리가 공중에서 흔들리고 흑마의 앞다리가 시야에서 춤을 췄다.

추락하는 순간, 그는 생각했다. 이것이 죽음에 이를 수도 있음을. 아니, 확신했다. 계획했던 죽음치고는 복잡했다. 그냥 굵은 나무를 찾아 목을 달아도 좋고, 예리한 칼을 하나 구해 피가 쏟아지도록 배를 찔러도 좋고, 약이랑 약은 죄다 집어 먹고 내장이 꼬여 죽을 수도 있었는데. 허나 그렇게 죽는다면 뻔히 남은 아우들이 불명예를 써야 할 터. 아무것도 붙어살 곳 없는 그 어린 아우들에게 죽은 부모의 기억에 제 기억까지 얹어주고 싶진 않았다. 이도저도 불안할 때는 우연에 기대는 것이 최선일 때가 있다.

그러나 그 우연을 정말 우연이라고 생각해서는 안 된다. 의심하고 또 의심해야 하며, 경계하고 또 경계해야 한다. 모두가 우연일 것이라고, 순간을 의심하지 않고 고스란히 믿어버린 것이 환을 바닥에 구르게 했다. 흥분한 말의 앞다리로 흉부가 걷어차이도록 했다. 환은 가슴이 아작나고 머리에서 피가 솟는 것을 느끼며 생각했다.

지겹다….

총소리가 들렸다. 한 방으로 끝나지 않고 흑마의 가슴과 뒷다리와 머리에 박혔다. 최후의 순간. 그것은 환의 최후이기도 했지만, 흑마의 최후이기도 했다. 짐승과 짐승이 동시에 비명에 횡사하고 신음하며 세상에서 아득해지는 순간, 환은 겨우 입을 벌려 흑마에게 사과했다. 울컥 핏덩이가 혀에 걸려 따뜻하고 비렸다.

미안하다. 아무에게도 탓을 씌우지 않으려 택한 죽음이었는데, 결국 겨우 한 마리 말인 네게 탓을 씌웠구나. 나중에 세상에 돌아온 날 네가 날 총으로 쏘아라.

총을 주머니에 꽂으며 사내들이 달려오는 것을 끝으로 모든 세상이 암전이었다.

4장

—

상전벽해

桑田碧海

도련님의 탄생

　낙의 시신은 꿰이고 조립되어 안치되어 있었다고 했
다. 피도 모두 닦아내 남아 있는 몸에 붉었던 흔적이란 없
었다고 했다. 입술은 희고 얼굴이며 어깨는 희다 못해 푸
르렀다고 했다. 낙이 환의 유골함을 서은에게 안기며 그렇
게 전했다. 서은이 물었다. 오빠를 밟았다는 그 흑마는 어
떻게 되었어? 낙은 간결하게 답했다. 뒈졌어. 서은이 울기
시작했다. 환을 떠올리며, 상상 속 흑마를 떠올리며, 모든
게 슬프고 서러워 울었다. 우연이 빚어낸 사고치고 그 결
과가 참으로 잔혹했다.

　가루가 되어버린 최후의 백환은, 쓸데없이 보드라웠
다. 그래서 놓기가 더 힘들었다. 서은이 장갑을 벗어 던

지더니 맨손으로 강가에 뼛가루를 뿌리며 아린 가슴에 못을 박았다. 뼛가루가 너무도 쉽게 손 틈새를 빠져나갔다. 이것이 죽음이란다, 하고 속삭이듯 바람에 실려 사라졌다. 이별이라는 황망한 슬픔이 손가락 사이로 빠져나가고 있었다.

고모가 우에다 변호사를 불러 유언장을 태웠다. 다시 쓴 유언장엔 환의 이름이 들어 있던 자리가 비었다. 우에다 변호사가 유언장 수정 절차를 모두 마치고, 저택을 나가며 낙과 악수를 나눴다.

이제 아오마츠 가문의 유일한 도련님은 낙, 즐거울 낙! 오직 한 명이다. 낙은 이제 우아한 첫째 도련님이다. 유순하고 부드러우면서도, 강단 있고 묵직한. 경성의 중심에 섰으면서도 뒤에서 나대는 수런거림을 묵살할 줄 아는.

형은 참 골치 아픈 수식어를 많이 달고도 살았군. 용케 살았어. 낙은 면도날이 제 턱에서 미끄러져 베인 따끔함에 인상을 찡그렸다. 칼을 쥐고 다른 생각을 하니 이렇게 피가 났다.

칼자루를 쥔 사람은 이제 낙이었다. 첫째 도련님, 둘째 도련님 하던 일이 오래전 일처럼 느껴질 만큼 모든 것이 너무 급작스럽게 변했다. 서은의 울먹임이 없고, 아오마츠 고모의 한숨이 없다면 애당초 백환이라는 존재가 있었는지도 몰랐을 정도로 느껴졌다. 환이 사용하던 것 중 무

거운 가구 같은 것들을 제외하고는 모든 것들이 불태워졌
다. 그것을 태우는 일은, 서은이 담당했다.

서은은 하녀들의 손을 빌어 환의 짐을 빼 뒷마당에서
태웠다. 마당에선 하루 종일 연기가 피었다. 그 깊은 새벽
까지도 탄 내음의 잔재가 저택 구석구석 밀고 들어왔다.
서은은 그 냄새를 맡으며 베개에 얼굴을 묻고 울었다. 베
개 솜을 씹어 울음을 억지로 삼키며, 서은은 제 손으로 뒤
척거려, 불태워지던 환의 짐들을 생각했다.

원산에서부터 품고 가져온 것이 없었기에 어느 것에서
도 환을 느낄 수 없었던 것들. 환의 것들은 많았으나 아무
것도 환의 것이 아니었다. 환은 어디에고 있었으나 늘 홀
로였다. 심지어는 제 방에서조차 제 물건들에게도 배척당
해 외로워했다. 서은은 그것을 너무 늦게 알았다.

잿가루는 그의 유골이 날린 강변에 날렸다.

여름이 지났다. 학교는 다시 개강했다. 이제 아침에 대
문을 빠져나가는 사람은 한 사람, 낙뿐이었다. 지루하고
딱딱한 존재였음에도 옆에 있으면 괜한 장난도 걸어볼 수
있는 환이었지만, 그가 없이 담벼락을 도는 시간은 너무
나 길었다. 대로까지 나가는 동안 낙은 한마디도 하지 않
았다. 그 뒤를 나오코가 쫓았다. 나오코는 늘 환의 뒤로 열
걸음 정도의 거리를 유지하며 걸었다.

든 자리는 몰라도 난 자리는 안다. 생각해보면 낙이 세상에 태어나면서부터 백환이라는 존재는 이미 세상에 고정되어 있었다. 그런데, 그 오랜 시간을 옆에서 딱딱하게 박혀 있다 다짜고짜 제멋대로 뽑아버리면 어쩌자는 것인가. 이 빌어먹을 인간…. 마음에 드는 구석이 하나도 없다, 늘 그렇게 여겼지만 그렇다고 아예 마음속 한 구석을 내줄 것까지는 없었다.

환의 자리를 채우는 것은 모두 낙의 몫이었다. 아오마츠 부인을 배행하고 사교장으로 나서던 환의 역할도 죄다 낙의 몫이 됐다. 여름 끝물에 경성으로 새로 부임한 일본인 고관이 연 파티가 낙의 사교계 데뷔나 마찬가지였다. 환이 살아 있었을 때, 낙과 서은은 파티에 동행할지언정 홀로 음식을 먹고 술이나 좀 마시다가 돌아오면 그만이었다. 고모의 팔짱을 끼고 파티장마다 돌며 사람들과 인사를 나누는 것은 모두 환의 몫이었으므로.

그런 환의 일을 이제는 낙이 해야 했다. 서은은 파티장에 동행하지 않았다. 함께 가면 아마도, 그런 자리에서 오래 바라보곤 했던 환의 모습이 떠오를 것이므로. 그렇게 셋도, 둘도 아닌 홀로, 낙은 파티에 참석했다. 늘 형을 보기만 했기에 한 번도 겪어본 적 없는 숨 막힘. 파티장엔 음악 소리와 대화 소리가 가득했으나 그전처럼 마냥 즐겁거나 여유롭지는 못했다.

아오마츠 부인과 낙이 파티장에 들어서는 순간부터 모든 사람들이 두 사람을 주목했다. 잠깐이지만, 장내에 흐르던 음악이 멈추었다는 착각마저 일었다. 시선들이 저마다의 속내를 품고 낙에게 쏟아졌다. 기이하고 위대한 푸른 소나무 저택, 경성에서 제일 속닥이기 좋고 뒷소문을 만들어내기도 좋은 그 저택. 그 저택에 사는 두 사람이 또다시 장내의 이야깃거리로 올랐다.

혹자는 환이 친척들의 미움을 받아 자살했다고 했고, 혹자는 환이 실은 살아 원산으로 다시 도망쳤다고도 수근댔다. 경성 생활에 신물이 난 저택이고 형제들이고 다 버린 채 원산의 촌으로 돌아갔다고. 그 기질은 못 버린다고. 부인의 먹어가는 귀에는 잘 들리지 않았으나 부인의 옆에선 낙의 귀에는 잘도 들렸다. 그러나 고모가 팔을 붙잡고 있는 이상, 함부로 눈을 흘기거나 욕을 할 수도 없었다. 그들이 모르는 저택의 유일한 규칙은, 고모의 눈에 거슬리는 행동을 하지 말라는 것이었다.

낙은 환이 입었던 것과 같은 연미복을 입고 파티장을 돌아다녔다. 애써 어색하고 뻣뻣한 여유를 구사하며 고모의 옆자리에 서 있으면, 아오마츠 부인은 뒤를 돌아 낮게 속닥였다. 혼잣말이었지만 꼭 낙의 귓구멍에 말을 쑤셔 박으려는 듯 날카로웠다.

"환은 더 듬직했는데…. 형보다 모자라는구나."

고모를 위해 칵테일을 가져오던 낙이 헛웃음을 쳤다. 아오마츠 부인은 낙의 노력과 열의, 여유와 흉내조차 마음에 들어 하지 않았다. 낙의 있는 그대로를 사랑해주지 않으면서 백환을 흉내 내는 일조차 사랑으로 안아주지 않았다. 그 지나친 막막함. 낙은 공중에 대고 신음하며 그대로 떠나가고 싶었다. 할 수 있는 것이라곤 흉내 내는 것뿐인데, 그마저 미워하면 어찌하라고. 본성만으로는 사랑받을 수 없어, 껍데기나마 허물을 뒤집어쓰고 흉내를 내보려는데, 본성도 흉내도 사랑해주지 않는다.

탐내던 자리에 앉아 있는데, 엉덩이가 쑤셨다. 백환의 시신을 깔고 앉은 양 딱딱하고 차가운 감촉들이 낙을 옭아맸다. 낙은 자신의 헛웃음이 군중의 춤사위와 악단의 연주에 묻히기를 바라며 고모를 노려봤다. 어쩌라는 것인가? 왜소한 덩치마저 그의 잘못일 순 없다. 그런 것으로 죄를 묻는 일은 세상에 없는 법이다.

파티장 안에 모인 온 경성의 사교계가 아오마츠 부인이 되어 낙을 비웃는 듯했다. 시선들이 날카롭게 갈린 죽창이 되어 낙의 등에 투명하게 꽂혔다. 흘리는 피도 투명했다. 피의 냄새도 투명했다. 그러나 낙만은 선명하게 그 냄새를 맡았다.

낙은 언제나, 그리고 누구에게나 환의 그림자가 되어야 했다. 학교에 가서도 제대 출신 형의 존재가 목을 조였다. 시험을 봐도 형이 맞은 점수만큼 우수해야 했다. 친구를 사귀어도 형처럼 훌륭한 사람과 어울려야 했다. 형처럼, 형처럼, 형처럼!

"지긋지긋해! 죽어서도, 죽어서도 왜! 왜에, 왜 자꾸 산 사람 목줄을 조여!"

낙이 술을 마시는 횟수가 늘었다. 낙이 진탕 취해 밤늦게 집에 돌아오면 아오마츠 부인은 잠들어 있었고 서은만 깨어 있었다. 술에 취해 제대로 걷지도 못하는 낙을 2층의 방까지 옮겨 재우는 것은 서은과 나오코의 일이었다. 술 냄새…. 서은은 낙의 팔을 제 어깨에 두르고는 숨을 참았다. 낙의 입에서 흘러나오는 술 냄새와 열등감의 냄새가 언제나 비릿하게 쏘았다. 그것을 맡는 일만으로도 가슴이 시큰하고 후끈하게 아팠다.

서은이 끙끙대며 낙을 침대에 던지면 나오코가 낙의 옷을 갈아입혔다. 그때마다 쉬지 않고 흘러나오는 낙의 주정은 똑같았다. 죽었으면 죽은 존재로 있으란 말야. 왜 자꾸 이쪽으로 다시 흘러나와!

듣지 못한 척, 아무것도 귀에 담지 못한 척. 서은은 그리하려 했다. 그러나 환의 존재는 낙의 꿈에만 나오는 것이 아니었다. 같은 혈육인 서은의 꿈에도 나오곤 했다. 그래서 술에 취한 낙이 꿈속에서 환을 이야기한 사실을 부정할 수 없었다.

세상이 보기에 동생이 형을 슬퍼하는 것은 꽤 긴 사치였는지, 세상은 계속해서 재촉했다. 슬퍼 말라고. 죽은 자를 뛰어넘으라고. 죽은 자의 환영이라도 되라고. 산 것은 낙인데 죽은 환을 보려 했다. 그것을 서은도 알았다. 그러나, 낙이 환이 될 수 없음도 서은은 알았다.

큰오빠에게선 한 번도 담배 냄새가 난 적이 없었다. 허나 낙에게서는 담배 냄새가 사라진 적이 없었다. 그러니 낙은 환이 될 수 없다. 그것을 알기에 세상이 낙에게 너무나 잔인하다 생각했다. 백환이 아니라 백낙으로 사랑받고 싶어 이렇게 몸부림치는 것이다. 나오코의 손끝에서 정돈되어가는 작은 오빠를 보며 우는 날이 많았다. 죽은 환을 떠올리며 살아 있는 낙을 바라보았다. 그것이 서은을 슬프게 했다.

"집중해야죠, 아가씨."

슬픈 날이어도 수업은 계속되었다. 다만, 서은은 멍하게 책을 내려다보다가 나오코에게 주의를 받는 일이 늘어났다. 서은은 산수책을 앞에 펴놓고 연필을 손에 쥔 채 공상에 잠기곤 했다. 주로 환을 떠올리거나, 원산을 떠올리거나, 이어서 쓸 소설의 다음 내용을 떠올리는 일이었다.

"아가씨. 돌아가신 첫째 도련님 때문에 그래요?"

"네?"

"요즘 멍하시잖아요. 수업에도 집중을 못 하시고. 아무래도 그런 이유겠죠."

"죄송합니다."

죄송하다며 서은이 연필을 내려놓았다. 아무래도 오늘
수업은 글렀군. 나오코도 들고 있던 연필을 내려놓고 책
을 덮었다. 시계 돌아가는 소리만 두 사람 사이에 흘렀다.

그 공허 속에 죽은 자가 두둥실 떠올랐다 가라앉곤 했
다. 나오코는 종종 식당에서 밥을 먹으며 마주치곤 했던
환의 눈빛을 떠올렸다. 그때부터 이미 죽어 있던 눈. 삶
에 있던 생기를 모두 잃고는 뉘엿뉘엿 저물 것을 준비하
던 눈.

나오코는 환의 눈빛을 떠올리다 서은을 바라본다. 비
슷한 땅거미가 서은에게도 서리고 있다. 살아오며 평생
얻은 것이라곤 오직 눈치뿐이라, 나오코는 누구보다 빠르
게 생명의 대지가 식어가는 냄새를 맡을 수 있었다. 서은
의 옆에 붙은 죽음의 냄새를 킁킁거리며 맡으며 고민한다.
그것은 환의 망령일까, 아니면 서은이 뿜어내는 또 새로
운 죽음일까.

그러나 서은이 죽어서는 곤란하다. 나오코가 저택에서
살 수 있는 이유는 단 하나, 서은의 선생이기 때문이었다.

"아가씨. 지난번 제 책상에 원고 두고 가신 거, 아가
씨죠?"

"… 아."

"잘 읽었어요. 정말 재미있게."

울컥, 뱉어놓고도 감당의 선을 아슬아슬하게 견디는 말이었다. 나오코는 서은을 앞에 두고 소설 평을 주르륵 늘어놓았다. 어쨌든 저택에 머무르기 위해서는 서은을 먼저 살려야 했다. 소나무 저택을 나가야 한다면, 그것은 관 안에 누워서일 뿐이다.

내내 제 허벅지에만 시선을 두고, 꾸중 듣는 아이마냥 굴던 서은이 서서히 고개를 들었다. 소설을 써본 일도 처음이거니와 누군가가 제 소설을 읽은 일은 더더욱 처음이다. 읽어달란 부탁으로 나오코의 방에 두고 오긴 했으나, 저렇게 많은 의견을 떠올릴 만큼 진지하게 읽어주리란 기대는 하지 않았었다.

"제 소설을 이렇게 진지하게 읽어주시리라곤 생각도 못 했어요. 기껏해야 이제 막 글이란 걸 좋아하게 된 어린 애 낙서일 텐데."

움찔, 허벅지 위에 얌전히 올려놓고 있던 나오코의 두 손이 가볍게 떨렸다. 어린애 낙서, 라고 말하며 배시시 웃는 서은의 얼굴을 봤다. 분명 죽은 환을 떠올리던 모습보다는 훨씬 살아 있음에 가까운 얼굴이다. 그러나 지극히 겸손한 서은의 그 말에 나오코는 자신도 모르게 입술을 깨물었다. 서은에게 드러내 보이지 않으려 애를 쓰는 질척하고, 더럽고, 아픈 것.

그것이 홍주였다.

"소설을 쓰는 게 즐거우세요, 아가씨?"

"네. 좋아요. 쓰면 숨이 트이는 것 같아요. 방 안에 있어도 경성 거리가 보이고, 침대에 누워서 상상하는 것만으로도 칠십대 노인이 되었다가 아홉 살 여자아이가 되었다 할 수 있으니까요. 처음으로 자유로워요."

"그럼 더 쓰세요, 아가씨. 슬프지 않으려면 더 써야죠. 살아야 하니까 써야죠. 언제까지고 슬퍼할 수는 없잖아요. 슬퍼서는 안 돼요."

그건 가지지 못했다는 거잖아요. 나오코는 뒷말을 삼켰다. 서은이 흠칫 나오코를 바라봤다. 나오코는 어느새 고개를 돌리고 열어놓은 창문 밖을 보고 있었다. 그이의 머리카락은 길고 피부는 희다. 창밖에서 가을 밤바람이 불 때마다 반으로 묶은 머리카락이 얌전한 듯, 아닌 듯 흔들린다. 눈은 아무것도 보고 있지 않은 듯하지만 어딘가를 응시하고 있었다. 그러나 그 어딘가가 현재에 있는지, 아니, 있기는 한 건지 알 수 없었다. 그러나 나오코는 어딘가를 보고 있었다.

서은이 무심코 손을 들어 제 귀를 만졌다. 생각지도 못했으나, 경성에 온 후로 늘 귀에 꽂아두었던 예쁜 돌멩이가 오늘도 역시 서은의 귀에 걸려 있었다. 서은은 그 돌멩이를 만지작거리며 나오코의 옆모습을 계속해서 바라보왔다. 그 옆모습에, 어쩐지 악을 쓰던 어린아이의 모습이 겹쳤다. 언니 같은 사람들은 오지 말라던.

악한 세상에서 악(惡)하지 못한 이들이 지르는 악. 그것은 곧 선(善)이다. 지극히 선해 세상을 탐낼수록 제 나약함만 더 파고들어, 그것이 고통스러워 남을 죽일 정도로 고함치지 않으면 살아내지 못한다. 그 어린애도 그렇게 악을 쓰고 있었다. 그들의 악은 어쩌면 고함이 아니라 비명이다. 세상이 그 어린 성대를 쥐고 비틀어 그렇게 참혹하게도 비명을 짜냈다.

"나오코 선생님."

"네?"

"선생님은…, 악을 써본 적이 있군요."

나오코가 슬며시 고개를 돌렸다. 내내 나오코를 바라보고 있던 서은의 시선과 정확히 맞닿았다. 악을 써본 적이라, 나오코는 잠시 생각에 빠졌다.

악을 썼던 적이 있다. 그러나 그것은 나오코가 썼던 악이 아니라 박홍주가 썼던 악이었다. 비명이었다. 살려달라는 호소였다. 흙바닥 위를 구르며 어린 목숨이 죽고 싶지 않다고, 눈으로 입으로 피로 지르던 비명이었다. 나오코는 저도 모르게 웃어버렸다.

"왜 궁금하세요?"

"제가 소설을 쓰게 했던 아이랑 꼭 같은 말을 하시는

것 같아서요."

"그 아이가 뭐라고 하던가요?"

"나 같은 사람은 오지 말래요. 그 말을 했어요. 그리고… 저는 생각해요. 분명히 이렇게 말을 했을 거예요. 나는 슬퍼하지 않겠다. 그건 내가 당신만큼 가지고 있지 않다는 뜻이니까."

"그랬을까요?"

"그랬을 거라고 믿어요."

"그래서… 앞으로도 소설을 쓸 거예요?"

"써야겠어요."

"써야겠다고요?"

"비명을 지르는 사람이 있으니 들어주는 사람도 있어야지요. 선생님 덕분에 원고의 제목도 정했어요. '만선(滿善)'으로 할래요."

그렇게 가을바람이 불었다. 더운 여름이 갔다.

"수업 끝나고 한잔하러 갈 거지? 어떡할까. 내가 먼저 가서 자리를 잡아놓을까? 하숙집에 짐을 풀고 올 텐가?"

낙은 매일 수업이 끝나면 짐도 챙기기 전에 이렇게 말했다. 허리에 노트를 낀 교수가 강의실을 빠져나가기도 전이었다. 낙이 신나게 권주가를 불러대는 모습에 교수는 혀를 찼다. 교수가 낙을 흘기며 강의실을 빠져나가면 낙은 복도 멀리 사라지는 교수를 보며 욕에 욕을 해댔다.

"염병. 고상한 척, 우아한 척. 척이랑 척은 죄다 떨면서 지는! 저런 노인네들이 가서 술 퍼먹고 기생 허리 쥐고 노는 거야. 알아? 거기에 비하면 우리는 얼마나 우아해? 저쪽이야말로 엿이나 먹으라지!"

낙의 말에 반은 낄낄거렸고 반은 불쾌한 표정을 지었다. 불쾌한 표정을 지었던 학생들은 주로 얼른 짐을 챙겨 강의실을 빠져나갔다. 저마다 기숙사나 하숙집으로 돌아가며 낙의 흉을 보았다. 형 죽고 나더니 왜 저래? 물론 낙의 귀에는 절대 들리지 않았다. 들리지 않아야 하기도 했다. 흉보는 소리가 백낙의 귀에 들리면 그대로 턱이 비틀어지도록 맞을지도 모를 일이었다.

"그래서 뭐, 다들 한잔들 할 생각이지?"

"미안. 나는 오늘 바빠."

낙이 어디선가 풍기는 듯한 술 냄새에 코를 쿵쿵거리며 신나게 외투를 챙겨 입는데 몇 명이 찬물을 끼얹었다. 그들도 낙 못지않게 술타령하면 목청이 빼어난 이들이었다. 낙이 인상을 확 찡그렸다. 그들이 손바닥을 짝짝 맞대며 미안하다고 능청을 떨었다.

낙이 묻기도 전에, 그들이 먼저 짐을 다 챙긴 가방을 다시 열더니 저마다 한 뭉텅이의 원고를 꺼냈다. 두꺼운 것도 있었고 얇은 것도 있었지만 죄다 너덜너덜하고 고운 글씨로 쓴 걸 보니 저마다 꽤나 중요해보였다. 낙은 조금 흥미가 생겨 다시 짐짓 표정을 누그러뜨렸다. 낙은 그들 앞의 책상에 걸터 앉아 원고지를 주워들었다.

"이게 웬 글이야?"

"뭐긴 뭐겠나. 신문사에 내려고 하지. 요즘에 이름 좀 있다 싶은 신문사마다들 그렇게 공모를 하지 않겠어? 실은 오래 준비하고 기다렸거든."

"이게 그렇게들 하고 싶나?"

"그럼. 하고 싶지."

"왜들…."

낙은 별생각 없이 원고지를 몇 장 넘겨보다 문득 멈췄다. 주변에 짐을 싸는 이들의 가방 속에 죄다 한 뭉텅이의 원고지가 들어 있었다. 양주에서 돌아온 날 서은이 했던 말이 떠올랐다. 글을 썼다고 했었나. 그때 아우는 소설이라고 말하며 얼굴을 붉혔었다.

이게 다 뭐라고 그렇게들 집착할까. 원고지를 보여주며 타지 않던 쑥스러움을 타는 이 광경들도 그렇고, 어차피 어디 가서 보여줄 곳도 없는데 글 배우고 쓰는 일에 울고 웃는 서은도 그렇게 별종들이다 싶었다. 고작 글자 몇 개 흩어놓은 게 뭐 그리 귀한 것이라고들…. 갑자기 속이 뒤틀리고 구토감이 치밀어 올랐다. 역겨운 마음에 명치부터 비리고 신 냄새가 났다.

글자, 그 수려한 필체. 그것은 환의 필체다.

글자, 그 유려한 성적. 그것은 환의 점수다.

글자, 그 화려한 유언장. 그것도… 환을 위한 것이었다.

낙은 교실에 가득 울리게 욕을 하며 자리를 박차고 일어났다. 그리곤 그 길로 가방도 제대로 닫지 않은 채 학교를 나갔다. 이런 개좆같은…. 돌아오는 내내 웅얼거리는 낙의 목소리에 운전기사는 침조차 쉽게 삼키지 못했다.

낙은 홀로 연거푸 술을 마시고 저택에 들어왔다. 한 병을 홀로 비우니 두 병째부터는 어려운 것도 없었다. 병마다 담배를 세 대씩 태웠다. 계산하고 나올 때쯤에는 가게에 있는 어느 테이블보다도 수북하게 담배꽁초가 쌓여 있었다. 저택의 창살 앞에서 손목시계를 보니, 이미 집안 모두가 잠들어 있을 시각이었다. 차라리 그게 나았다. 현관에 들어서자마자 눈이 마주치면 울 것 같은 눈을 하는 서은의 모습을 보는 건 귀찮았다. 그리고, 아예 낙을 보려조차 하지 않으며 방에서 나오지도 않는 고모의 모습은… 더욱 경멸스럽다.

낙은 현관문을 조심히 열고 들어왔다. 복도에는 오직 세 개의 촛불만 켜져 있었다. 그 촛불 바로 아래 소파에서 이시다가 졸고 있다가 낙이 들어오자 눈을 떴다. 그리곤 낙의 외투와 가방을 받아 들고 층계를 올라갔다. 이시다는 짐을 옮겨주고, 낙의 잠자리를 한 번 더 정리해준 후 바로

1층으로 내려갔다. 그리곤 아오마츠 부인의 방 바로 옆에 붙어 있는 제 방으로 들어가 곧장 잠이 들었다.

방에 든 낙은 테이블에 앉아 천장만 바라봤다. 화려한 불빛, 모두의 호의, 도련님이라는 칭호, 백화점, 술집, 거리마다 나오는 창가, 그 모든 경성이 좋다. 딱 하나, 아오마츠 고모만을 빼면. 나를 사랑해주지 않는 고모만 빼면.

그러나 고모를 빼면, 어쩌면 경성은 낙의 삶에서 통째로 사라진다. 고모는 곧 경성이다. 낙이 사는 경성. 낙이 갖고 싶은 그 경성. 낙은 신음했다. 맨 얼굴을 감싸 쥐고 괴로워했다. 이대로는 분명 잠들 수 없다. 낙은 홀린 듯 자리에서 일어나 조용히 방문을 열었다. 그리고는 부엌으로 내려가 찬장 깊숙한 곳에서 서양 술을 몇 종류 꺼내 2층 계단을 올랐다.

"아악!"

낙이 양 손에 술병 주둥이를 쥐고, 발끝으로 방문을 밀려는 순간 여자의 나지막한 비명이 들렸다. 비명인지, 한숨인지 짜증인지 모를 소리였다. 방문을 밀려던 발이 멈칫했다. 낙은 고개를 돌렸다. 서은의 방은 고요했다. 문은 잘 잠겨 있었다.

일찍 자고 일찍 일어나는 것이 습관이니, 서은이 이 시간에 깨어 있을 리 없었다. 그렇다면 지금 소리를 지른 젊은 여자는, 서은에게 글을 가르친다는 나오코뿐이다. 천천히 시선을 옮겨 바라본 나오코의 방문이 조금 열려 있었다. 그 틈으로 흐릿하게 불빛이 새어 나왔다. 낙이 발소리를 죽이고 불빛이 흘러나오는 쪽으로 향했다.

낙은 발끝으로 천천히 나오코의 방문을 밀고 문턱에 기댔다. 나오코가 방구석의 책상에 촛불 하나와 종이 뭉치를 둔 채 의자에 앉아 있었다. 긴 소매의 흰 잠옷을 입고 있었는데, 한쪽 소매가 팔꿈치까지 말려 올라가 있었다.

나오코는 잉크가 묻지 않은 펜촉을 들고 그렇게 드러난 한쪽 팔뚝을 계속해서 긋고 있었다. 손목에서 팔꿈치까지 생채기가 났다. 펜촉 끝에 핏방울이 묻기도 했다. 은색 펜촉이 촛불에 물들어, 그리고 피가 맺혀 붉어졌다. 나오코는 꼭 제 팔뚝이 흉측한 무엇이라도 되는 양 날카롭게 긁더니, 펜촉을 벽에 던지고 책상에 이마를 박았다. 제 분을 이기지 못해 어금니 갈리는 소리를 냈다.

"으음, 뭐해요?"

찰랑. 낙이 한 손에 들고 있던 와인을 마시자 반쯤 남은 와인이 병 안에서 찰랑, 소리를 냈다. 홀로 있던 빈방에 낯선 목소리가 울리자 나오코가 놀란 듯 고개를 치켜들었다. 그리고 팔뚝을 긁어내느라 미처 알아채지 못했던, 벽에 비친 검은 그림자를 그제야 바라봤다.

"설마 잉크도 묻히지 않은 펜촉으로, 노트도 아닌 제 팔뚝에 일기라도 쓰고 있는 건 아닐 테고."

낙은 그렇게 말하며 아예 나오코의 방 안으로 들어왔다. 그리고는 또 소리가 나지 않게 조심히 발끝으로 방문을 밀어 닫았다.

새어나가는 빛 하나 없이 온 방 안이 주황빛이 되었다. 나오코는 당황한 나머지 아무런 말도 못 한 채 의자에 앉아 낙이 움직이는 대로 시선을 쫓았다. 낙이 책상 맞은편 나오코의 침대 끝에 걸터 앉았다. 가까이서 보니 더욱 잘 보였다. 소매를 내리지도 못한 나오코의 팔뚝과, 그 위에 가득한 생채기들. 오늘 밤 막 생긴 것들과 생긴 지 꽤 되어 보이는 흉터들.

"죽기는 싫었나 봐요? 그렇게 팔뚝을 그어대면서도."

"네? 도련님… 죄송하지만 뭐라고…."

"교묘하게 깊지도 않고, 또 교묘하게 급소는 피해서 긁었잖아요. 살고 싶었나보다, 많이."

나오코는 그제야 낙이 뚫어지라 제 팔뚝을 바라보고 있음을 알았다. 그리고 급하게 소매를 내렸다. 희고 얇은 소매 위로 피가 물들었다.

"왜 그랬을까, 선생님."

"죄송해요. 도련님, 부인께는 말씀하지 말아 주세요. 앞으론 그러지 않을게요. 저…, 기괴한 사람 아녜요. 제발, 눈감아 주세요."

나오코가 의자에서 내려와 바닥에 무릎을 꿇었다. 허

둥지둥하는 나오코의 목소리를 들으며 낙은 코웃음을 쳤다. 평소 식당에서 마주칠 때나, 서은과 산책하는 모습을 볼 때는 상상조차 못 했던 행동, 그리고 말들. 나오코는 시선도 말도 한군데에 두지 못한 채 같은 말만 반복했다.

부인께는, 부인께 만큼만은, 하고. 낙은 나오코의 얘기를 들으며 쥐고 있던 술병을 모두 바닥에 내려놓았다. 그러더니 나오코의 어깨를 쥐고 일으켜 다시 의자에 앉혔다. 그리고 그 의자를 끌어 제 앞으로 당겼다.

"기괴한 사람 아녜요?"

"아녜요. 저 정말…."

"아닌 거 알아. 소나무 저택에선 하나쯤 이런 구석이 있어야 정상이거든."

낙은 아예 소리를 내어 웃었다. 촛불이 흔들렸다. 낙의 웃음소리에 나오코가 어안이 벙벙하게 일그러진 얼굴로 어쩌지 못했다. 낙은 한참을 킥킥거리더니 내려놓았던 병들 중 한 병을 나오코에게 내밀었다. 나오코는 병을 받을 생각도 못 한 채 불안한 시선으로 낙을 바라만 봤다. 낙이 내민 팔을 한 번 흔들었다.

"팔 아프니까 빨리 받으시죠, 선생님. 잔에 담겨 있지는 않지만 어쨌든 똑같이 비싼 술이에요."

"도련님."

"술친구."

"네?"

"내가 입 다무는 대신 선생님도 오늘 내 술친구. 어차피 말할 생각 없긴 했지만, 어쨌든 내가 입을 다물면 선생님한테도 이득인 것 같아서요. 그러면 나도 조금은 이득 봐도 되겠죠. 오늘 나랑 술친구. 어때요? 이득 보는 장사 아니에요, 나오코 선생님한텐?"

낙이 한 번 더 팔을 흔들었다. 나오코는 그제야 조심스레 두 팔을 뻗어 병을 받아 들었다. 낙은 그제야 만족스럽게 마시던 와인을 한 모금 더 마셨다. 낙이 한 모금 넘긴 후 턱짓으로 권하자, 나오코도 떨떠름하게 뚜껑을 열어 한 모금을 마셨다. 그리고는 얌전히 입 주변을 닦았다.

"제법 독한 술일 텐데 표정 한번 안 구기시네."

나오코가 어색하게 웃었다. 낙은 입고 있던 셔츠의 양쪽 소매를 걷어 올린 후 양팔을 뻗어 침대를 짚었다. 다리를 꼬고 발을 까딱거리며 콧노래를 했다. 술기운에 나른하게 풀어진 시선에는 심지어 흥미 같은 것이 아른거렸다. 낙은 어디서 들어본 것 같은 서양 음악 한 곡을 콧노래로 흥얼거리더니 그제야 나오코의 앞에 턱을 괴고 고개를 들이밀었다. 나오코가 내뱉던 숨을 멈췄다.

"그래서 이유가 뭡니까?"

"없습니다."

"없을 리가. 하나, 성적이 대폭으로 떨어져 등수를 빼앗겼거나. 둘, 연모하는 사내가 약혼이라도 했다든지.”

“아닙니다.”

“내가 방금 말한 두 예시의 공통점이 뭔지 아세요, 선생님?”

낙의 물음에 나오코가 쭈뼛거렸다. 학교에 다니는 내내 한 번도 등수를 빼앗긴 적 없으니 첫 번째는 이유가 아니다. 그런 감정도 알지 못한다. 또, 살면서 누구를 연모하지 않으리라 다짐한 지 오래이니 두 번째의 경험도 없다. 역시 이유가 되지 않는다. 시곗바늘이 굴러가는 가운데 초조해지는 가슴이 낮고 묵직하게, 그러나 빠르게 뛰었다. 나오코가 입술을 질겅질겅 물기 시작했다. 낙이 나오코의 답변을 기다리며 또 찰랑, 하고 와인 한 모금을 마셨다.

“고민이 길어지네. 별로 어려운 것도 아닌데. 그냥 내가 말해줄게요. 하나, 둘 다 원래 가지고 있던 무언가를 빼앗겼다는 거. 둘, 그래서 질투가 난다는 것.”

“그렇군요.”

“난 지금 내 상태가 그래서 이딴 감정 말고는 그렇게 분노할 이유가 생각이 안 나. 그래서 묻는 거예요. 궁금해서. 다른 사람들은 뭐 때문에 분노하나 궁금해서. 궁금할지는 모르겠지만 나는 백환 때문이거든. 지금… 그 죽은 백환이 미워서 뒈지겠거든요.”

“도련님….”

그러나 슬프게도 낙은, 그토록 미워하는 환과 닮았다. 저들끼리는 잘 모르기도 할 테지만 둘은 닮았다.

"서은 아가씨가 쓴 글을 읽고 있었어요."

"숙제 검사라도?"

"아뇨. 소설이요."

"소설이요?"

나오코가 뒤를 돌아 책상에 올려두었던 서은의 원고를 가져왔다. 그리고 제 허벅지에 두고 그것을 낙에게 보여야 하는지, 말아야 하는지 고민했다. 그러거나 말거나 낙이 손을 뻗어 서은의 원고를 가져갔다. 나오코가 채 붙잡기 전이었다.

"이게 서은이가 썼다는 소설이에요?"

"네."

"말만 하고 보여주지 않더니. 다른 이에게 먼저 보여주고 나서 부끄럽지 않을 때 보여주겠다고 했는데, 그게 선생님이었구나."

낙이 병을 내려놓고 원고를 몇 장 뒤적였다. 그러나 글자가 너무나 많다. 적어도 오늘 밤에 글자를 읽고 싶은 생각은 없다. 낙이 원고를 침대 머리 쪽으로 휙 던지더니 물었다.

"그래서, 저 원고가 왜요."

"아가씨의 원고는… 재미있어요."

"그런데?"

"그래서…."

나오코는 이를 꽉 물고 다음 말을 쉬이 이어가지 못했다. 시선이 점점 아래로 떨어지고 몸이 굽었다. 허벅지 위에 얌전하게 겹쳐 올려놨던 손이 마구 떨리기 시작했다.

낙은 그 광경을 보면서 오늘 낮의 교실을 떠올렸다. 약속이라도 한 듯, 일제히 가방 속에 넣어두던 그 원고지들. 다들 공모해보고 제출해볼 거라며 시끄럽던 소설이란 것. 다들 상기된 얼굴로 이것을 읽었네, 저것을 읽었네 하던 일상 속의 소음. 낙은 어이가 없어 코웃음을 쳤다. 예상이 맞다면 이 선생도 그들처럼, 그 글자 몇 개 붙여놓은 것이 그렇게 좋아서 이렇게 손을 떨고 목소리를 떨고 있는 것이다.

감히 치욕스러워 말을 못 했겠지. 감히 제가 가르친 어린년이, 배운 지 얼마나 되었다고 제가 읽기에도 재밌게 잘 쓴 글을 떡하니 만들어낸 것이 말도 못 하게 분했겠지. 낙은 제가 던졌던 서은의 원고를 다시 가져와 표지의 제목을 살폈다.

만선.

"질투군."

낙이 내린 결론에 나오코는 반응이 없었다. 끄덕이지도 젓지도 않았다. 긍정도 부정도 아니다. 그러나, 그 떨리는 손은 말을 대신해 증언하고 있었다.

"선생님, 서은이가 글을 그리 잘 씁니까?"

"예."

아! 기어이 답했다. 나오코가 입을 열며 동시에 눈물을 뚝뚝 떨구었다. 저택에 들어와 한 번도 운 적 없는 얼굴이 울음으로 낯설게 젖었다. 나오코 자신도 볼이 젖고 코가 뜨거워지는 것이 오랜만일 터, 도무지 멈출 줄 몰랐다. 시작하는 법을 잊고 있었으니 끝내는 법도 몰랐다. 나오코는 울었다. 결국 소리 내어 어깨까지 들썩이며 울었다.

낙이 서은의 원고를 읽었다. 나오코의 울음이 그치지 않았다. 글자에 또 짜증이 돋아 치켜뜬 눈에 나오코의 소매에 물든 붉은 색이 들었다.

낙의 머리에 불현듯 떠오른 생각이 있었다. 모두가 열을 올려 닿고자 하는 곳, 교수들이 심심치 않게 가져다 저들끼리 돌려 읽으며 우아하게 평하는 것, 경성 사람들이 너나 할 것 없이 가져다 칭송하는 그것. 그것이 문학이다. 백서은이 기막히게 만들어내고, 나오코로 하여금 미친 사람처럼 제 몸을 긁어 대게 하는 것. 그것이, 소설이다.

"선생님."

"네."

"이거, 공모한다는 곳에 가져다 내면 잘될 것 같습니까?"

"네?"

나오코가 눈물을 멈추지 못한 채 겨우 고개를 들어 낙을 바라봤다. 서은의 원고를 뒤적이며 은근한 미소를 짓는 낙을 바라봤다. 눈물 너머 얼룩지고 불투명한 백낙의 웃는 얼굴이 있었다.

낙이 한 번 더 물었다. 이거, 신문에 실릴 정도의 글이냐는 말입니다. 경성이 쑥덕거릴 정도가 되느냐는 말이에요. 나오코는 고개를 끄덕였다. 그것은 분명했다.

낙이 혀를 차 딱딱, 하는 소리를 두어 번 내더니 만족스러운 얼굴로 고개를 끄덕였다. 그리곤 말했다.

"선생님, 내가 다시는 펜촉 끝에 피가 묻지 않도록 해드릴까요?"

"아가씨. 다음 글은 또 언제쯤 읽어볼 수 있을까요?"

"뒷이야기, 금방 다 써요. 오늘 저녁 먹은 후쯤이 될까요?"

나오코가 서은에게 원고를 돌려주며 고개를 끄덕였다. 저녁을 먹은 후 소거실에 모여 뒷이야기를 읽고 합평하기로 약속을 했다. 서은은 돌려받은 원고를 서랍에 넣고 다시 산수책에 집중했다.

나오코의 예상대로 서은은 다시 글을 쓰기 시작하면서 한결 밝아졌다. 뭔가에 집중하고 있어 들여다보면 항상 글을 쓰고 있었다. 원고지나 잉크를 뭉텅이로 사 오는 일도 늘었다. 서은의 글은 빨랐고, 단단했다. 달이 차고 지는 속도에 맞춰 책 한 권의 분량을 써냈다. 달이 꽉 찼다가 기우는 것도 모른 채 밤마다 커튼을 드리우고 글을 썼다. 그래서 서은은 매일 밤의 세상이 밝은지도, 어두운지도 몰랐다.

한 번 찼던 가을 달이 완전히 기울었다. 내일이면 달력의 월(月)이 새로운 숫자로 바뀐다. 저녁을 먹은 후 서은은 뒷 이야기의 새 분량을 완성했고, 밤새 나오코가 내릴 평가에 들뜬 얼굴을 하고서는 나오코에게 원고를 건넸다. 나오코는 그새 또 생겨난 두꺼운 분량의 원고에 놀랐으나, 그렇지 않은 척 원고를 받아 방으로 들어갔다.

그리고 열두 시 정각을 넘어 나오코의 방으로 낙이 들어왔다. 낙은 여전히 한 손에 와인병을 들고 있었다. 남은 한 손에는 와인 잔 두 개가 들려 있었다. 서은의 원고를 읽던 나오코는 낙의 기척에 원고를 덮고 뒤를 돌았다. 낙이 잔 하나를 내밀었고, 나오코가 받아들었다. 낙은 적색 포도주를 나오코의 잔에 가득 따랐다.

"내일입니다, 선생님."

"내일?"

"공모전인지 뭔지. 신문에 시며 소설 같은 거 실리는 그날이요."

"아아…."

나오코가 한 모금 와인으로 입술을 적셨다. 말라 있던 것이 축축해졌다. 만일 나오코가 여태껏 허투루 문학을 읽고 쓴 것이 아니라면, 서은의 글은 분명 당선이다. 그러나 내일 아침 신문에 실리는 것은 서은의 글이 아니라, 낙의 글이 되겠지.

"상금의 반은 선생께 드리리다."

"실리지 않으면요?"

"내일 아침이 오거든 논의해도 좋은 이야기가 아닙니까?"

낙이 웃었다. 나오코가 입술을 꾹 다물었다. 포도주에 물든 입술이 더욱 붉었다. 그 붉은 것이 꼭 맞물렸고, 고개는 반쯤 돌아가 창문 밖을 응시했다. 목선 위로 이어진 주홍색 불빛이 간혹 흔들렸다. 달이 없어 밖은 어둡다. 나오코가 바라보는 허공에 불안이 투명하게 들어 찼다. 허공인 듯 아닌 듯 헷갈리는 어둠이 붉은 촛불과 흔들흔들 흔들렸다.

죄를 쾌락이 둘러쌌다. 불안을 기묘한 설렘이 토닥였다. 아담과 하와도 금기를 깨어 결국 지금의 인간이 되었다. 죄 없음은 인간이 아니다. 산다는 것은 어쩌면 금기의 가벼운 위반이다. 나오코는 연거푸 와인을 마시며 그렇게 생각하기로 했다.

"선생님. 내가 그 원고를 신문사 앞에 보내면서 이름을 뭐라고 했는지 압니까?"

"백, 낙, 이겠지요."

"소리는 같아도 글자는 틀리지. 나는 무슨 글이 잘 썼고, 뭔 글이 찬사를 받을 자격이 있는지 모르는 무식쟁이라서요. 한 번 떨어뜨릴려면 떨어뜨려 보라고, 그 소설쟁이들 앞에 낙(落)이라는 필명을 써서 보냈습니다."

밖을 바라보던 나오코가 홱 고개를 돌렸다. 잠자코 있지 못하던 불안한 눈빛이 낙을 흘겼다.

"소설을 앞에 두고…, 장난질을 했군요."

"내 글이잖아요? 말했지만, 난 당신처럼 소설을 좋아하지 않아요. 다만 당신처럼 질투할 뿐이지. 선생님, 너무 사랑하지 말아요. 무엇이든지요."

낙은 그렇게 말하며 마지막 남은 술을 모두 마셔버렸다. 그리곤 빈 병과 제 잔을 챙겨 일어나 방을 나가며 밤인사를 했다. 내일 아침에 봅시다. 들어올 때와 마찬가지로, 나오코는 그가 나가는 것만 바라보았다.

"안녕히 주무셨어요, 고모."

서은이 머리에 묶은 리본을 만지며 식당에 들어왔다. 신문을 읽으며 홍차를 마시던 부인이 서은의 인사에 고개를 끄덕였다. 옆에서 이시다가 빵에 버터를 바르고, 나오코는 서은의 자리 옆 제 자리에 먼저 앉아 아침을 먹고 있었다.

"잘 잤어요, 선생님?"

"아가씨도요."

서은이 나오코를 보고 웃으며 자리에 앉았다. 나오코는 교복을 입은 채 식사를 거의 마쳐갔다. 부인은 빵을 먹기 전 홍차 한 잔을 깨끗하게 다 비웠다. 이시다가 부인이 빈 잔을 내려놓자, 버터를 바른 빵 몇 개와 잼 그릇을 앞에 놓아주었다. 그리고 빈 잔에 한 번 더 홍차를 따랐다.

"읽어 보거라."

아오마츠 부인이 읽던 신문을 반으로 접어 서은에게 건넸다. 찻주전자를 들어 차를 따르던 서은이 급히 주전자를 내려놓고 신문을 받아들었다. 부인이 빵을 하나 쥐고 구석을 뜯으며 말했다.

"네 오라비의 글이 거기 실렸더구나. 읽어보거라."

"네?"

서은이 예상치 못한 말에 잠시 멍하게 고모를 쳐다보았다. 그러나 아오마츠 부인은 서은에게 시선 한 번을 주지 않고 뜯은 빵을 오물거리며 다른 빵 위에 잼을 바르고 있을 뿐이었다.

지금껏 낙이 따로 공부하거나 글을 쓰는 모습은 본 적이 없었다. 늘 술에 취해 들어와 험한 말을 내뱉다 잠들곤 하지 않았던가. 무슨 상을 타거나, 좋은 사회 논평이라도 기고했다는 말인가. 서은은 고개를 갸웃거렸다. 아무리 생각해도 보아왔던 낙의 모습과 신문의 차분함이 겹쳐지지 않았다. 서은이 의아해하며 고모가 접어놓은 쪽을 폈다.

소설 부분

만악(萬惡)

백낙(白落)

… 심심한 계집애는 동생을 안고 놀았다. 실은, 노는 것 반이었지만 제 어미가 불쌍하고 동정스러워 그런 것도 있었다. 계집애는 저도 어리고 어리면서도 영특해서 어미가 불쌍한 줄은 알았다. 그것이 서럽고, 어미의 삶이 가엾다가도 그 불쌍한 것이 저에게도 옮을까, 생각하면 그것은 싫었다. 어찌 좋다고 하겠는가? 어린것은 이미 지긋지긋함이란 무엇인지를 너무나도 잘 알았다. 태어나서부터, 아니 어미의 뱃속에 잉태되면서부터 예견했던 것인지 모른다.…

고모가 줄을 그어놓은 곳은 소설 당선란이었다. 백서은이 아닌, 백낙(落)의 이름으로 기고된, 만선(萬善)이 아닌 만악(萬惡)이었다.

서은이 신문을 눈앞에 바짝 붙인 채 몇 번이나 연달아

읽었다. 설마 이것은, 있을 수 없는 일이다. 이것은…. 분명 잠에서 덜 깬 것이다. 서은이 덜덜 떨리는 손으로 찻잔을 쥐어 뜨거운 차를 단숨에 마셨다. 와락 입안으로 쏟아지는 뜨거움에 서은이 찻잔을 떨어뜨렸다. 뜨거운 차가 그대로 카펫을 적셨다. 찻잔이 깨진 파편이 식당 여기저기 튀었다. 부인이 소리 나는 쪽을 흘겼다. 뒤에 서 있던 이시다가 아무 말 없이 행주를 들고 서은에게로 다가왔다. 나오코가 화들짝 놀라며 서은의 쪽을 바라보았다.

아프다. 분명, 혀가 아프고 입천장이 아프다. 찻잔은 뜨겁고 사람들은 놀란다. 그렇다면 이것은 악몽이 아니다.

"고모님. 이… 이 글, 제대로 표시하신 거 맞아요? 이 글이 정말 낙이 오빠 글이에요?"

"그래."

"이름이 다른데. 이거 낙이 오빠… 그러니까…."

"무슨 말을 하고 싶은지도, 아침부터 홀로 왜 이리 소란인지도 모르겠구나. 네 오라비의 글이 맞다. 제가 직접 표시를 해서 나에게 가져다줬으니."

서은이 자리에서 일어섰다. 차를 쏟은 곳 위에 신문을 떨어뜨렸다. 만악(萬惡)을 새긴 글자가 흐물흐물 흩어져 지워졌다. 서은이 고개를 저으며 머리를 쥐어뜯듯 움켜쥐었다. 거친 숨을 내뱉으며 비틀거렸다. 시선이 어느 한 곳에 멈추지 못하고 가쁘게 움직였다. 식당이 무너지는 것 같기도, 흔들리는 것 같기도 했다. 아니면 세상 전부가 와 장창 깨져버렸든지.

만선(萬善)이 왜 만악이 되어, 세상에 나와 있단 말인가?

서은이 비틀거리며 뒷걸음질치다 넘어졌다. 넘어진 그 대로 일어서지 못했다. 위태롭게 지켜보던 나오코가 곧바로 일어나 서은에게 달려갔다. 서은이 들어온 후 닫혔던 식당의 문이 열렸다. 낙이 교복을 입고 걸어와 제 자리에 앉았다. 서은이 넘어졌거나, 잔이 깨졌거나, 신문이 젖은 곳에 눈길 한 번 주지 않았다.

"안녕히 주무셨습니까, 고모님."

백…, 낙…. 백낙. 백낙(白落)의 소설, 〈만악(萬惡)〉. 소설 부분 당선작. 흰 아침에 꾸는 흰 꿈, 그러니 백일몽. 이 것은…, 백일몽인가? 환상 같은 알싸함. 오묘한 감정이 일렁여 목구멍을 칵 틀어막았다. 서은은 그렇게 아무 말도 하지 못하고 입을 벌린 채 계속해서 도리질했다. 그렇게 낙이 우아하게 식사하는 모습을 지켜봤다. 낙이 맛있게 아침을 먹었다.

그날 저녁 낙은 늦지도, 술에 취하지도 않은 채 돌아왔다. 여기저기서 면담을 하자든지, 데이트를 하자든지, 술을 마시자든지 하는 권유가 있었으나 모두 물렸다. 아오 마츠 고모가 아침 배웅을 하며 일찍 들어오라고 명령했기 때문이다.

그날 밤, 저녁식사를 하며 아오마츠 부인은 환이 죽고 난 후 처음으로 와인을 마셨다. 가볍게 목을 축이는 정도였지만 어쨌든 축배의 의미를 담은 한 잔이었다. 부인은 낙에게도 잔을 건네고, 서은에게도 잔을 건넸다. 낙은 부인이 와인을 따라주는 족족 비웠고, 서은은 한 잔도 입에 대지 않았다. 나오코는 한두 입 대다가 말았다. 낙과 부인이 이야기를 주고받으며 웃는 동안 서은은 단 한마디도 하지 않았다. 음식도 한 입 먹지 않았다.

그날, 낙은 유독 취했다. 목울대가 꿀렁꿀렁 와인을 넘기면 넘길 때마다 가슴에서 열이 오르는 것이 느껴졌다. 아오마츠 부인은 낙에게 한 잔, 한 잔을 직접 따라주면서 말했다.

"네 글 쓰는 재주가 형보다 낫구나."

환이 비로소 고모의 안에서 죽었다. 흔적으로 남은 형의 숨통을 끊은 것은 낙이었다. 형체 없는 것에 오래도록 사로잡혀 괴로웠던 지난날들이 허망하게 느껴졌다.

형이 영영 죽었다. 이제 낙의 안에도, 고모의 안에도 없다. 다른 이들의 안에서는 영생으로 존재할지 모르나, 그들의 속이야 어찌 됐든 알 바가 아니었다. 중요한 것은 고모다. 때때로 의도된 무지는 달콤하다. 식탁에서 본 서은의 얼굴은 기억나지 않았다. 와인잔을 들고 돌릴 때 피고 진 다홍빛 물결 너머 휩쓸리듯 본 것이 전부였다. 순간으로 한 사람의 내면을 판단하는 것은 오만이다.

"오빠."

새벽 두 시. 서은이 낙을 찾으며 방에 들어온 것은 새벽 두 시였다. 서은의 손에 만악이 실린 신문이 일그러져 있었다. 앉은 채로 꾸벅꾸벅 졸던 낙이 떨떠름한 얼굴로 일어났다. 단박에 경성의 유명인사가 된 덕분에 온몸이 피곤해진 탓이었다. 저녁 식사 때 고모가 따라주는 족족 전부 마셔버린 술기운이 오른 이유도 있었다. 피곤이 지나쳐서인지, 술기운이 뜨거워서인지. 그래서인지 서은을 바라볼 때 느끼지 않을까 두려워했던 죄책감의 파편 한 조각조차 가슴을 찌르지 않았다.

서은은 적어도 오라비가 자신을 볼 때, 일말의 죄책감이라도 지닌 얼굴이길. 자신이 무지하고 등신 같았다고 말해주길 바랐다. 그게 아니라면 한 조각의 수치심이라도 슬쩍 내비치길 바랐다. 미안하다는 소리가 없어도, 미안하다는 소리를 들려줄 수 있는 수백 가지의 방법 중 어떤 하나의 방법도 알지 못하는 사람처럼 낙이 턱을 괴었다. 낙이 피곤하고 무력한 시선으로 서은을 쳐다보았다. 시선이 무지하면 감각은 무던해진다. 한쪽은 들끓고, 한쪽은 지나치게 덤덤했다.

"한마디라도 해봐. 왜 그랬어?"

"서은아."

"변명할 생각 마."

"고마워. 다 덕분이야."

"고맙다는 인사 들으러 온 거 아니야! 왜 그랬어? 무슨 생각으로 그랬어?"

"어차피 네가 쓴 글이지만 네 이름으로 내지 못할 글이었잖아. 이렇게라도 실려서 사람들의 환호성을 들으니 좋지 않아?"

"뭐?"

"그냥 내 이름으로, 아니… 내 이름도 아니지. 낙(樂)이 아니라 낙(落)이니. 다른 사람의 이름을 빌려 네 글을 세상에 내놓은 거야."

"지랄하지 마. 낙(落)? 낙이라고? 그런 볼썽사나운 이름을 필명이랍시고 붙였어? 학교까지 다니시는 도련님께서 그 글자가 무슨 의미인지 몰라? 오빠는 내 글이 우스웠어? 장난 같았어? 점 하나 찍는 것까지 슬퍼하고 고뇌하면서 쓴 내 글이야. 오빠 그걸 훔치면서도 떨어지리라고 생각했어? 내 글이, 오빠한텐 그렇게 의미가 없었어?"

나에겐 영원한 자유였던 한 글자가.

"애당초 네가 쓸 때. 나에게 어떤 의미를 주려고 쓴 글이 아니잖아?"

'무언가를 너무나 사랑하고 귀하게 여기게 되면, 제 것으로 하고 싶은 게 당연하니까.' 그녀의 글 선생이던 작은 오라비가 순박하게 내뱉었던 그 말이. 그 거품같이 몽실 거리던 말이, 봄 같이 설레던 말이 어쩌다 거품색을 띈 뾰 족한 상아가 되어 온몸을 난자하는 것일까. 글을 쓰게 한 말이 글을 절망하게 했다.

"무언가를 너무나 사랑하고 귀하게 여기게 되면, 제 것으로 하고 싶은 게 당연하다며. 차라리 그래서 그랬다 고 해…. 내 글이 좋아서, 그래서 오빠 것으로 하고 싶었 다고 해…."

"내가, 네 글을 사랑하고 귀하게 여겼다고?"

낙의 코웃음이 서은의 머리를 쩡하게 때렸다. 그 작은 숨소리 하나에 오금이 부서져 무너져 내리는 기분이었다. 허리로 몸을 지탱할 수 없었다. 머리부터 발목까지 모든 신경이 곤두섰다가, 팽팽한 현악기의 줄이 끊긴 것처럼 맥 없이 풀린 느낌이었다. 바닥에 앉아 거친 숨을 몰아쉬는 서은에게 낙이 다가왔다.

"서은아. 나는 너의 글을 사랑하지 않아. 너의 글뿐만 아니라 어떤 문학도 사랑하지 않아. 문학은 우아하지. 그 우아함을 나는 사랑할 뿐이란다. 글을 사랑한다고? 아니, 나는 그 고아한 빛깔이 좋아."

"오빠, 빛은 언젠가는 바래."

"바래더라도 한 번은 선명할 수 있잖아."

"사랑하지 않는 것을 붙들면 끊어져."

"끊어지면…, 정말로 낙(落)이구나."

푸른 소나무,
백낙: 즐기다

그것이 무엇이든, 그곳이 어디든 늘 정점에 있는 것은 재미있다. 모든 것이 내려다보이는 자리에서 인간은 감히 신의 발치를 가늠해본다. 고작 3층짜리 소나무 저택의 가장 높은 곳에 있을 뿐인데도 이렇게 유쾌하다고? 그럼 신이라는 존재는 얼마나 큰 쾌감에 젖어 사는 것인가? 아오마츠 부인은 생각했다. 그 정도의 쾌감이라면, 세상 모든 사람이 손을 모으고 싹싹 기도하는 원망이나 분노도 들어줄 만하겠다고.

바라보고 있으면 저택도 그렇게 클 것이 없다. 대저택이라는 말이 무색한 작은 생태계. 환을 보고 있노라면 자연스럽게 그 뒤에 낙이 따라온다. 처음에는 부모 자식인가, 친구인가 싶었다. 그러나 그렇게 지루한 관계였다면 굳이 위에서 보는 재미가 없었겠지.

높은 곳에 있음이 그토록 짜릿하다는 것을 알게 된 계기는 환이 제대에 붙고 나서다. 환이 제대 의과에 붙던 날, 낙도 연전에 붙었다는 말을 전했다. 정확히는 낙이 먼저 붙었다며 안방 문을 열었고 그 한참 뒤에 환이 합격했다며, 건조하게 말을 던지고 나갔다.

부인은 환의 말을 듣고서야 이시다에게 케이크를 준비하라고 지시했다. 그래서 밤 열두 시 직전이 되어서야 저택에 축하의 촛불이 켜졌다. 아침 일찍 합격을 확인하러 연전까지 달려갔다 온 낙은 이미 잠들어 일어나지 못했다.

"마님, 잠시⋯."

이시다의 부름에 아오마츠 부인이 이른 잠을 깼다. 협탁 위의 시곗바늘이 6시를 막 가리키고 제 길을 가고 있었다. 방은 어두웠으나 밖은 미묘하게 소란했다.

"무슨 일인데 이 시간부터."

"작은 도련님께서 나가기 전에 마님을 뵙고 싶다고 하는데요."

"작은⋯ 아, 낙."

이시다가 옷 정리를 해준 후 나가자마자, 문 너머에서 기다리던 낙이 들어왔다. 이미 외출복을 입은 채였다.

"아침부터 굳이 깨워야 했니?"

아오마츠 부인이 늦은 기지개를 켰다. 낙이 무언가 말하려 입을 열었을 때는 하품을 했다. 말을 하려던 낙이 하품 소리에 눈을 흘겼다. 어라랏, 하며 눈썹을 올렸다. 지금까지 눈이라고 하면 환의 눈을 보며 키득거리던 기억뿐이었다. 무서울 만큼 일광을 닮아 피하고 싶으나 동시에 재미있는 그 눈. 그러나 나를 이렇게 흘겨보는 낙을 보고 있으니 낙 역시도 일광의 자식임을 알겠다. 그리고 환의 동생임도 알겠다.

"오늘 이시다가 학교 다니며 필요한 물건들을 사러 간다고 하죠?"

"그래."

"제 것은 제가 사겠습니다. 제 것만큼의 돈은 저에게 주세요. 제가 사 오겠습니다."

"너 혼자? 어째서?"

낙이 기다렸다는 듯 말했다.

"저는 늘 형과 같은 것만 던져 주시니까요."

아오마츠는 환과 낙을 머릿속에 그렸다. 같은 것만 던져주었다, 라고 이를 꼭 깨물며 말하는 낙의 목소리를 들었다. 생각해보니 그런 것도 같았다. 그것을 인식하지 못하고 있었던 이유를 잠깐 고민했다. 나름은 늘 신경을 써주었다고 생각했는데, 그렇지도 않았던 것은 그 신중함의 대상이 환뿐이었기 때문이었다.

낙이야 어차피 환을 부르면 그 뒤에 함께 오는 존재, 그러니 환의 뒤에 서서 그렇게 스쳐 가는 아이. 그것이 그렇게도 싫었나 보다. 그렇게 고민하고 고민해 겨우 뱉어낸 말이 가방이나 필통 같은 것을 자기가 사고 싶다고. 형이랑 같지 않은 것으로.

아오마츠 부인은 당장 협탁 위에 놓아두었던 지갑을 집어들었다. 그리고는 손에 잡히는 만큼 돈을 꺼내 낙에게 주었다. 가방이나 펜을 살 돈치고는 남고 남을 만큼의 돈이었다.

돈을 받아든 낙이 오히려 당황한 듯 손바닥에 놓인 돈을 꾹 눌러 쥐지 못했다. 형 뒤에나 붙어 딸려오는 사람 취급을 하지 말라고, 외쳐놓기는 했으나 이렇게 간단하게 고모의 답을 들을 줄은 몰랐었다. 첫날, 말하지 않았던가. 무엇을 해도 좋으나 고모의 눈에 거슬리지 말라고. 새벽부터 깨워 악을 쓴 제 행동은, 저택에서의 앞날을 건 것이나 마찬가지였다.

"네 것이 가지고 싶다며. 그래서 주었잖니. 이제 자유롭게 써보렴."

"제 것…을 이렇게 쉽게 주실 줄은 몰랐습니다."

"달라고 했잖니. 그래서 주었지."

아오마츠 부인이 낙의 손을 쥐고 둥글게 말아주었다. 낙의 손 안에서 지폐가 구겨졌다. 네 거다. 부인의 말에 낙이 서서히 손에 힘을 주었다.

내 것을 가지고 싶다는 생각. 아주 먼 옛날 언제쯤 했었던 것 같은데. 그때의 이름도 잊을 만큼 그 먼 옛날에. 딱 이런 모습이었다. 그 옛날 송연이 아버지의 침대 앞 의자에 앉아 멍하니 한 곳만 응시하던 모습. 낙은 그 모습을 빼닮았다. 지금 낙은 죽은 아버지의 숨소리 대신 무엇을 세고 있을까. 똑딱거리며 흘러가는 시계 소리나, 밖에서 이시다가 신문을 챙기는 소리.

난 잃어갈 때이지만 너는 무언가 네 것을 얻어갈 때 듣는 소리겠지. 나는 죽어가는 것을 듣고 있었으나 너는 무언가 뛰는 소리를 듣고 있겠지.

"낙아."

"네."

"네 것이 가지고 싶은 거였구나."

"고모님, 그러니까…."

"형이 모두 가지는 것이 싫은 게였구나. 내가 미처 너를 알아주지 못했구나."

그러나 가지고 싶다고 해서 모든 것을 줄 수는 없지. 그렇다면 신은 그렇게 많은 원망의 소리를 듣지 않을 것이다. 저택의 유쾌함을 모두 즐겼으니 조금은 원망을 들어도 좋겠다고 생각한다. 아오마츠는 서랍에 넣어 잠가두었던 유언장을 꺼냈다. 환이 제대 합격 소식을 가져온 날,

유언장의 맨 아래에 환의 이름을 적어 넣었다. 그렇게 환의 이름뿐인 유언장을 낙에게 보여주었다.

"이런 것도 가지고 싶었니?"

어찌 아니라고 할까. 경성이 이렇게 화려하고, 아름답고, 마음에 쏙 들 줄 알았더라면 처음부터 환에게 모든 것을 맡기지 않았을지도 모른다. 먼저 고모의 눈에 들고자 조금 더 버둥거렸을지도 모른다. 형에게 모두 양보하기에 경성은 너무나 아름답다.

"네…."

"솔직해서 오히려 좋구나."

"고맙습니다."

"그러나 낙아."

"네."

"뭐든 값을 치르지 않고는 가질 수 없는 것이 이 경성이야. 경성이 곧 세상이지."

아름다운 경성을 얻기 위해 젊은 날의 송연은 아름다움으로 대가를 치렀다. 낙도 똑같이 무언가를 저택에 묻을 결심을 해야 한다. 그렇게 탐을 내고 있다면, 목숨 같은 것 정도는 걸어볼 법도 한.

"경성에서 제일 가는 저택을 두고 네 형 뒤만 바라보기엔 아쉽지?"

그곳이 경성이다.

돈을 쥐고 가방을 사러 나가는 낙을 보며 송연은 저택으로 떠나던 날의 풍경화를 그렸다. 배경은 경성, 등장인물은 백송연과 백일광. 그러나 그 판을 새로이 짜도 재미있는 풍경 하나 정도는 만들어지리라 생각했다. 이제는 무너져 경성 어느 자리에 있었는지도 기억이 흐릿한, 송연의 옛집. 그 옛집의 담벼락에 피를 뿌리고 도망가는 백환과 기어이 차에 올라 저택으로 향하는 백낙. 낯설지만 어쩐지 어색하지만은 않은 풍경이었다.

결국 두 형제는 다른 가방을 들고 나란히 등교했다. 서은과 함께 서서 두 형제를 내보낸 뒤, 현관문이 닫혔다. 현관문이 닫히기 전까지, 두 형제의 나름 다정한 모습을 바라봤다. 다정함은 서로의 것일까? 다정함은 봄처럼 밀려들어왔다가, 현관문이 닫히자 저택의 소나무 숲에서 어디론가 사라졌다.

그리고 낙은 늘 분주했다. 공부를 하고, 상을 타고, 친구를 사귀었다. 음악에 손을 대보거나 붓을 잡아보기도 하는 듯했다. 그러나 음악 소리건 유화 냄새건 금방금방 복도에서 사라졌다. 낙이 공부를 하거나 음악을 하거나, 무언가에 치열하게 애를 쏟고 있을 때. 아오마츠는 슬쩍슬쩍 열려 있는 낙의 방 문틈을 바라보곤 했다. 낙의 마른 뒷모습을 보며 부인은 예감했다. 낙은 아마도 오래도록, 어쩌면 평생 경성을 얻지도 그 대가를 치르지도 못할 것이다.

아름다운 것, 혹은 그에 비할 만한 것에 목숨을 걸어 보라 했더니 고작 목숨을 걸고 있는 게 겨우 환이다. 음악도, 그림도, 펜과 생김마저도 환을 세워둔 채 낙은 그곳에 열을 다하고 있었다. 그 열렬함의 끝이 고작 그뿐이니 낙은 평생 경성을 얻을 수 없을 것이다. 저택의 한구석조차.

白煥 — 落馬 死亡, 東京の病院に臨時安置
백환 — 낙마 사망, 도쿄의 병원에 임시 안치

아오마츠 부인은 일본으로 향하는 배에서 내내 전보를 읽고, 또 읽었다. 아무리 읽어도 믿기지 않는 글자들이 믿을 수 없는 의미로 나열되어 있었다. 눈물은 나지 않았다. 하도 어이가 없으니 할 말도 없고 들리는 말도 없었다. 낙은 갑판에서 도대체 내려올 생각을 하지 않았다. 뻐끔뻐끔 담배만 몇 대씩 피우다가 질척한 바다만 한참 바라보고 서 있을 뿐이었다.

아오마츠 본가는 멀리서부터 빼곡하고 진한 소나무 냄새를 풍겼다. 본가에 들어서자 오랜만에 보는 얼굴들이 가득했다. 가끔 내지에서 편지나 소포를 보내오면 함께 실려 있는 아오마츠 일가의 사진으로나 함께 나이 들어가고 있음을 확인했던 얼굴들이었다. 본가 사람들과 만나는 것도 꼬박 이십 년도 전, 조선에서 치렀던 아오마츠 백작의 장

례식 때가 마지막이었었다. 그때도 지금도 아오마츠 가문
의 사람들은 백작이 두 번째로 맞이한 조선인 백작 부인을
신기하거나 불쾌한 듯 바라봤지만, 부인은 그때에도 지금
에도 그 시선들을 두려워하지 않았다. 그때와 지금, 송연
이 아오마츠 가문에서 가장 아름답고 우아하다는 것은 변
하지 않았으므로 그랬다. 그렇게 아오마츠 본가에서 유언
장을 확인받고 환의 장례를 치렀다. 생각보다 너무 이르
고 깔끔했던 환의 장례식이었다.

"낙아."

"예, 고모님."

"환이 죽어버렸다."

"예. 죽었습니다."

"그래도 형만큼 되지 못한다면 네 이름을 품어줄 생각
이 없어."

스님이 중얼거리는 장송곡을 들으며 모두가 나란히 선
가운데, 아오마츠 부인이 말했다. 바로 옆에 선 낙만 겨우
들릴 정도의 작고 보드라운 목소리. 누군가 들으면 환과
의 추억이라도 떠올리며 금방이라도 훌쩍이는 듯 여길 목
소리였다. 그러나 부인의 말은 사라진 사람만큼 명쾌한 협
상이었다. 협상 조건의 또 다른 확인이었다.

도련님의 탄생은 그리 간단한 일이 아니다. 경성은 그
래야만 하는 도시다. 아직 아름답지 못한 이에게 자리를

내줄 정 많은 도시는 못 됐다. 경성 높은 곳, 저택의 가장 위에서 선포했던 그 말을 바꿀 생각은 없었다.

5장

인
지
위
덕

忍之爲德

참음이 덕이다

백낙(落)이 된 백서은, 만악(萬惡)이 된 만선(萬善). 백
서은의 만선이 백낙의 만악이 되었다. 온 경성이 만악에
환호했다.

새로 등장한 백낙이라는 신진은 단숨에 경성 시내를
쨍하게 울리는 이름이 되었다. 그의 이름이 울리면 사방이
귀를 기울였다. 짤동한 단발로 자른 신여성들에겐 간질간
질한 연모의 대상이 되었고, 안경 쓰고 펜 좀 잡았다는 엘
리트들에겐 겨뤄볼 만한 새 상대가 나타난 것이었다. 그냥
어디서 굴러 들어온 눈엣가시였던 부잣집 도련님에 불과
했던 백낙이. 형이 있어 한 번도 관심 가진 적 없던, 그저
그런 운 좋은 놈에 불과했던 촌뜨기가 처음으로 부린 재주

가 볼 만한 정도를 넘어서 뛰어나고 세련됐다.

무엇보다 만악은 지나치게 흥미로웠다. 여인 삼 대가 서로를 증오하고, 질투하고, 그러는 와중에도 제 삶마다 아깝고 서럽다고 슬퍼하는 것이 우습기도, 허망하기도 했다. 무엇보다 악하지 못한 사람들이 악한 시대에 태어나 악하게 살겠다고 발버둥치는 이야기가 은근한 카타르시스를 일으켰다.

슬프디 슬픈 카타르시스. 그 끝을 핥으며 사람들은 달디 달되 쓴 물을 놓지 못했다. 만악은 순식간에 경성에서 제일 가는 신식 소설이 되었다. 푸른 소나무 저택의 별 볼일 없던 둘째 도련님이 아오마츠 도련님으로 불리기 시작한 것도 그쯤이었다. 환의 환영에서 벗어나, 질긴 저승과 이승의 고리를 끊어낸 것은 만악이었다. 만악에 승선한 낙은 순조롭게 항해했다.

서은은 자물쇠를 사야겠다고 생각했다. 몇 개나 사야 할까. 방문을 잠그고, 창문을 잠그고, 서랍장을 잠그고, 책장을 잠그고, 책상을 잠가야 한다. 입을 잠그고, 눈을 잠그고, 귀를 잠가야 한다. 그러려면 총 여덟 개가 필요하다. 또 무엇을 잠가야 할까? 자물쇠를 사려면 얼마의 돈이 필요할까. 서은은 침대 밑을 뒤져 돈 봉투를 찾아냈다. 고모에게서 받은 용돈을 쓸 일이 없어 꼬박꼬박 모은 것이 한 뭉치였다.

돈을 세고 있으니 다른 생각도 들었다. 이 돈이면 시골에 짱짱한 집 한 채 구하고 어지간하게 먹고 살 수는 있다. 자물쇠를 사느니, 차라리 이 돈을 들고 아무 기차나 타볼까. 경부선을 타고 하루를 가면 경성에서 가장 멀리 떨어져서 살 수 있다.

만약, 서은이 그렇게 한다고 해도 이 저택의 누구도 신경 쓰지 않을 것이다. 나오코라면, 혹시 모른다. 그래도 며칠 울다 말겠지. 낙은 조금 안달할지도 모른다. 다음 이야기를 쓸 원작자가 다짜고짜 사라졌으니. 너는 그렇게 쓰지 못하잖아.

그러나 고모는, 우아하고 우아한 아오마츠 부인은 쯧, 하고 한 번 혀를 차고 나면 어떤 언급도 하지 않을 것이다. 한 달이든 일 년이든 지나서 서은이 사라졌을 때처럼 다짜고짜 돌아와도 또 어떤 언급도 하지 않을 것이다. 아, 결혼 때를 놓쳤으니 타박을 받을지 모르겠다. 하지만 곧 다시 햇빛에 그을린 얼굴에 대고 쯧, 혀를 찬 뒤, 식사를 이어갈 것이다. 소나무로 빽빽한 저택에 서은은 그런 존재였다.

어쩌면 저택에서 가장 자유로운 존재일지도 모르지. 그런 생각을 하면 웃음이 났다. 그럴 때마다 잉크 묻은 펜촉이 갈라져 글씨체가 꼴사납게 변했다. 잉크가 확 터지거나 번져 종이가 흉하게 울게 되는 일도 흔했다. 헛소리를 집어치우라고, 잉크가 말해주는 것 같았다.

자유란 무엇일까. 드나드는 것을 아무도 개의치 않아하는 것이 자유라면, 세상에서 가장 자유로운 이가 서은이었다. 어딜 가나, 서은은 거절당하지 않았다. 아오마츠 부인이 호위하는 계집애. 양녀는 아니면서, 정체가 뚜렷하지 않은 미궁 속 어린 계집애. 죽은 백환과 만악의 백낙은 알지만, 백서은의 이름은 어디에도 없다.

심지어는 그녀가 쓴 글에도 서은의 이름은 없다. 고이묻은 서은의 숨결과, 잉크와 지문과 울음과 희열이 있는데, 이름은 없다. 글은 온통 서은인데, 세상은 만선을 만악이라고 불렀다. 백서은이 아니라 백낙(落)의, 낙(樂)도 아닌 낙(落)의 것이라 알았다. 결국 백낙(落)은 없는 사람인데…. 존재하지 않는 것에 온통의 자유를 빼앗긴 기분은 생각보다 비참하고, 상상 이상으로 더러웠다. 애당초 존재하는 것이 존재하지 않는 것에게 무언가를 빼앗긴다는 상상을 해본 적이 없으니 그저 어이없고 황당할 뿐이었다.

신문에 실린 1부의 뒷이야기. 할망이라고 불리는 늙은 시모가 결국 죽고, 남은 어미와 양 갈래 계집이 엮어나가는 이야기. 그것을 쓰기 위해 책상에 앉은 지 벌써 세 시간이 지났다. 시곗바늘 굵은 팔이 새벽 네 시를 가리켰다. 바람 냄새 섞인 습한 새벽 공기가 스멀스멀 창가에 붙은 넝쿨을 타고 올라왔다. 넝쿨에 얽힌 바람 냄새가 좋아 창문을 열었다. 얇은 카디건 너머로 찬바람이 맵게 팔뚝을 때렸다.

넝쿨을 붙잡고 내려가 죽은 잔디들이 무성한 마당을 맨발로 밟고 돌아다닐까. 텅 빈 채로 회색빛 여명이 물든 마당이 충동을 불러 일으켰다. 그러나 맨발로 저곳을 밟으면, 밤새 추위에 꽁꽁 얼었던 잔디들이 뾰족하게 제 죽은 시체를 세워 발바닥을 벨 것 같았다. 바람 냄새를 맡으며 생각했다. 햇빛이 자르르 흐르던 그 평상. 그 평상을 다시 한 번 보고 싶었다.

"죄송합니다. 혹시 전보를 부치는 곳이 어딥니까?"

"우체국이오."

"우체국을 가려면 어디로 가야 합니까?"

"거참 아침부터 뭔 전보를 부치는 곳도 모르고…. 좀 후미진 곳인데, 이 골목을 돌면 소주를 내리는 집이 보이거든? 표시해놓은 건 없어도 술 냄새가 독하니까 아마 지나가면 저절로 알게 될 거요. 아무튼 그 집을 지나…."

출근하는 것처럼 보이던 남자는 툴툴거리면서도 꽤 친절하게 길을 챙겨주었다. 잘 차려입은 아가씨가 홀로 어리벙벙 새벽부터 시내를 쏘다니는 모습이 은근히 걱정스러운 모양이었다. 길거리란 그렇게 부드럽고 정 많은 공간은 아니었으므로.

서은이 스스로 물을 데워 씻는 소리에 욕실 옆방을 쓰

는 나오코가 일어났었다. 그리고는 저도 따라 나가겠다며 준비를 하려는 것을 서은이 말렸다. 그냥, 홀로 걷고 싶은 날도 있는 것이다. 어차피 밖에 있어도 아무도 개의치 않을 터. 아침식사 자리에 서은의 한 자리가 비었다고 호들갑을 떨 다정한 사람들은 아니었다. 조금 코끝이 시린 생각이 들면, 서은은 얼른 가방에 넣어온 스케치북과 연필들을 만졌다. 장갑 너머로 만져지는 사각거리는 촉감들로 눈물을 달랬다.

소주 내리는 집을 지날 때는 근방에 퍼진 냄새만으로도 취할 것 같았다. 그 옆 양장점의 번쩍번쩍한 넥타이핀을 구경하는 재미도 쏠쏠했다. 그 옆에는 극장이, 그 옆에는 카페가 있었다. 상가를 지나자 골목이 나왔다. 그 골목 처음에 우체국이 있었다. 막 문을 열고 앞을 쓸고 있는 직원들이 보였다. 이제야 좀 익숙한 길목이 눈에 들어 반가웠다. 홀로라도 유난을 떨고 싶은 것을 꾹 참고 아무 일도 없는 척 그 길을 걸었다.

그러나 우체국 근처에서 보일 만큼 아주 가깝던 그 평상은 없었다. 겨울이라 치운 것인가. 그럴 법하다고 생각했다. 닫힌 문 너머로 옹기종기 자고 있을 양 갈래 계집애와 갓 삼칠일을 넘겼던 아기가 궁금했다. 잘 지내고 있을까. 겨울이라 얼굴이 말라 꺼끌한 버짐이 피진 않았을까.

만일 그렇다면, 가기 전에 연고라도 사다주고 가야겠

다고 생각했다. 이들이 문을 열고 밖으로 나올 때까지 무엇을 하고 있을까. 서은은 벽에 기대어 거리를 스케치하기 시작했다. 이젤을 똑바로 두고 붓을 놀리는 회화보다 벽에 기대 쓱쓱 선을 긋는 것이 더 재미있었다. 그래. 자유란 이젤을 두고 그리는 수채화가 아니라 벽에 기대어 조물거리는 스케치북이다. 서은은 우체국 앞에서 열심히 비질하는 사내와 그 주변 풍경을 그렸다.

사내 뒷모습에 붙은 그림자까지 모두 그렸을 무렵, 사내가 우체국 창문 옆에 빗자루를 세워두고는 서은에게 다가왔다. 그림에 흠뻑 취해 사내가 다가오는 것도 모른 채 연필을 놀리던 서은이 사내가 무턱대고 고개를 쭉 뺀 후에야 그가 바로 옆에 바짝 붙어 있음을 알았다. 사내는 고개를 빼어 들고 서은의 스케치북을 쳐다봤다. 그리고 그 그림에 등장한 사람이 저라는 것을 알고 멋쩍게 코를 킁킁댔다. 서은이 황급하게 스케치북을 닫았다.

"죄송합니다. 혹시 제 맘대로 그림을 그려 불쾌하셨나요? 그럴 의도는 아니었어요."

"불쾌할 일이 세상에 얼마나 많은데 누가 나 좀 그렸다고 그걸 불쾌해 한답니까. 그냥 궁금해서 한 번 봐봤소."

"네에."

"쓱쓱 몇 번 손대는 것 같더니만 잘 그리시네? 근데, 고작 이거 하자고 이 폐가에 등을 기대고 서 있소?"

"폐가요?"

서은이 기대서 있던 곳에서 등을 뗐다. 사내가 코 밑 인중을 한 손가락으로 쓱쓱 비볐다. 별 호들갑을 다 떤다는 얼굴로 서은을 바라봤다.

"이 일을 모르는 사람이 경성에 있긴 있네. 아, 여기 늙은이 죽고 나서 일 안 하고 마누라 부려먹던 애비가 패악이 워낙 심해야지. 저기 소주 내리는 집 있는데, 거기서 마누라가 벌어온 돈으로 소주를 항아리로 가져다 먹고는 제 갓난자식을 그만 굶겨 죽였소."

"네?"

"굶겨 죽였다고."

"그럼, 그 머리 땋고 다니던 아이는요? 어미는 무얼 하구요?"

"어미랑 계집애는 찬바람 불자 기침을 쿨럭거리더니, 둘이 같이 죽었어. 바닥에 피 뿌리고 죽었지, 아마? 그것도 애미가 지 어린 자식한테나마 병 안 옮기려고 여인숙인가 어디서 큰 딸이랑 죽었지."

언니 같은 사람들은 오지 마! 귀에 예쁜 돌멩이 붙인 사람들은 싫어! 양 갈래 여자아이가 어디서 소리를 내지른다. 그 소리가 쩌엉쩌엉 골목을 울렸다. 관자놀이부터 찌릿하게 냉기가 돌았다. 거짓말. 계절 하나 바뀌었을 뿐인데 너무 큰 것이 사라졌다. 다섯이었던 가족이 하나가

됐다. 네 명이 죽었다. 단순히 육신이 썩어나가는 것이 아니라, 한 사람 한 사람이 가지고 있던 세계가 무너져 내렸다. 죽음이란 그런 것이었다.

너무 많은 이들을 찰나에 보냈다. 비극이 급하면 슬픔이 적을 줄 알았는데, 여운이 길어 멍울로 맺혔다.

"아비는요? 아비는 어떻게 됐습니까?"

"몰라. 아무도 몰라."

"경찰은 뭘 합니까?"

"경찰이 있다고 일 제대로 하는 것 본 적 있나? 경찰이라고 이름을 달고 있으면 무얼 하나? 다들 독립군 때려잡는 데에만 혈안인데, 겨우 이딴 걸. 아비가 제 딸 죽인 걸 살인 취급이나 하나? 아무도 몰라. 사라져버렸어. 그리고 이제, 이 집은 흉가야, 흉가."

사내는 그리 이르고는 제 팔뚝을 쓱쓱 비볐다. 액운이라도 붙은 것처럼 소름 끼쳐 하더니 다시 돌아가 빗자루를 잡고 생업에 열심이다. 서은이 어느새 바닥에 떨어져 먼지와 뒹굴던 스케치북과 연필을 주워 가방에 넣었다. 풍경을 찾아왔는데 폐허였다.

아니, 처음부터 폐허였던 곳인데 서은에게만 풍경이었다. 그러니 그 아이는 얼마나 억울했을까. 폐허인 곳에 보석을 매달고 와 풍경이라고 감탄을 해댔으니, 제가 가진 세상의 전부가 얼마나 농락당하는 기분이었을까. 수치란 그런 것일 테다. 그 작은 것이 가지고 있던 황폐한 세계를 떠나오며 서은은 울었다. 우는지도 몰랐으나 문득 볼이 시려 손바닥으로 문지르니 뜨끈한 눈물이 바람에 식어가고 있었다.

"아가씨."

골목을 돌자 어쩐지 나오코가 있었다. 나오코는 검은 모자를 푹 눌러쓰고 손을 불며 서은을 기다리고 있었다. 나오코는 급하게 손수건을 꺼내 서은의 눈물을 닦아냈다. 서은은 나오코의 손수건을 펼쳐 제 얼굴을 가렸다. 어찌 우는지 이유를 알지 못했다. 그러므로 부끄러운 눈물이다. 서은은 우는 제 얼굴을 전부 가렸다. 그랬으니 그 너머, 회색 도시 같은 나오코의 시선을 알지 못했다.

나오코의 양 뺨에는 온기가 없을 것 같았다. 매서운 겨울바람의 자국이 붉게 남았음에도, 결코 뜨겁지도 차갑지도 않을 듯했다. 그 시선 끝에 서은의 눈물이 매달린 평상이 닿았다. 이제는 그 자리에 있지도 않은, 투명하고 애틋한 평상에. 순간 피식, 허무하게 바람 빠지는 소리와 함께 웃음이 일었다. 이것이다. 이렇기에 나는 소설을 쓸 수 없다. 백서은이 우는 이유에 함께 빠져들어, 똑같이 영문 모르고 울지 않는 이상 나는 백서은과 같은 소설을 쓸 수 없다. 서은의 시야에 비친 이곳의 풍경이 어떤지 나는 모른다. 내 눈에는 그저 흙먼지 날리는 경성의 뒷골목 어디

일 뿐이다.

　나오코가 웃자 이번에는 서은의 입에서 웃음이 새었
다. 제 눈물이 뭐가 슬프다고 남의 손을 빌려 닦고 있는가.
그것이 우스워 웃었다. 그렇게 웃는 서은의 뒤통수가 아
팠다. 꼭 뒤에서 양 갈래 여자아이가 돌을 던지는 듯했다.
오지 말라고. 절대로, 다시는 오지 말라고.

　"저를 따라오신 거예요? 왜 따라왔어요?"

　"아가씨는 경성의 지리를 잘 모르실 테니 걱정되어 왔
습니다. 놀라셨다면 죄송해요."

　"괜찮아요. 가요, 나오코. 자물쇠를 사야겠어요."

　"예? 자물쇠를 왜…."

　"그럴 이유가 있어요."

　"갑자기…, 왜요?"

　"개짐 넣는 서랍을 잠그려고요."

　웬 쥐새끼 하나가 내 것을 갉아먹어서요.

　하지만 뒷말은 삼켰다. 쥐라면 원산에서 본 뒤로 본 적
이 없었는데, 바로 맞은편에 그렇게 거대한 쥐새끼가 동
거하고 있을 줄 몰랐다. 눈물이 순식간에 말랐다. 저 평상
위에서 죽어간 세 여자가 외치고, 서은이 쓴 만선은 그렇
게 백낙의 만악이 되어버렸으므로

　그렇게 온 길을 돌아 자물쇠를 사러 갔다. 서은이 무의
식적으로 제 손에 꽉 쥔 채 주머니에 넣고 있던 손수건을

꺼냈다. 주름진 손수건을 활짝 펼치자 서은의 손금이 새겨지기라도 한 듯 한 가득 주름이 져 있다. 멋쩍어진 서은이 펼친 손수건을 팽팽하게 당기다 멈췄다. 문득 눈에 들어오는 손수건의 그 화려한 붉은빛 때문이었다. 정신없이 눈물을 가리고 닦을 때는 몰랐으나, 붉은빛이 짙다. 흔하지 않은 색이었다.

붉고…, 붉어서…. 그 너머로 어렴풋이 들었던 홍주라는 이름을 떠올렸다.

서은은 주름을 편 손수건을 곱게 접어 나오코에게 내밀었다. 나오코가 주머니에 넣고 있던 손을 꺼내 손수건을 받았다. 서은이 나오코의 손 위에 손수건을 얹어주며 물었다.

"왜 박홍주였어요?"

순간적이었다. 앞만 보고 걷던 홍주가 저에게 손수건을 건네는 서은의 얼굴을 바라봤다. 서은의 얼굴에 티끌 하나만큼의 의심도 오만도 없었다. 그저 진정으로 보이는 궁금함만 묻어났다.

멈추어 도망치고 싶지만 걸음을 멈출 수 없었다. 서은이 걸으면 걷는 대로 속도를 맞추어 따라갈 뿐이었다. 똑똑히 마주친 서은의 시선을 피할 수도 없었다. 무어라고 답해야 하지.

그렇게 길지 않은 침묵에, 그 잠깐 사이의 공백에 너무 많은 경성의 먼지가 들어찼다. 공백은 뿌옇게 바래버렸다. 그래서 그 다음의 언어는 끄트머리조차 보이지 않았다. 바래버린 공백은 정적이 되고, 정적 너머 어딘가에 있을 다음의 말을 숨 가쁘게 찾았다. 정말로 숨 가쁜 일이었다. 온통 하얗게 변해버린 머릿속과 달리 붉은 가슴은 아프게 쿵쿵 울렸다. 가빠진 숨은 부드러움을 잃었다.

"비키세요!"

인력거꾼이 기세도 좋게 달리며 사람들에게 나오라는 손짓을 해댔다. 서은의 당김에 나오코의 몸이 휘청 기울었다가 겨우 섰다. 서은이 나오코의 등을 받쳐 세웠다. 저 멀리서 달려오던 인력거가 두 사람의 앞을 지났다. 인력거가 지난 자리에 한 번 더 먼지가 일었다. 가득하던 먼지조차 가라앉으니, 그 뒤로는 시간이 꼭 공간처럼 선명하게 멈춰 있다.

십 년쯤 되었나. 인력거가 지나간 딱 그 자리, 그곳에서 사흘을 굶은 박홍주가 무턱대고 아오마츠 부인의 발목을 붙잡았다. 십 년만큼 젊었던 이시다가 십 년만큼 어렸던 홍주의 손을 떼어내려 애를 썼다. 그래서 홍주는 십 년만큼의 목숨을 더 걸고 부인의 발에 매달렸었다.

'네 이름이 뭔데?'

'홍주, 박홍주입니다.'

'… 아. 결국 중국으로 건너가지 못하고 만주 어디서 붙

잡혀 끌려왔다는 그 독립 어쩌고의 딸.'

'… 네.'

'그래서 내가 널 어떻게 해주길 원하니?'

'살려주세요. 살려… 주세요, 부인.'

"선생님?"

서은이 나오코를 가볍게 흔들며 연신 이름을 불러댔다. 멍하니 십 년 전을 보고 있던 홍주가 서은이 너댓 번 부르고 나서야 정신을 차렸다. 박홍주로 산 세월이나, 나오코로 산 세월이나 엇비슷함에도 불구하고 아직도 홍주가 더 익숙한 탓인가. 홍주는 언제쯤 죽을까. 나오코가 서은에게 기대었던 몸을 천천히 일으켰다.

"죄송해요, 아가씨. 갑자기 어지럼증이 도져서."

"아니에요, 선생님. 괜찮아요? 약 먹어야 할 정도예요?"

"괜찮습니다. 그저 가서 좀 쉬면 될 겁니다."

서은이 나오코의 손을 꼭 잡았다. 그리고 한참을 걸었다. 그렇게 걷는 동안 서은은 나오코에게 홍주에 대해 되묻지 않았다. 그냥 손을 꼭 잡아줄 뿐이었다. 걷는 동안 시야는 서은에게 모두 맡긴 채, 나오코는 서은에게 잡힌 제 손만 바라보았다.

제 손은 말랑말랑 보드랍다. 그 손을 감싸고 있는 서은의 손은 상처며 흉이 가득하다. 흉은 원산에 살 때 잔뜩 얻어온 것이겠고, 비슷한 곳에 몰려 있는 비슷한 모양의 상처들은 이시다와의 신부 수업이 지겨워 스스로 찌른 바늘 자국일 것이다. 유독 작은 서은의 손에 지나치리만큼 무거운 것들로 가득했다. 아이 손 같아서 무엇 하나 제대로 쥘 수 있을까 싶은 손이 참 많은 인생들을 쥐고도 있었다.

꼭 십여 년 전 홍주의 손처럼.

"홍주라는 이름이 궁금하세요?"

서은은 대답 대신 나오코의 손등을 한 번 문질러줄 뿐이다. 그리고 그이가 지나간 자리에는 피가 몰려 붉고, 온기가 스쳐 따뜻하다.

"저희 아버지는요… 죽었어요. 십 년쯤 전에. 어머니는 그보다 먼저 죽었고요. 동생 하나는 태어난 지 보름 만에, 또 하나는 아예 죽어서 태어났어요. 그것들은 다 만주에 묻어놓고 왔어요. 만주에서 났으니까. 어머니도 옆에 같이 묻었고요. 아버지가 떠나고 나서 곧장 돌아가셨거든요.

아버지는요, 서대문 형무소에서 죽었대요. 들은 바로는, 그때쯤 죽은 사람 중에 제일 처참하게 죽었다고 했는데… 잘은 몰라요. 안 봤으니. 시신은 어디 버리든, 태우든 했겠지요. 죽은 사람 몸뚱아리가 허벅지 아래로 뼈가 다 부서졌댔나… 소문이 그랬어요. 저는 그 소문 어디서 들었게요? 경성 길바닥에서요. 들으면서도 절대 안 울었어요. 울다가 잡혀 나도 죽으면 어쩌려고. 그래서 절대 안

울었어요."

아오마츠 부인의 발목에 매달리던 그 순간조차도 울지 않았었다. 이시다의 손톱이 팔목을 긁었던 때에도 이를 악물어 쓰라림을 참았다. 눈물은 곧 죽음이었다.

"경성에서 제일가는 부자. 그러면서도 절대, 내지인들이랑은 말도 섞지 않는 부자 박씨. 그게 우리 아버지였어요. 내가 그 딸이었고. 아가씨, 저기 보이세요?"

나오코가 손가락으로 한 곳을 가리켰다. 얼마 전 반도로 총독부로 발령받아 부임한 일본인 고관이 사들였다는 집이었다. 높고 넓은 담장 뒤로 소나무 저택과 비슷하게 큰 저택이 자리해 있다. 부드러운 빛깔의 양옥에 지붕만은 조선 기와를 올렸다. 낮은 나무들이 촘촘하게 정원에 심겨 있고, 볕이 잘 드는 자리에 큰 창이 나 있다. 저곳에서 열린 파티에, 낙이 처음으로 아오마츠 부인을 모시고 갔었다.

서은은 낙을 생각하며 인상을 구겼다. 구름이 지나며 큰 창에 잠시 빛이 들어 번쩍였다. 나오코는 뻗었던 팔을 접어 쏟아지는 빛을 가렸다. 인상을 찌푸렸다.

"저 집이 우리 집이었어요."

"응?"

"저 어릴 적 살던 곳이요."

아아.

외마디 탄식을 터뜨릴 틈도 주지 않고 나오코가 앞장 서 다시 걸어 나갔다. 아무것도 묻지 말라는 듯 급박한 발 걸음이었다. 나오코가 신은 낡고 높은 굽이 아슬아슬하게 경성 거리에 자국을 남겼다. 아무것도 묻지 말고, 아무것 도 동정하지 말고, 아무것도 아쉬워하지 말라. 무엇을 생 각하든 그것은 감히 서은이 가져서도 품어서도 안 될 생 각이 될 것이다. 저택을 보고 떠올렸을 서은의 생각 전부 를, 저택의 주인이었던 홍주가 허락하지 않았다. 그러니 뒤처질 것 없이 빨리 옆에 붙어 조용히 자물쇠나 사러 가 기를 바랐다.

나오코가 빠른 걸음을 멈추지 않아 한 번 더 저택을 볼 틈도 없었다. 서은은 창에서 빛이 반짝거리는 것을 보면 서 나오코 옆으로 보폭을 넓혀 걸었다. 얕게나마 감히 박 홍주의 삶을 만진다. 깊은 심연까지 들어갔다 나올 순 없 으나, 평소보다 빨라 우아한 박자를 잃은 나오코의 걸음 을 보고 목소리를 들으며 그 깊숙한 곳이 얼마나 어두울 지 예감했다.

나오코가 된 박홍주의 삶은 십여 년 전, 살얼음이 막 얼어 겉은 얼핏 딱딱하나 속은 소용돌이인 바다다. 그렇 게 어설프게 얼어 십 년이 가도록 정체된, 어떤 배도 오가 지 않는 사해(死海). 그 정체(停滯)야말로 박홍주가 제 마 지막 자존심을 지켜온 방법일 테다. 서은은 나오코의 옆에

서서 다시 한 번 손을 잡을까, 하다 그만두었다. 나오코가 주머니에 손을 넣고 그대로 묵묵하게 걸어간 탓이었다. 나오코를 향해 뻗었던 서은의 손이 잠시 머뭇거리다가 제 주머니 속으로 들어갔다.

"하지만요, 아가씨."

"네?"

서은이 자물쇠집의 문고리를 막 잡고 들어가려 할 때, 나오코가 말했다.

"나오코라고 부르세요. 언제라도. 앞으로도."

"네…, 나오코 선생님."

나오코로 되돌아간 홍주가 짧은 한숨을 쉬었다. 서은이 가게 문을 열자 문 위에 매달린 종이 딸랑거렸다. 홍주라는 이름은 너무나 무섭고 은밀했다. 그녀조차 잊고 살려고 했던 것을 이젠 한 사람이 더 기억하게 되었다.

왜 아무렇지 않게 제 이야기를 했을까. 어려서 살았던 집은 무엇한다고 손가락까지 뻗어가며 알려주었을까. 나오코는 자물쇠 값을 치르는 서은의 뒤에 서서 고민했다. 아가씨는 굳이, 왜 그 박홍주라는 이름을 잊지 않고 물었을까. 가슴이 거세게 뛰었다. 열어놓아서는 안 될 것이 열린 느낌이었다.

서은이 자물쇠를 가득 사서 생각했던 장소마다 걸어

두었다. 모든 열쇠는 튼튼한 줄에 묶어 서은이 지녔다. 씻고 난 후 방에 들자마자, 서은의 배에서 기다렸다는 듯 꼬르륵거리는 소리가 났다. 마침 나오코가 과일을 깎아놓은 접시를 들고 방에 들어왔다. 수업 시간이 아닌 때에 나오코가 먼저 서은의 방에 들어오는 일은 드물었으므로, 서은은 열쇠를 책상 서랍에 대강 넣고 나오코에게서 쟁반을 받아들었다.

"무슨 일로…?"

"제가 배가 고픈 김에 아가씨도 좀 드시면 어떨까 해서요."

"마침 배고팠는데."

두 사람이 테이블을 사이에 두고 앉았다. 평소와 달리 두 사람 사이의 테이블에는 교과서가 아니라 과일 쟁반만 놓여 있었다. 서은이 포크로 사과를 찍어 오물거리며 웃었다. 입꼬리만 올려 흉내 낸 웃음이었으나, 어설프게나마 나오코도 서은을 마주해 웃어주었다. 휘영청 흰 서은의 눈이 오래도록 돌아오지 않고 휘어져 있었다. 그동안 나오코가 서은의 어깨 너머로 자물쇠 걸린 사물함을 세고 있는 것을 서은은 몰랐다.

"아 참, 선생님."

"네."

"그… 신문. 선생님도 봤죠?"

서은이 목소리를 낮추고 말꼬리를 흐렸다. 눈으로 몇 번 문고리를 흘기더니, 결국 일어나 문고리를 걸어 잠갔다. 돌아오고 나서는 책장 구석에 박아놓았던 신문을 꺼내 테이블 위에 올려놓았다. 어쩌나 꼬깃하게 쥐고 있었는지 군데군데 잉크가 번져 있는 곳이 있었다.

'만악'이다. 나오코는 먹고 있던 사과를 포크째로 내려놓았다. 그리곤 구겼다가 편 신문을 집어 들었다. 백낙(落)의 만악(萬惡)이다. 그리고, 몇 번이고 몇 밤이고 제 팔목을 긁으며 읽어야 했던 백서은의 만선(萬善)이기도 하다. 나오코는 맞물린 어금니에 힘을 주고 미간을 찡그렸다. 명치 아래가 살살 간지럽고, 아랫배가 꼬이는 듯하면서도 묘하게 가슴이 뛰었다.

이를 무어라 정의할까. 그래, 쾌감이라고 하자. 신문 뒤, 테이블 선단에서 가볍게 떨리는 서은의 손을 보니 가슴 사이의 오목한 곳이 죄는 듯하다가도 벌렁거렸다. 은밀하고 강렬했다.

그러나 나오코 선생님은 제자 백서은의 편이어야지. 나오코가 심각한 얼굴로 소설을 읽는 척 눈을 위아래로 굴렸다. 실은 그럴 필요도 없이 외워버린 원고였다. 하룻밤 사이 원고를 죄다 베껴 낙에게 넘긴 것이 나니까.

나오코는 예의상 몇 번 눈알을 굴리다 한숨을 쉬며 신문을 내려놓았다. 그리곤 고개를 저었다. 속상한 그늘을 얼굴 한 면에 올렸다.

"정말이지, 제가 평했던 아가씨의 원고와 완벽하게 똑같네요."

"어떻게…, 어떻게 그럴 수 있죠!"

"제 잘못일지도 몰라요. 원고를 가지고 있던 건 저였으니까. 저도 모르게 잠든 새 제 방에서 원고를 가져가신 걸지도…."

나오코는 목소리를 죽이고 흐느낌을 섞었다. 문장 끝이 젖은 듯도, 흔들리는 듯도 한 것이 제법 그럴싸했다. 나오코가 급하게 얼굴을 돌리며 입을 막았다. 서은은 테이블에 팔꿈치를 올린 채 이마를 짚었다.

"그게 어떻게 선생님의 탓이겠어요? 도둑질한 나쁜 새끼의 탓이지."

"죄송해요. 그래도 역시 제가…."

"선생님을 절대 탓하지 않아요. 다만, 여기."

서은은 자리에서 일어나 자물쇠 열쇠를 넣은 서랍을 열어 새 자물쇠를 꺼냈다. 서은이 새 자물쇠와 열쇠를 테이블에 올리는 것을 보며 나오코는 생각했다. 귀찮게 많이도 샀군. 그러나 나오코는 입을 가린 손 뒤로 그 말을 먹어버리고, 다시 고개를 돌려 서은을 마주하고 앉았다.

"이거. 방문에 꼭 걸고 주무세요. 아니, 그게 불편하다면 서랍에 거세요. 뭐든 좋으니 선생님이 원고를 읽으실 때 말고는 원고를 서랍장 안에 넣어 보관하세요. 아시겠죠?"

"그럼요. 그렇게 할게요."

나오코가 자물쇠를 향해 손을 뻗자, 서은이 그 위에 제 손을 얹었다. 그리고는 자물쇠를 쥔 나오코의 손을 감싸 쥐었다. 꼭 대단한 유대라도 나눈 듯 따뜻하고 단단한 포박이었다. 나오코가 잠시 멈칫하다 테이블 아래에 두었던 남은 한 손을 그 위에 얹어 두드렸다. 걱정하지 말라고. 자물쇠, 아주 요긴하게 잘 쓰겠다고.

만선(萬善)의 제2장은 양 갈래 어린아이가 양 갈래 소녀가 되어 시집가는 이야기였다. 이제 세상에 없는 어린 것을 슬퍼하다 서은은 흔들리는 촛불을 바라보았다. 그리곤 낮에 들었던, 홍주 삶의 일부를 다시 곱씹었다. 죽은 어린것이 자랐더라면 박홍주 같은 어른이 되었겠지. 아주 영특했는데. 서은은 한참을 망설이다 펜을 들어 2장을 시작했다. 어느새 양 갈래 아이가 서은의 글자 위에서 나오코의, 홍주의 얼굴을 한 소녀가 되어 있었다.

만약 지금 당장 원산으로 돌아간다면, 서은은 살 수 있을까. 서은은 잠시 고민했다. 그러다 곧 '그렇다'라는 답을 내놓았다. 시간은 조금 걸릴지도 모른다. 매일같이 향긋하고 따뜻한 물에 몸을 담그는 데 익숙하다 다시 벌레가 떠다니는 차가운 냇물에 들어갔다 나오는 것은 힘들지도 모른다. 매일같이 화려하고 고소한 밥을 먹다 다시 은실 어멈이 나누어주는 밥 덩어리를 먹으려면 체하고 토할지도 모른다.

그러나 인간은 익숙함에서 멀어질 수 없는 존재다. 멀어질 수 없기에 익숙함이라고 부르는 것이었다. 제 삶을 일정하게 나누었을 때, 서은은 경성의 소나무 저택보다 원산의 공장 옆에서 더 긴 세월을 살았다. 익숙했던 것은 잠시 흐려졌을 뿐 다시 돌아가면 선명히 돌아온다.

절대로, 저 버리시면 안 돼요….

서은은 원고지에 그렇게 썼다. 시집와 초야를 치르는 소녀가 제 서방에게 내뱉는 말이었다. 홍주, 나오코의 얼굴을 닮은 죽은 그 아이. 소주간에만 드나들던 아비의 모습이 언뜻 서방에게 비치는데, 그걸 애써 도리질로 무마하면서 뱉는 말이었다. 절대로 저 버리시면 안 돼요. 소녀의 서방은 온몸 가득 드리운 정욕에 져 알겠다, 하며 무한히도 고개를 끄덕였다. 거기까지 썼을 때, 문이 열리고 낙이 들어왔다.

누가 방에 들어왔는지, 무슨 이야길 하러 왔는지 알지만 서은은 흘겨도 보지 않았다. 당신을 혐오하고, 경멸한다.

"서은아. 애길 좀 하자."

취하지도, 노하지도 않은 낙이 여유롭고 담담하게 들어와 서은의 침대 허리에 앉아 다리를 꼬았다. 거기에 앉으면 글을 쓰는 서은의 책상이 대각선으로 잘 보였다. 자물쇠가 주렁주렁 달린 책장도 마찬가지다.

"오빠랑 할 말 없어."

서은은 원고지를 서랍에 구겨 넣었다. 자물쇠, 자물쇠! 서은은 자물쇠를 당기고 급하게 자물쇠를 채웠다. 낙이 멀리서 한숨을 쉬었다. 젠장…. 제가 앞으로 꺼낼 말이 절대로 통하지 않을 것임을 예감한 한숨이었다. 그럼에도 불구하고 낙은 천천히 서은에게로 걸어왔다. 서은이 입술을 일그러뜨리면서도 절대로 물러서거나, 겁먹어 책장 뒤로 숨지 않았다. 일어나지도 않았다. 그대로 의자에 앉아 다가오는 낙의 눈빛을 당당하게 받아냈다.

"서은아. 나를 그렇게 경계하지 마."

"차라리 닭장 앞에서 칼을 들고 닭털만 뽑겠다고 하지?"

"백서은."

"오빠랑은 앞으로 절대 뭔가를 함께 하는 일 없어. 아… 하긴 지금까지도 함께한 적이 없었지. 오빠가 홀로 내 것을 취한 것뿐이지."

"서은아. 네게 고료와 상금을 나누어줄게. 어차피 계집은 제 이름으로 글을 써서 내지 못해! 그러니 네 글을, 그냥 내 이름을 빌려서 내는 것뿐이야. 좋잖아. 나는 명예를 가지고 너는 글을 가지는 거야. 나는 고모의 인정을 받고, 너는 세간의 인정을 받는 거야. 응?"

"지이랄."

서은이 한껏 가래침을 끌어모았다. 그리고는 일어나 코앞까지 다가와 손발짓을 동원해 협상하는 낙에게 퉤, 뱉었다. 걸쭉하고 끈적한 것이 낙의 뺨에 붙어 흘러내렸다. 낙은 눈을 질끈 감았다. 지금 이것이 서은의 가래침이라는 것이 믿기지 않았다. 팔뚝부터 손가락 끝까지 힘줄이 돋았다. 서은의 앞에서 말랑말랑하게 변해 있던 혀가 빳빳하게 독이 올랐다.

이 우라질 계집년이…, 감히 누구를! 낙이 손을 들어 서은의 뺨을 올려붙였다. 순식간의 일이었다. 공포를 감지하기도 전에 고통이 먼저였다. 아악! 서은이 외마디 비명과 함께 뺨을 붙잡고 책장 앞에 쓰러졌다.

"백서은!"

낙의 목소리가 2층을 울렸다. 그 소리에 막 잠이 들었던 나오코가 깨어났다. 나오코는 맨발에 양말을 급하게 끼워 넣고 침대에서 내려와 뛰었다. 그러나 서은의 가까이에서 살의에 찬 눈을 한 낙을 보고는 더 이상 다가서지 못했다. 백서은이라는 범위 안에 속하는 모든 것을 깨부술 것같은 낙의 붉은 얼굴. 낙이 흥분한 채 이를 갈았다. 날카로운 새 이가 돋는 짐승의 어린 새끼마냥.

한 번의 비명 이후 서은은 어떤 소리도 내지 못했다. 무서웠다. 죽을 것 같았다. 정말로 저 크고 굵은 손이 제 목을 쥐고 흔들 것 같았다. 서은은 무릎을 모으고 발로 바닥을 밀어 몸을 웅크렸다. 한쪽 뺨을 쥐고 경련했다. 입안에서 비린 맛이 났다. 피다. 공포의 맛은 비렸다. 얼얼하고 붉은 뺨을 어찌해볼 틈도 없었다. 서은은 그대로 혼절했다.

꿈속에서, 환은 말에 올라타 있었다. 크고 우람한 흑마. 환은 그 위에 엎드려 있었다. 엎드린 모습으로 서은을 내려다보았다. 다가가 손을 쥐려 하면 환의 손이 없어졌다. 발을 만지려 하면 발이 부서졌다. 그래서 뺨을, 뺨을 쥐지 못했다. 뺨을 쥐면 그 얼굴이 죄다 깨져버릴 것 같았다. 그러면 오랜만에 만나는 그리운 이 시선도… 전부 없어져 버릴 테니.

무언가를 너무나 사랑하면 제 것이 되길 바란대. 환이 오빠. 근데 난, 내 것이 없어. 내 것인데, 내 것이 아니야….

환이 비릿하게 웃었다. 낙이 한 일이니? 서은이 고개를 끄덕였다. 환의 시선이 불어터진 서은의 한쪽 뺨으로 향했다. 그것도? 서은이 또 한 번 고개를 끄덕였다. 환의 가련한 시선이 서은을 맴돌고, 맴돌고, 맴돌았다. 그러나 이미 사라져버린 손으로는 서은을 안아줄 수도 토닥여줄 수도 없다.

그때 말이 울음을 울었다. 잇몸까지 드러내는 격렬한 웃음과 울음 끝에 앞다리를 구르기 시작했다. 서은은 이것이 무엇인 줄 안다. 환과의 이별. 몇 번이고, 몇 날 밤이고 치러야 했었던 환과의 이별. 그 이별을 알리는 우렁찬 짐승의 발굽 소리.

오빠! 가지 마!

서은이 외쳤다. 그러나 환은 여전히 엎드려, 어떤 답도 하지 않은 채 웃기만 했다. 서은이 환의 종아리를 붙잡았다. 종아리가 사라졌다. 팔뚝을 붙잡았다. 팔뚝이 사라졌다. 결국 서은은 아무것도 붙잡지 못하고 달려가는 흑마의 뒷모습을 보기만 한다. 환이 또 죽었다.

가지 마!

서은이 소리를 치며 일어났다. 아침이었다. 창문으로 햇볕이 가득 들어오고 있었다. 눈이 내렸는지, 가득하게 쌓인 눈이 빛을 더해 눈이 시렸다. 서은이 뺨을 만졌다. 광대가 아팠다. 서랍장 위에 올려놓은 거울을 들어 보니 붓기는 없고 멍만 들어 있었다. 멍은 눈 바로 밑을 퍼렇게 물들이고 있었다. 시퍼런 홍조. 홍(紅)이란 말이 어울리지 않으니 청(青)조라고 부를까. 서은은 제가 생각하고도 어이 없어 웃었다.

그리움이 선연해 푸른 멍이 아프다. 분명 몸속에는 붉

은 것이 돌고 있을 텐데, 가장 중앙에서 뾰족하게 서은의 기억을 갈라내는 것은 푸른 멍이다. 얼굴에 하나가 물들고, 가슴에 하나가 물들었다. 얼굴과 가슴을 동시에 쥐고 푸른 것을 토해내고 싶지만 엉기고 엉겨 도저히 가슴 밖으로 튀어나오지 않았다.

"이시다!"

서은이 알싸한 잇몸과 괜히 흔들리는 것 같은 이를 느끼며 이시다를 불렀다. 턱에 손을 얹고 몇 번 움직이며 얼굴을 풀었다. 얼마 안 가 문이 열리고 이시다가 들어왔다. 아침 식사를 준비하던 중이었는지, 앞치마에 손을 닦고 있었다.

"아가씨, 일어나셨군요. 드디어⋯."

이시다가 침대로 다가와 침대 서랍에서 체온계를 꺼냈다. 그것을 서은의 겨드랑이에 끼워보고는 이마를 짚었다. 손목도 잡아보고 입도 벌려보았다. 그리고는 서은의 등을 몇 번 토닥여주었다. 이시다에게서 곰국 냄새가 났다. 아침부터 곰국이구나. 서은은 이시다의 곰국 냄새를 맡으면서 혀를 굴려 피 맛 나는 곳을 눌렀다. 아프다.

"왜 그래요? 아주 죽은 것도 아닌데. 누가 보면 한 일 년 누워 있다 일어난 줄 알겠네."

"일 년이든, 나흘이든 그게 뭐가 중요하겠습니까. 아가씨, 방금 나흘 만에 눈 뜨신 겁니다."

"뭐?"

서은이 얼굴을 찡그렸다. 다시 서랍장 위 거울을 당겨 얼굴을 봤다. 붓기가 없고 멍만 남았다…. 붓기가 없을 리가 없었다. 생각해보니 입안에 났을 상처도 조금 아문 느낌이었다. 그러나 한 대를 맞았다고 나흘을 기절해 있었다는 것은 조금 우습다.

서은은 이시다의 말이 농담 같아 다시 물었다. 나흘이라니, 거짓말이죠? 이시다는 서은에게 답을 하기도 전에 한 번 더 체온계를 서은의 겨드랑이에 끼웠다. 그리곤 천천히 올라간 붉은 수은의 눈금을 읽고 기뻐했다. 아가씨, 정상 체온이십니다. 이시다가 다시 한 번 서은의 등을 토닥여준다. 그리고는 아침식사를 하기 위해 내려오라는 말을 남기고 방을 나갔다.

나흘 전 서은이 기절한 후 의사가 왔다. 그리곤 의외로 겨울 감기에 심하게 걸렸다는 말을 덧붙였다. 얼굴의 상처를 치료해주면서도, 누가 그랬냐고는 묻지 않았다. 입안에 고인 피를 닦아주고 얼굴에 부기를 빼는 연고를 발랐다. 이시다에게 약을 건네며 물에 녹여 먹을 수 있게 할 것을 당부했다. 의사의 말이 거짓은 아니었던 듯, 서은의 숨결은 뜨거웠고 이마는 그 숨결보다 더 뜨거웠다.

아마도 새벽부터 단단히 차려입지 않은 채 골목이란

골목은 죄다 누비고 다닌 탓이라 짐작했다. 이시다가 집 안일이나 부인의 시중으로 바쁘면, 나오코가 시간마다 약을 물에 개어 서은의 입에 흘려 넣었다. 가끔, 서은은 몽롱하게 눈을 떴지만 다시 곧 눈을 감았다. 그렇게 내리 나흘을 잠들어 있었다. 서은은 생각했다. 어쩐지 꿈이 다른 때보다 더 길었다. 그래서 더 괴롭다. 이별의 순간이 느려터져서. 환의 생각이 머릿속에서 떠나지 않았다.

서은이 두꺼운 카디건을 걸쳐 입고 오랜만에 식당으로 내려갔다. 이미 아오마츠 고모와 나오코는 자리를 잡고 있었다. 낙은 없었다. 이시다는 낙이 아침 일찍 학교에 갔다고 했다. 다행히 식사가 시작되지 않아 이시다를 비롯한 하녀들이 바쁘게 음식을 옮기는 중이었다. 아오마츠 고모는 신문을 읽고 있었다. 그 일은 고모의 중요한 아침 일과였다. 이시다는 아침에 일어나자마자 아오마츠 부인의 신문을 방으로 들여 따뜻하게 데워놓았고, 부인은 아침 식사를 하며 신문을 읽었다. 서은이 앉아 있던 나오코의 부축을 받아 옆 자리에 앉았다.

"아가씨, 식사하실 수 있으시겠습니까? 드시기 불편하진 않으실 겁니다. 곰국이거든요."

이시다가 천천히 서은이 식탁 의자에 앉는 것을 도우며 물었다. 서은은 고개를 끄덕였다. 입안에 상처가 조금 거슬리긴 했지만 그건 무엇을 먹든 같을 것이다.

"이제 좀 괜찮은 게냐?"

"네. 죄송합니다, 고모님."

"무슨 감기가 그렇게 독하게 들어 나흘이나 사경을 헤매고 그랬니."

"다음부터 조심하겠습니다."

"여기, 여기 한번 읽어보렴."

"이게 무슨… ?"

"네 오라비 글."

나오코가 곰국에 만 밥을 먹다가 한 숟가락 가득 허벅지에 흘렸다. 흘린 쪽의 다리가 바들거리며 경련했다. 그러나 그 어떤 티도 내지 않은 채, 나오코는 뜨거운 밥알들을 모두 훔쳐냈다. 허벅지와 손바닥이 함께 익을 것 같았다. 비명을 지르지도 눈물을 흘리지도 않았다. 나오코가 떨군 밥알들이 식탁 밑으로 뚝뚝 떨어졌다.

신문을 쥔 서은의 손이, 밥알을 막 쥔 나오코의 손처럼 바들바들 떨렸다. 붙잡힌 신문 끝이 구깃해졌다. 어떻게 2부가 이곳에 실려 있을 수 있단 말인가? 자물쇠는? 아냐, 분명 잠갔다. 뜨거운 숨이 터지고 입안에 피 맛이 도는 와중에도 분명, 자물쇠만은 꼭 잠갔던 것을 기억했다. 서은의 숨소리가 거칠어졌다. 머리가 아팠다. 아직 돌아오지 않은 기운이 몸에 퍼지지 않고 가슴으로만 뭉쳤다. 빳빳하고 뜨거운 열이 마음을 아프게 눌렀다. 도둑 새끼…. 서은이 눈물을 뚝뚝 떨어뜨렸다. 부인이 눈을 흘겼다. 거슬렸다는 것이다. 서은은 자리에서 일어나 식당을 나갔다.

서은은 책장 자물쇠를 흔들었다. 굳게 잘 잠겨 있었다. 식당에 내려오기 전 제 주머니에 넣어놓은 열쇠 꾸러미도 더듬었다. 설마, 설마 아니리라. 이미 신문으로 확인했음에도 불구하고 부정하고 싶었다. 부디 아니기를 바라는 간절한 마음으로 서랍을 꽉 잡아두었던 자물쇠를 열었다. 원고가 놓여 있어야 할 곳이 텅 비어 있었다. 2부 원고가 사라져 있었다.

서은이 비명을 질렀다. 아니야, 이럴 수는 없어! 칼을 물고 백낙에게 뛰어들고 싶은 심정이었다. 1부에 이어 2부까지 백서은이 아니라 백낙의 이름이라니. 만선이 아니라 만악이라니! 서은이 제 머리를 붙잡고 비명을 질렀다. 바닥에 주저앉아 발로 바닥을 밀었다.

아가씨!

나오코가 왼쪽 다리를 흰 물수건으로 누르며 뛰어 올라왔다.

푸른 소나무,
백서은: 숨기다

벚꽃이 흩날리듯 아련하게, 목련이 떨어지듯 사뿐하게.
꽃은 꽃처럼 처연하게 떨어질 때 가장 아름답노라 여긴다. 마지막 순간이 꽃처럼 아름답다면 충분히 우아한 끝이라고도 생각한다. 부인은 이시다에게서 경성의 젊은 사내들 이름을 하나하나 들으며 꽃봉오리 같은 치마를 입은 서은을 상상했다.

서은을 생각하면 발끝이 가장 먼저 떠올랐다. 기억 속 얼굴은 늘 흐지부지, 또렷하지 못했다. 언제고 딱히 관심을 두고 서은의 얼굴을 바라본 적이 없어 서은의 뺨에 있는 하나의 점이 어느 쪽에 있었는지를 늘상 의문스러워했다. 희미한 선택 끝에 한쪽을 택해 점을 그려 넣으면, 늘

틀리곤 했다. 늘 반대였다. 서은은 상상했던 것의 반대 같
은 아이였다.

서은은 의심이 많다. 원산에서 세 남매를 처음 만났을
때, 누구보다 아오마츠 부인을 두려워하고 흘겨보던 것
도 서은이었다. 작은 키로 환의 뒤에 숨어 있었음에도 명
확히 기억하는 것을 보면 어지간히도 노려봤던 모양이지.
아오마츠 부인은 그 작고 새까맣던 서은을 생각하다가 하
도 볼품이 없어 결국 픗, 하고 웃고 말았다. 한참 사내들
의 이름을 불러주던 이시다의 목소리가 '야시모토' 비슷한
부근에서 끊겼다.

"마님, 어찌 그렇게 웃으세요?"

"하도 재밌어서. 어쩜 그렇게 못생겼었지?"

"마님은 늘 아름다우셨는데요, 뭘. 한순간도 빠짐없이
요."

"그야 나도 잘 알고 있지. 백서은은 이런 저택에 있기
에 너무나도 형편이 없어. 그렇지 않아?"

"많이 아름다워지셨는데요."

"그래? 어째 기억에 들어 오질 않지."

야시모토의 종이를 읽던 이시다가 살풋 웃었다. 그래
도 많이 아름다워지셨어요. 무언가 좋아하게 되면 아름다
워지는 것은 사실인가 봐요.

"무언가를 좋아한다니?"

아오마츠 부인이 이시다의 말꼬리를 밟고 되물었다. 이시다는 테이블에 널린 사내들의 이력을 한 장 한 장 모아 정리하며 대답했다. 요즘 홍주 선생과 서은 아가씨를 보면 모르시겠어요? 서은 아가씨, 책을 읽을 때마다 어찌나 활짝 얼굴이 펴지는지. 꼭 첫사랑 앞에 서서 어떻게 할 줄 모르는 어린애처럼.

이시다는 말을 마치고 종이들을 모아 탁탁 모서리를 두드려 정리했다. 일정하게 정리된 종이들은 다시 아오마츠 부인의 서랍 안에 넣었다. 이시다가 벽시계를 한 번 더 흘끗거리더니 그 길로 부인에게 인사를 올리고 부엌으로 나갔다. 슬슬 저녁 식사를 준비할 시간이었다. 부엌의 하인들이 자꾸 죽은 환의 몫까지, 다섯 명 분의 식사를 준비해 옆에 서서 감시할 필요가 있었다. 더 이상 환은 없으니 부인, 낙, 서은, 홍주 이렇게 네 명 몫의 먹을 것만 준비해도 충분하다고.

"이시다."

또, 이시다가 환의 생선까지 구우려던 부엌 하인을 혼내고 있을 때 아오마츠 부인이 부엌으로 들어오며 이시다를 불렀다. 생선의 꼬리를 붙잡아 불 위에서 들어내던 부엌 하인도, 쟁반 위에 숟가락과 젓가락을 나란히 올려놓던 하인도, 밥을 섞어내던 하인도 모두 동작을 멈추고 부인 앞에서 시선을 내리깔았다. 이시다도 양손을 모으고 높이던 목소리를 낮췄다.

"부인, 뭐 필요한 것이 있으시거든 부르거나 시키시지 않고요."

"서은이는?"

"예?"

"지금 서은이는 무엇을 하고 있느냐는 말이야."

"막 씻고 계세요. 식사 전에 목욕을 마치실 생각 같습니다."

"그래."

이시다가 '그런데…' 하고 뒷말을 잇기도 전 아오마츠 부인이 부엌문을 닫고 나갔다. 조용해진 부엌에 국 끓는 소리만 요란하게 일었다.

2층으로 올라가며, 부인은 옛날에 들었던 이시다의 보고를 곱씹었다. 서은은 바느질이며 아기 옷 짓기를 할 때마다 저 스스로 피를 낸다고 했다. 피가 나면 이시다가 수업을 멈추는 것을 아니까. 손끝은 매일 짓무르고, 상처는 아물지가 않아 언제까지 모른 척해야 할지 모르겠다고. 이시다가 말했었다.

하루는 아주 뾰족하게 바늘 끝을 갈아보라고 했다. 얼마나 아픈지 새삼 알고 나면 제가 먼저 상처를 내는 일은 없지 않겠냐는 말이었다. 그러나 이시다는 그날 저녁에도 고개를 저었다. 뾰족하게 갈아놓으니 오히려 좋아하는 얼굴이셨습니다. 스치기만 해도 쉽게 피가 나서, 수업을 일찍 끝낼 수 있었거든요. 그때 하도 기가 막혀 저도 모르게 미친년, 하고는 이시다로부터의 보고를 일찍 끝마쳤던 것도 같다.

서은의 방은 주인 없이 비어 있었다. 금방 전까지도 서은이 방 안을 뽈뽈거리며 돌아다니던 흔적들이 다분한 방이었다. 환과 낙의 방에는 몇 번 들어가 본 적 있으나, 서은의 방에 들어와 보기는 처음이었다. 부인은 조용히 방의 문을 닫고는 한 발자국씩을 옮겨 다녔다.

옷장, 화장대, 침대, 협탁, 차를 마시는 테이블.

화분, 그림, 인형, 지도.

그리고 어지러운 책상.

아오마츠 부인은 정신없이 널브러진 서은의 책상으로 다가가 여기저기를 헤집었다. 책상 여기저기에 퍼져 있던 것은 다름 아닌 원고지였다. 용돈을 주면 딱히 쓰는 것 같지도 않던 계집애가 쓴다는 곳이 이런 몇 천 몇 백 장은 되는 것 같은 원고지였다.

향수나 루주를 사라고 주는 돈이었다. 심심한 네모 칸으로 가득한 이딴 종이를 사라고 주는 돈이 아니었다. 네모반듯하게 깨끗한 글자들이 칸마다 들어차 있었다. 데려올 때는 글자 하나도 못 읽던 계집애가 맞나, 싶을 만큼 유려한 글씨체였다. 생긴 것보다 아름다운 글씨체였다. 그리고,

※

… 그래서 어미는 애를 낳고 삼칠일도 지나지 않아 다시 일터로 갔다. 매운 경성 연기가 뼈마다 섞여 시렸다. 그래도 일터로 갔다. 남편은 담뱃재 쌓아가는 일 외에는 별 관심이 없고 다 죽어가는 늙은 시모는 목소리와 눈빛만은 독하게 살아 있어, 시대 변한 줄도 모르고 제 미덕을 강요했기 때문이었다.

일하다가 젖 물릴 시간이다 싶으면 집에 가서 젖을 물리고 다시 일하러 왔다. 시모는 젖 물리는 광경을 보다 끌끌 혀를 찼다. 저도 계집이면서, 저도 젖가슴이 있으면서, 저도 남편이라는 작자를 낳은 계집이면서. 젖을 물리고 있는 계집도 싫어했고, 젖을 세차게 빨고 있는 계집도 싫어했고, 그 옆에서 아우를 구경하고 있는 계집도 싫어했다. 그 근본 없는 혐오를 혐오했다. 어미는 시모에게서 눈을 돌렸다.

'언제쯤 가시나!'

젖을 물리다가 그런 생각이 들면 어미는 고개를 홱홱 저었다. 늙은이를 앞에 두고 장사 지낼 날만 기다리게 된 제 신세도 슬펐고, 어느새 그런 생각이 잦아지는 것도 슬펐다. …

아름답다는 말이 어울릴 만큼 재미있는 글이었다. 아직 제목도 붙이지 않은 미완성의 원고를, 부인은 한참 읽었다.

읽는 내내 입술을 질겅거렸다. 아아, 이래서는 안 됐다.

"다들 맛있게 먹었니?"

"예, 고모님."

"그럼 나는 먼저 일어나보마. 다들 차 한 잔씩 더 하고 자리에서 일어나거라."

아오마츠 부인이 먼저 식탁에서 일어났다. 저녁 식사를 마친 후 차를 마시던 식탁이었다. 부인이 일어나자 서은이 일어나 인사를 했다. 낙은 술을 마시고 들어오느라 저녁 식사 자리에도 있질 않았다. 언제쯤 들어올지 기약이 없는 셈이나 마찬가지였다. 환의 몫만큼 밥을 하지 않았는데도, 낙이 들어오지 않아 밥이 남았다.

그 뒤로 홍주가 따라 일어나 복도로 나가는 부인의 뒤에 대고 인사를 했다. 부인은 이시다가 열어준 문으로 나가다 말고 말했다. 참, 나오코 선생은 잠깐 나를 좀 봅시다. 인사를 하던 나오코가 고개를 들어 부인을 쳐다보았다. 기쁨인지 설렘인지 모를 감정이 나오코의 입꼬리에 슬며시 묻어 있었다.

"부르셨습니까, 부인."

홍주가 물 양치를 마치고 안방으로 들어왔다. 홍주는 익숙하게 부인이 앉아 있는 테이블 맞은편의 의자를 꺼내 앉았다. 홍주의 얼굴에 들뜸이 묻어났다. 참으로 오랜만에 부인을 독대하는 일이었다. 어릴 때의 기분이 맴도는 것 같아 뺨이 붉어지고 기분이 좋았다.

"정말 오랜만에 불러주셨습니다, 부인."

"서은이는 요즘 어떠니."

조마조마 비슷하게 떨리는 마음으로 꺼내놓은 홍주의 말이었다. 그러나 부인의 질문 같은 답변은 그 떨림이 무색할 만큼 사무적이었다. 홍주는 아아…, 하고 손톱으로 여린 살을 꾹 눌렀다. 그리고는 깊은숨을 들이쉬어 겨우 정신을 차렸다. 홍주는 나오코 선생이기도 했다. 서은의 선생이다. 부인이 홍주에게 서은의 일을 묻는 것은 당연하고 또 당연한 일이었다.

"아가씨께서는 참으로 영특하시고 똑똑하셔서, 오히려 가르치는 제가 무서울 만큼 매사를 빠르고 정확하게 배우십니다."

"계집애가 쓸데없이."

아오마츠 부인은 쯧, 하고 짧게 혀를 찼다. 서은의 방 화분에 놓여 있던 꽃들이 다 죽어가던 것이 기억났다. 하녀들이 갈아주는 화분이 아니라 서은이 꽃꽂이를 배울 때 쓰는 화분이었다. 오죽 신경을 쓰지 않았으면 꽃들이 까무룩 죽어 있을까. 꽃은 어디에 두고 별 볼 일 없는 네모 칸에나 그렇게 몰두해 있는가.

허나 서은의 글이 흥미로웠던 것만큼은 인정하지 않을

수 없었다. 부인이 까드득 이를 맞물렸다. 그래서, 그 시어미와 며느리가 어떻게 되었는데? 빌어먹을…, 서은의 소설이 너무 재미있었다.

오랜만에 무엇엔가 관심이 가고 흥미가 돋았다. 아름다운 필체, 아름답지 않은 내용, 그러나 분명 아름다운 문장. 먼 옛날 박해관의 시를 읽었을 때의 느낌과 비슷했다. 그를 좋아하지 않았으나 그의 시는 분명 아름다웠다.

"요즘 서은이가 그렇게 책에 빠져 산다고? 너와 함께 틈만 나면 글을 읽고 토론한단 이야기는 들었다."

"네, 그렇습니다."

"글을 쓰기도 하더구나."

"예?"

"어쩌다가 조금 읽어봤다. 서은이의 글을."

"읽어… 보셨다구요."

홍주가 길게 자란 한쪽 손톱으로 다른 쪽의 손등을 긁기 시작했다. 테이블 아래에서 홍주의 손이 조용하고 바쁘게 움직였다.

"재미있었어. 정말로 재미있더구나. 계속해서 읽고 싶을 지경이었어."

"네, 아가씨의 글은 정말로…."

재미있죠. 그러나 차마 뒷말을 모두 잇지는 못했다. 홍주는 대신 억지로 고개를 끄덕였다. 그래, 재미있다. 얼핏 보아도 재미있다. 서은은 타고난 이야기꾼일지도 모른다. 미친 듯이 써낸 모든 글이 남김없이 재미있다.

어느 순간 꼭 막혀 시 한 줄, 소설 한 줄이 나오지 않는 제 손가락과는 다르다. 홍주는 뾰족한 손톱으로 쓸모없는 제 손가락도 긁었다. 따끔따끔 살갗이 부풀어 올랐다.

"계속해서 잘 지켜보도록 해라. 여간 영특한 계집애는 아닌 것 같으니까. 무엇보다도… 지나치게 흥미로워."

"네, 부인."

"그럼 이제 나가보렴. 잠옷으로 갈아입고 잠을 청해야겠다."

"안녕히 주무세요, 부인."

홍주가 인사를 올리고 나갔다. 그리고 문밖에 서 있던 이시다가 곧장 들어왔다. 이시다가 부인의 옷을 벗기고, 흰 잠옷으로 갈아입혀 주었다. 평소 같으면 은은한 촛불을 켜 촛불이 흔들리는 것이라도 보고 있어야 좀 잠이 오는 아오마츠였으나, 오늘은 어쩐지 여러모로 피곤해 곧장 침대에 누웠다. 평소처럼 촛불을 켜주려던 이시다도 그대로 내보냈다. 평소보다 빨리 저택에 어둠이 찾아왔다.

부인은 잠들기 전 어렴풋하게 깨어 있는 정신으로 꿈같은 것을 꿨다. 아주 젊은 날, 아니 젊기도 전 어린 날. 학교에 다녔던 일이 있었다. 아마도 집안이 기울기 전까지는 그랬다. 집안이 기울고 나서는 일광을 가르치느라 학교를 그만두었다. 그리고 얼마 못 가 아버지가 쓰러져 그 앞의 의자에만 온종일을 앉아 있었다. 그리고 배웠던 것 이라곤 지루함과 막연함 같은 것뿐. 일광이 수많은 것들을 보고 배울 동안 멍하게 멀어지는 날들만 세었던 시간들.

그래서 서은이 똑똑하고 영리한 것이 싫었다.

감히 이것 배우고 싶다, 저것 이야기하고 싶다고 말하 는 서은이 싫었다. 얌전히 길러지다가 조용히 떠나가면 충 분할 삶, 자꾸만 펜을 들어 무엇을 쓰려 하고 말하려 하는 영리한 나의 조카딸. 그 맹랑함에 눈꼴이 시었다.

송연은 일광 때문에 얻지 못했으나 서은은 자꾸만 하 나씩 얻어가는 것. 그것이 무언지는 딱 집어 말할 수는 없 었다. 그러나 가여운 어린 송연이, 어쩌면 이날의 서은에 게서 도둑맞아 가던 것은 아니었을까, 하고 생각한다. 그 리고 잠에 들었다.

"마님, 오늘 신문에 실린 것이 굉장해요. 한번 보시겠 어요?"

이시다가 신문을 모아 가져다주며 말했다. 무슨 호들 갑인가 싶어 이시다가 장을 넘기는 대로 두었다. 펼친 것 은 뜻밖에도 사회란이 아니라 문학란이었다.

"보세요. 여기, 소설 당선작. 당선자가 누군지 보셔요."

"소설… 당선작…."

"'만악'의··· 백낙이랍니다, 마님!"

백낙? 백서은이 아니고?

아오마츠 부인은 천천히 닦던 안경을 급히 코 위에 올렸다. 맞지 않던 초점이 흔들거리며 맞더니, 잘 보이지 않던 글자가 선명하게 보였다.

소설 부분

만악(萬惡)

백낙(白落)

··· 심심한 계집애는 동생을 안고 놀았다. 실은, 노는 것 반이었지만 제 어미가 불쌍하고 동정스러워 그런 것도 있었다. 계집애는 저도 어리고 어리면서도 영특해서 어미가 불쌍한 줄은 알았다. 그것이 서럽고, 어미의 삶이 가엾다가도 그 불쌍한 것이 저에게도 옳을까, 생각하면 그것은 싫었다. 어찌 좋다고 하겠는가? 어린것은 이미 지긋지긋함이란 무엇인지를 너무나도 잘 알았다. 태어나서부터, 아니 어미의 뱃속에 잉태되면서부터 예견했던 것인지 모른다.···

갸우뚱. 아오마츠 부인은 고개를 갸우뚱거리며 한 번 더 이름과 제목을 읽었다. 만악, 백낙(落). 그러나 당선되었다는 소설의 일부, 그것만큼은 확실히 서은의 것이었다. 그날 책상을 헤집으며 읽었던 소설, 그 장 중 하나였다.

이게 어찌 된 일이지?

이시다가 큭큭 웃었다. 부인의 멍한 표정에 제멋대로 착각이라도 하는 모양이었다. 아주 기뻐 얼떨떨하기라도 한가 보다고. 얼떨떨하기야 얼떨떨했다. 무슨 일이 있어 백서은의 글이 백낙의 이름으로 신문에 실렸는지. 백서은은 이를 알고 있는지. 그리고 모른다면…, 이 얼마나 멋진 이야기인지.

아름다운 글 하나를 두고 몇 명이나 매달려 있단 말인가. 한 줄의 문장 끝에 너무 많은 사람이 매달려 기울고 있었다. 낙(落), 이라? 참으로 잘 지어놓은 망측한 필명이다. 문장이 더 무거워지면 얼마나 더 빨리 끊어질지 모르겠다. 누가 먼저 그 문장 끝을 놓고 낙(落)하지 않을 수 있을까.

목숨 비슷한 것을 걸었다, 라는 생각을 했다.

"안녕히 주무셨어요, 고모."

서은이 머리에 묶은 리본을 만지며 식당에 들어왔다. 신문을 읽으며 홍차를 마시던 부인이 서은의 인사에 고개를 끄덕였다. 옆에서는 이시다가 빵에 버터를 바르고 있었고, 나오코는 서은의 자리 옆 제 자리에 먼저와 앉아 아침을 먹고 있었다.

"잘 잤어요, 선생님?"

"아가씨도요."

서은은 나오코를 보고 웃으며 자리에 앉았다. 나오코는 교복을 입은 채 식사를 거의 마쳐갔다. 부인은 빵을 먹기 전 홍차 한 잔을 깨끗하게 다 비웠다. 이시다는 부인이 빈 잔을 내려놓자, 버터를 바른 빵 몇 개와 잼 그릇을 앞에 놓아주었다. 그리고 빈 잔에 한 번 더 홍차를 따랐다.

"읽어 보거라."

아오마츠 부인은 읽던 신문을 반으로 접어 서은에게 건넸다. 찻주전자에서 차를 따르던 서은이 급하게 주전자를 내려놓고 신문을 받아들었다. 부인은 빵을 하나 쥐고 구석을 뜯으며 말했다.

"네 오라비의 글이 거기 실렸더구나. 읽어 보거라."

"네?"

서은은 생각지도 못한 말에 잠시 멍하게 고모를 쳐다보았다. 그러나 아오마츠 부인은 서은에게 시선 한 번을 주지 않고 뜯은 빵을 오물거리며 다른 빵 위에 잼을 바르고 있을 뿐이었다.

그리고 잠시 후 서은이 들고 있던 잔이 깨졌다. 뜨거운 찻잔이 떨어지고 안에 들어 있던 것들이 카펫을 적셨다. 서은은 손에 신문을 들고 덜덜 떨었다. 시선은 갈피를 잃고 허둥거렸다. 낙이 식당으로 들어왔다. 나긋한 목소리로 고모에게 인사를 했다. 그리고 아오마츠 부인은 다정하게 화답했다.

부인은 그날 저택의 모두를 불러 모아 와인을 땄다. 낙에게 와인잔을 직접 쥐어주고, 와인을 따르며 온화한 목소리로 말했다.

"네 글 쓰는 재주가 형보다 낫구나."

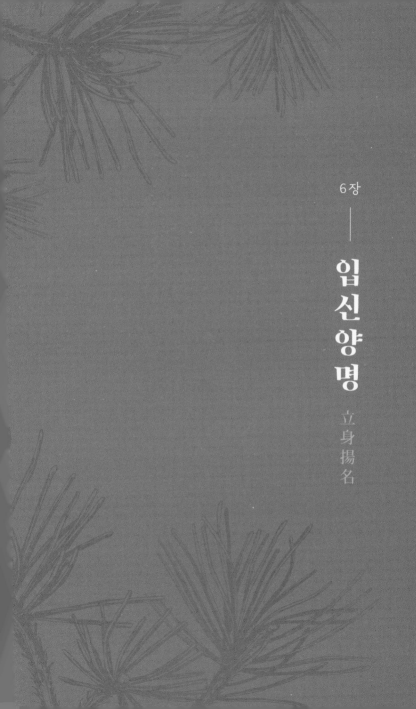

6장

—

입신양명

立身揚名

찬란의 찰나

"나오코."

나오코가 들고 있던 물대야가 흔들렸다. 찰랑거리는 물의 표면에 달빛이 번지고, 그 위에 나오코의 얼굴이 비쳤다. 낙의 시선을 피하는 눈동자가 불안하게 흔들렸다. 서은의 뺨을 갈기던 붉은 얼굴을 어찌 잊을 수 있을까. 짐승의 것이었다. 그것은 탐욕밖에는 남지 않은 짐승의 괴성이었다. 서은의 뺨을 닦아주고 닦아주면서 몇 번이고 떠올라 고개를 저었던 얼굴이었다. 그런 낙이 복도에서 나오코를 기다리고 있었다.

"미안해요, 놀랐겠네."

"괜, 괜찮아요. 어차피 의사 선생님께서도 감기라고 하

셨으니까. 이시다의 시선이 염려되시면 아가씨는 제가 볼
게요."

"나오코 선생, 그게 아냐."

낙이 한숨을 쉬었다. 그리곤 나오코의 물 대야를 제가
들어 화분 옆에 내려놓았다. 붙잡을 것을 잃은 나오코의
손이 벌벌 떨렸다. 낙은 저를 똑바로 바라보지 못하는 나
오코에 대고 한숨을 거듭했다. 제 앞에서 까무러친 동생
과, 그 동생에게 다가오지도 못한 채 무릎을 벌벌 떨던 나
오코의 모습을 기억했다. 제 모습이 어땠는지 볼 수는 없
었지만, 그들의 시선에 비친 건 분명 공포였다.

나오코… 낙이 나오코의 손목을 붙잡아 쥐었다. 낙이
점점 가까워질수록 나오코는 벽으로 밀렸다.

"선생, 들어봐요. 그쪽 도움이 필요해요."

"마, 말씀하세요."

낙을 똑바로 바라볼 수 없다. 그의 뒤는 창 가득히 하
이얀 달빛, 그의 앞은 나오코의 기억으로만 남은 광기. 달
빛이 닿지 않는 역광 탓인지 몰라도, 나오코는 낙이 다가
오면 다가올수록 고개를 돌렸다. 나오코가 고개를 돌릴수
록 낙은 나오코의 손목을 더욱 거세게 쥐었다. 신음할 틈
도 허용하지 않는 무거운 밤이다. 나오코는 이를 꽉 깨물
었다.

지금 낙에게 쥐인 손목. 펜촉으로 마구 긁었던 손목과

팔뚝에서 번진 피로 물든 소매를 낙에게 들킨 밤. 그 상처를 훑어보던 낙의 시선. 그것은 낙인이다. 어떤 계약서도 쓰지 않았으나, 붉은 인주 그 이상으로 검붉었던 도장. 그 밤이 그랬다. 낙은 그 어떤 말도 하지 않은 채 나오코에게 그날의 기억을 상기시켰다.

"서은이의 원고…, 선생이라면 가져올 수 있겠죠."

"네?"

"2부, 만약 2부. 벌써 나왔잖아요. 2부."

나오코가 작은 소리로 '만선(萬善)…'하고 중얼거렸다. 저도 모르게 나온 원래의 제목이다. 낙이 헛웃음을 흘렸다. 그래요, 만선. 나오코가 고개를 끄덕였다. 나오코의 눈동자가 서서히 낙을 향했다. 낙이 사뿐히 그러쥐었던 나오코의 손목을 놓았다. 나오코는 재빨리 손목을 숨겼다.

"가져다줘요. 서은이의 원고, 나한테요."

"그 뒤에 어떤 일이 벌어질까요. 똑똑한 아가씨예요. 나까지 의심하면 곤란해요."

"선생. 생각해 봐요. 선생이 말한 대로 제아무리 똑똑해도 아가씨야. 나는 그저…, 그 아가씨가 제 소설을 세상에 낼 수 있게 내 이름을 빌려준 거라고요. 그리고 뭐가 그렇게 곤란해요? 이 집에서 쫓겨나면 안 되니까?"

낙은 열기를 뱉듯 숨을 뱉었다. 길고 늘어지는 숨. 그리고 나면 남는 차갑고 공허한 껍데기. 낙의 시선은 뜨거운 숨이 빠진 껍데기가 되어 당황하는 나오코의 얼굴을 바라보았다.

백환이 죽고 나서 이 집을 물려받을 고모의 유일한 후계자가 누구일 거라고 생각하길래?… 그 정도는 나도 알아요. 내 고모, 아오마츠라는 사람이 선의(善意)로 십 년간 장학금을 댈 사람이 아니라는 것 정도는.

시선에도 소리가 있다면 길을 잃은 나오코의 시선이 가장 소란할 테지. 나오코는 많은 것을 떠올리다 이내 창가까이 다가온 달빛을 바라봤다. 달빛이 창을 때려 환하게 쏟아졌다. 어릴 적 살았던 저택, 홍주의 방에서 바라보던 달빛이 꼭 이랬다. 아주 크고 둥글어 꼭 세상이 달빛으로 덮일 것 같던 기억.

그 옛날 백송연이 아오마츠 백작의 후처가 되었을 때, 경성 사교계에서 제일 백송연을 경멸했던 부잣집 젊은 청년. 아오마츠 백작이 죽고 경성 사교계가 너도나도 할 것 없이 아오마츠 부인에게 조의를 표할 때 홀로 쾌재를 불렀던, 갓 태어난 딸아이의 아버지. 그러다 몇 년쯤 지나, 가진 재산 다 팔고 독립 뭐시기를 한다고 만주까지 갔다가 결국 서대문에서 끔찍하게 죽임당한 민족의 스승.

혹은 박홍주 선생, 당신의 아버지.

"그만 하세요!"

홍주가 겨우 짜낸 목소리로 신음하며 자리에 주저앉았

다. 그래, 그이의 딸이 나다. 아오마츠 백작의 죽음에 내 아버지는 박수를 쳤고, 갓 태어난 나는 그 소리에 신이나 벙글벙글 웃었다. 행복했지. 행복했어. 기억에도 없는 행복이지만 그때 그 어린것은 분명 행복했겠지. 홍주는 고개를 마구 저었다. 휘휘 저어 흩트려놓으려고 해도 자꾸만 견고하게 쌓이는 옛날의 기억들.

나오코의 팔뚝을 긋는 것이 펜촉이라면, 박홍주의 죽음 아닌 죽음을 계속 긁어대는 것은 그 기억들이었다. 저택에 들어오면서부터 천천히 살아나, 서은에게 이야기하며 선명해지고 낙에게 밝혀져 치명적으로 변해버린 것들.

낙은 고개를 좌우로 마구 저어대는 홍주의 앞에 함께 쪼그려 앉았다.

"내가 알아요, 홍주 선생. 고모는 그냥 당신을 가지고 논 거야. 한 살도 안 먹었던 게 제 아비랑 나를 비웃더니, 열 살쯤 되어서는 살려달라고 거지꼴로 발목에 매달리는 게 좋으니까. 재미있으니. 돈 좀 던져주면 좋다고 딸 노릇, 손녀 노릇, 하녀 노릇에 개 노릇까지 다 하는데…. 그만큼 죽은 당신 아버지한테 좋은 복수가 어디 있겠어. 안 그래요?"

낙이 손을 뻗어 머리를 움켜쥔 홍주의 양손을 끌어내렸다. 쉬쉬, 어린아이를 달래듯이 퍽 다정한 소리를 냈다. 지금 울고 있는 것은 이름이고 부모고 모두 버린 채 살기 위해 구걸하던 십 년 전의 홍주일까, 그동안 모른 척해왔던 진실과 완벽하게 마주 서서 자존심을 모두 구긴 나오코일까. 낙은 쯧쯔 혀를 차며 홍주의 작은 몸을 당겨 안았다.

"고모 곧 죽어. 길어봐야 십 년. 그 후에 나는 이 저택을 가지게 될 거예요, 선생. 그때까지 내가 아오마츠의 후계자로 확실히 인정받아놓는 게 좋지 않겠어요? 응? 우리 약속했잖아, 그날 밤에. 날 도와주면, 그때가 되어 나도 선생에게 확실한 보답을 해주겠다고. 그쵸?"

"네… 네…."

"내가 뭐라고 했었죠, 선생님?"

"그때가 되면 구석방이 아니라 안방을 쓰게 해주겠다고 하셨어요. 아오마츠 가문의 안주인이 되게 해준다고 했었어요, 도련님."

"그럼 잘해봐야죠, 우리. 고모는 당신 물건에 흠집 나는 걸 질색하는데, 장난감처럼 부리던 당신이 스스로 제 몸에 흠집 내고 있었단 걸 알면 얼마나 속상해할까. 버려질지도 몰라요. 그 노인네가 흠집 난 물건을 다시 쓰는 걸 본 적이 없거든. 그러니까 나도 그 비밀 지킬게, 홍주 선생당신도 이 비밀은 끝까지 함께하기. 약속해요."

"……."

"약속."

낙이 홍주의 한쪽 손을 들어 억지로 새끼손가락을 끼

웠다. 홍주는 낙이 손가락을 펴고 쥐는 대로 따라다니다 낙이 자리에서 일으켜 세우자 일어섰다. 그리고 벽에 한참을 기대서 창밖의 달을 바라봤다. 낙에게 안긴 채 창의 모서리를 바라봤다. 창의 모서리, 그 뾰족한 끝에 걸린 옛 기억 같은 것들을 바라봤다.

"홍주야, 내가 너를 다시 경성의 주인으로 만들어줄게. 어쩌면 그보다도 더한 광영을 안겨줄게."

낙의 목소리는 기억 속에 묻어놓았던 만주를 떠올리게 했다. 홍주는 죽은 어머니와 동생들을 떠올렸다. 쥐꼬리가 함께 섞여 있던 끔찍한 밥도 떠올렸다. 생각해보면, 박홍주와 백서은은 기구한 운명이기도 하지. 어쩌면 둘이 바뀌어도 이상할 것이 하나 없었다. 내가 아가씨고, 백서은이 나오코이고. 내가 침대에서 자고, 네가 이불을 깔고 잠들고….

절대 아비처럼 살지 않겠다고 거리에서 다짐했던 날을 떠올렸다. 그의 딸인 것조차 죽음이어서 숨어다니고 피해 다니면서, 박홍주를 버리고 다른 이름들을 번갈아가며 살아갔던 거리의 기억. 순영이나 해옥이, 유우코이거나 세이코였던 날들. 아비의 시신이 아무 곳에나 묻혔다는 풍문을 듣고도 그의 딸이 아닌 척, 꿈쩍도 하지 않기 위해 깨물었던 혀. 거기서 터져 나오던 알싸한 피의 맛. 그리고 십 년 간 홀로 제 살을 찢어 흘렸던 피의 색들.

그런 나를 다시 경성의 주인으로 만들어주겠다는, 백낙. 저택의 유일한… 도련님.

아가씨, 용서하세요. 아가씨가 쓰신 글도 같은 내용이잖아요. 악하지 못한 것들이 악한 세상에 태어나서 어떻게든 악하게 살아보겠다고 하는 내용이요. 그런 사람들에게 연민이 있었으니 그런 글을 쓰셨겠죠. 실은 그것이 선이라고 말씀하시는 거겠죠.

그러니 용서하세요.

서은이 죽은 듯 잠든 나흘 동안 홍주는 바빴다. 기술장이를 약 심부름꾼인 척 집에 들였고, 서은의 책상 서랍에서 꺼낸 열쇠를 보도록 했다. 꾼은 꾼이라, 기술장이는 금방 똑같은 열쇠 하나를 새로 만들어냈다.

꾼은 낙에게서 돈을 받고 제 할 일만 한 뒤 입을 닫고 사라졌다. 그리고 홍주는 책장의 자물쇠를 돌려 서은의 원고를 빼냈다. 홍주는 서은의 원고를 품에 안고 서은의 잠든 얼굴을 살폈다. 아기 배냇머리마냥 엉긴 서은의 잔머리를 다듬어주고 이불을 올려주었다.

"2부 원고 여기 있어요."

낙의 방에 들어온 홍주가 원고를 테이블에 던지며 말했다. 낙이 단번에 침대에서 일어나 성큼성큼 걸어왔다. 헤죽거리는 얼굴, 홍주가 아닌 원고를 향한 시선. 낙이 원고를 가져가기 위해 홍주의 옆으로 다가왔을 때, 홍주는 다짜고짜 낙에게 입을 맞췄다.

낙의 입술은 서은의 보드라웠던 이마와 달랐다. 메마른 것이 아플 만큼 까칠까칠하고, 간간히 숨에서는 담배 냄새가 터졌다. 서은에게 다가서면 풍겼던 달콤한 냄새따위는 없다. 서은에게 옷을 입힐 때면 감탄했던 부드러운 팔뚝이, 낙에게서는 느낄 수 없었다. 서은에게서는, 서은은, 서은 아가씨는⋯. 낙에게 입을 맞추는 내내 홍주는 서은을 떠올렸다.

홍주의 입안에서 단내가 올라왔다. 긴장하면 입이 마르고, 입이 마르면 달짝지근한 냄새가 났다. 자물쇠를 돌리는 내내 홍주의 입안에서는 단내가 났다. 저에게 안겨 들어오는 홍주를, 낙은 거절할 이유가 없었다. 원고를 쥐고 있던 손이 스르르 홍주의 허리를 안았다. 홍주가 간절하게 확인하려 들수록 낙은 더 교묘하게 홍주의 목덜미에 입을 맞췄다. 어깨에, 팔뚝에, 배에, 허벅지에. 홍주는 낙의 침대 위에서 생각했다.

아오마츠 부인이 되면 이 침대보다 훨씬 푹신한, 어릴 적 내 침대보다 훨씬 고급스러운 침대를 사야겠다고. 홍주는 달뜬 숨을 섞어 말했다. 절대로⋯ 저 버리시면 안 돼요. 내가 저택을 택하고, 그 대가로 버린 것은 나에게 너무나 크니까, 당신은 절대로 나를 버려선 안 돼요. 낙은 무조

건 고개를 끄덕였다.

지금, 서은이 아침상을 내던지고 방에 돌아와 비명을
지르는 광경을 보며 홍주는 생각했다. 국에 데여 따갑고
쓰라리고, 이 한 부분이 마치 제 것이 아닌 듯 아픈 제 허
벅지처럼, 지금의 서은도 그럴까. 죄 없는 우리 아가씨…,
홍주는 생각한다. 홍주는 서은에게 다가와 서은의 머리를
감싸 안았다. 여전히 부드럽고 향기로운 아가씨. 서은의
떨리는 몸을 안고 있으면 멀쩡했던 몸이 함께 떨렸다. 죄
책감으로 떨리는 것인지, 공포로 떨리는 것인지 몰랐다.
왜 떨리는지 알 수 없었다. 그래서 괴로웠다. 익어버린 한
쪽 허벅지보다도 서은이 지르는 비명이 더 따끔거렸다.
  "아가씨, 떨지 마세요."
  "백낙을 죽일 거야. 죽여 버릴 거야!"
  "아가씨…. 때론 참는 게 미덕이잖아요…."
  "선생님!"
  홍주는 계속해서 서은의 머리에 입을 맞췄다. 아가씨,
쉬잇. 그리고 정수리에 입을 맞췄다. 아가씨, 목소리를 낮
추세요. 그리고 관자놀이에 입을 맞췄다. 쉬잇. 그리고 콧
등에 입을 맞췄다. 꼭 그날 밤, 살해당한 홍주를 불러낸 낙
이 그 어린 홍주를 달래던 소리처럼. 그의 입에서 흘러나
오던 쉬이, 쉬이 하던 소리처럼.

서은이 몸을 떨었다. 이것은 공포가 아니라 분노였다. 낙에게 뺨을 맞았을 때, 살기에 대한 두려움으로 떨었던 몸과 달랐다. 살기를 마주했을 때 떠는 몸과 살기에 차서 떠는 몸은 달랐다. 홍주의 입술이 닿는 곳마다 서은의 피부는 뜨거웠다. 살기는 푸른빛의 냉기가 아니라 붉은빛의 열기로구나. 홍주는 나흘 전 새벽에 보았던 낙의 얼굴과, 지금 끌어안은 홍주의 체온을 느끼며 생각했다. 살기의 정체는 생각보다 뜨겁다.

서은은 곧 두통을 호소했다. 당장이라도 낙을 찾아 집을 나설 것 같았지만 그러기엔 서은의 발걸음이 비틀거렸다. 홍주는 서은을 일으켜 침대에 뉘었다. 따라온 이시다가 서은에게 이불을 덮어주었다. 서은은 계속해서 그것을 거부하다 제풀에 지쳐 혼절하듯 잠이 들었다. 이시다는 잠든 서은의 이마에 한 번 더 물수건을 올려주고 내려갔다.

홍주가 의자를 당겨 그 옆에 앉았다. 홍주는 서은이 잠들고 나서도 서은의 이마를 연신 쓰다듬었다. 아주 짜증나고, 아주 질리고, 아주 안쓰러운 서은 아가씨. 푹 주무세요.

낙이 들어온 것은 자정 전이었다. 낙은 들어오자마자 홍주를 찾았다. 잠옷으로 갈아입고 잠을 청하려던 홍주는 그대로 낙의 방문을 닫고 들어갔다. 낙은 제 옷을 옷걸이에 걸며 뿌듯한 얼굴로 제 자랑을 했다. 오늘은 누굴 만났는데 '내' 작품이 좋다는 소리를 듣고, 어느 출판사의 누굴 만났는데 차기작 이야기를 듣고…. 홍주는 무심하게 팔짱을 끼고 고개를 끄덕였다.

홍주에겐 나쁠 것 없는 소리였다. 낙의 명성이 올라가면 올라갈수록 홍주 역시 곧 그러하게 될 테니. 낙이 홍주를 테이블에 앉혔다. 그리곤 장식장에 넣어놓은 술을 꺼내어 잔에 따라 권했다. 홍주는 고개를 저었고 홍주의 잔까지 낙이 모두 비웠다. 낙이 기분 좋게 흥이 오른 얼굴로 콧노래를 불렀다. 홍주가 지루하게 하품을 했다. 홍주가 몇 번 하품을 하고 나서야 낙이 본론으로 들어갔다.

"서은이가 써놓은 단편들을 조금씩 모았으면 하는데…. 몇 개 적어놓은 게 있지 않아요? 선생에게 보여준 거."

"있어요."

"그 책장에 함께 있겠죠?"

"완성한 건지 아닌지는 몰라요, 저도."

"지금 한번 볼 수 있나?"

"근데, 궁금한 게 있어요."

"뭔데요."

"도련님이 글을 써 보려고 한 적은 없어요?"

"왜?"

홍주가 턱을 괴었다. 낙을 빤히 쳐다보는 얼굴에는 어떤 의도도 없었다. 뽀얀 순백. 나오코의 물음에는 어떤 색도 물들어 있지 않았다. 정말로 호기심, 그뿐. 홍주를 살려 났다고 그 어린 순수함까지 같이 살아날 필요는 없는데.

낙이 어이없다는 듯 웃었다. 물음이 순수할수록 악인은 비참해지는 법이었다. 낙은 한동안 입을 열지 않았다. 어찌 글을 써 보려 하지 않았겠는가.

글을 쓰는 것뿐만이 아니었다. 그림도 그려보았고, 불어도 배워보았고, 말도 타 보았다. 할 수 있는 것은 무엇이라도 해보았으나 그 어떤 것도 낙의 것이 되지 않았다. 항상 미적지근했다. 뜨겁지 않더라도, 차라리 아주 차가워버리면 좋았을 텐데. 그렇다면 기적 같은 희망이라도 품어보지 않았을 것이다. 이번에는, 다음번에는 더 명예로울 수 있을 것이고 고모의 애정을 가질 수 있을 것이라는 희망.

발을 담그는 곳마다 낙을 밀어냈다. 낙은 아무것도 잘하는 것이 없었고 어울리는 것이 없었다. 모든 것을 잘하고 모든 것과 어울렸던 환이 있었고, 글을 창작할 수 있는 서은이 있었다. 그러나 낙에게는 아무것도 없었다. 몇 번이고 글을 썼으나 서은이 썼던 것을 읽었을 때와 같은, 그 묘한 희열과 감동이 없었다.

서은은 글을 만나면 색을 띠었다. 그러나 낙은 무엇을 만나도 무채색이었다.

"써 봤어요. 아무것도 얻지 못했지만."

"그래서 훔치는 거예요?"

"훔쳐요?"

네. 홍주는 또 흰 물음을 했다. 낙은 도둑이다. 누이의 글을 훔쳐 제 이름으로 내놓는, 그것에 붙어 있는 명예와 재물 모두를 빼앗았다. 그러나 그것이 왜? 어떻다고? 낙이 술잔을 테이블에 내려쳤다. 테이블에 팔꿈치를 대고 있던 홍주가 깜짝 놀라 일어났다.

전부 탐이 났다. 가지지 못한 것이어서, 한 번도 맛본 적 없는 것이어서, 부드럽고 달콤하고 진해서. 색으로 물들어 본 적 없는 인생이어서, 그래서 탐이 났다.

"홍주 선생. 서은이의 다른 원고도 좀 가져와 줘요."

"싫어요. 이젠 정말 위험하단 말이에요. 이젠… 나까지 의심할지도 몰라요. 당장은 위험해요. 시간 더 지나면…."

홍주는 에둘러 변명하며 잠든 서은의 얼굴을 떠올렸다. 아가씨가 지르던 비명이 여전히 귓가에 울려 퍼지며 마음을 복잡하게 했다. 그러나 동시에 묘한 쾌감이 들었다. 촌뜨기 아가씨의 무언가를 쥐고 있다는 소유에 대한 상쾌함일까, 아니면 원산 타령이나 해대던 품위 없는 아가씨에 대한 복수감일까. 그게 아니라면 십 년, 아니면 그보다도 빨리 제 손에 다시 쥐어질 경성 거리에 대한 기대일까. 우울함과 희열이 부딪혀 가슴 어디가 아픈 것도 같았다.

"지금 자고 있다고 했잖아요? 게다가 아직 몸이 아픈

여파도 조금 남았으니 쉽게 일어나지 않을 거고. 특히 선생이라면 무슨 의심을 하겠어요."

"아가씨는 예민하고 예리한 사람이에요. 유리 조각 같은 사람이요."

"백서은이?"

"유리라는 게, 참 슬픈 게요. 처음 달구어졌을 때 예쁘게 굴리면 화분이 되는데 그렇지 않으면 쓸모없는 조각이 되어서 식어버려요. 누구는 조각이 되고, 화분이 되어 향기를 품고, 꽃을 품는데 조각은 그 자체만으로도 삐죽삐죽하고 못 생겨서요. 사랑도 못 받아요. 슬프죠. 아가씨는…유리 조각이에요."

"나는?"

낙이 물었다. 홍주는 답하지 않았다. 홍주가 침묵하는 동안 낙은 제 잔에 새로 술을 부었다.

쓸모없는 조각이라 사랑받지 못한 이야기를 듣는다. 제 이야기를 하는 것 같으나, 가만히 들어보면 서은의 이야기다. 낙이 술을 따르다 말고 피식 웃었다. 별 쓸데없는 것까지 닮아서 남매라고 부르나 보다. 술병을 내려놓으면서 죽은 형도 한 번쯤 떠올렸다. 죽어서 사라진 날보다 함께 살갗을 부비며 살아온 날이 더 긴데, 어쩐지 벌써 그 얼굴이 가물가물하다. 목구멍이 따가운 것도 같아 잔을 만지작거리기만 할 뿐, 쉽게 술을 넘기지 못했다.

그 사이 홍주는 낙이 가져간 제 술잔에 직접 술을 채워 넣었다. 낙이 어찌할 새도 없이 그것을 단숨에 목구멍으로 털어 넣었다. 단번에 목구멍으로 흘러 들어가는 술은 독했다. 목구멍을 타고 내려가 심장을 불태울 것만 같이 뜨거웠다.

홍주는 술에 타는 가슴을 부여잡고 낙에게 다가가 입을 맞췄다. 낙의 셔츠 단추를 풀면서 또다시 약속해달라고, 말을 바꾸지 말라고 속삭였다. 저를 버리시면 안 된다고. 그렇게나 슬픈 아가씨를, 내가 버리고 왔으니 도련님은 나를 버리면 안 된다고. 내가 죽였던 나의 과거를 당신이 처절하게 살려냈으니 나를 버리면 안 된다고. 나는 스스로 추잡하기를 택했으니 나를 타락시킨 당신은 절대로, 나를 버려선 안 된다고.

감히 이런 나를 앞에 두고, 나는? 하고 물었기에 당신은 절대 그래서는 안 된다고.

홍주는 낙에게 안길 때면 항상 같은 생각을 하기 위해 애를 썼다. 포근하고 따듯한 유년의 침대. 서은 아가씨가 아니라 홍주 아가씨가 익숙했던 날들을. 낙의 입술이 제 몸에 찍히면 꼭 그 시절을 되돌려주겠다는 약속을 받는 것만 같았다.

낙이 그 마음을 읽기라도 한 듯, 인주 대신 그어놓은 수많은 펜촉 자국에 입을 맞췄다. 그리고 환상통을 앓았다. 서은인지 홍주인지 모를 어린아이가 제 가슴 어귀를 꼭 누르고 쥐어짜는 것 같은 환상통을.

일어났으나 아직 열이 전부 내리지 않은 밤. 소거실에 나와 한 잔의 물을 가져가려다, 불이 꺼져 있어야 할 방에서 흘러나오는 빛을 바라봤다. 어지럽고 무거운 열기가 얼른 다시 자리에 누우라며 등을 떠밀지만, 기묘한 감각 같은 것이 여자의 발을 돌린다.

그렇게 빛이 없이 까맣고 차가운 복도에서, 서은은 열렬한 두 남녀를 보며 생각했다. 죽이고 싶다. 나를 동정하는 척, 내가 눈물겨운 척, 아쉽고 따갑고 가련한 척하며 결국 나의 세계를 무너뜨리는 파괴자들. 제 세계는 언제까지고 영광이요, 나의 세계는 부속물로 취급하는 오만함. 서은은 문득 제 몸 안에 맹렬하게 흐르고 있을 피를 몽땅 빼버리고 싶다고 생각했다. 홍주의 어깨를 씹고 있는 낙의 몸에도 똑같은 피가 돌고 있을 테니까. 그것은 너무나 끔찍하고, 추악했으므로.

서은은 비명을 지르며 까무러치는 일은 더 이상 하지 않았다. 대신 벽을 짚고 발걸음 소리를 죽여 다시 방으로 되돌아갔다.

오랜만의 사교 모임이었다. 아오마츠 부인은 서은도 함께 가길 권했지만, 서은은 거부했다. 몸이 아직 좋지 않아 사람들이 모이는 사교장에 함부로 나갔다가는 무슨 피해를 줄지 모른다는 핑계였다. 아오마츠 부인은 내심 아쉬운 얼굴을 하면서 고개를 끄덕였다.

평소라면 서은이 사교장에 가지 않는다고 해도 별 표정 없이 그러려니 했던 사람이었다. 애당초 서은더러 사교장에 갈 기회를 많이 주지도 않았던 사람이기도 했다. 서은은 아오마츠 가문에 속해 있으면서도, 정식으로 양녀는 아니었고, 혈육이었으되 혈육이 아닌 것처럼 여겨온 존재였기 때문이었다. 그렇기 때문에 서은이 사교계에 나서면 수런거리는 소리가 많았다. 서은의 정체를 아무도 정의 내리지 못했던 탓이다. 물론, 자기 자신도 그랬다.

그러나 아오마츠 부인도 이번에는 생각이 있었다. 서은에게 관심을 보이는 귀족에게 혼담을 꺼내볼 생각이었던 것이다. 서은이 혼례를 치른다면 어느 정도의 재산을 주어 보낼 생각이었다. 그렇지 않다면 정체를 알 수 없는 백서은이라는 조선 여인을 아내로 맞이하겠다고 선뜻 나설 귀족 청년은 없을 것이기 때문이다. 그러나 서은이 빠지겠다고 선언하면서 아오마츠 부인의 눈썹이 시무룩하게 쳐졌다. 옆에서 에스코트하기 위해 기다리고 있던 낙이 고모를 달래며 재촉했다.

"그럼 오늘은 꽤 늦을 것 같으니 먼저 자라."

"네, 고모. 잘 다녀오세요.… 오빠. 오빠도 잘 다녀오고."

"… 응."

서은이 환하게 웃으며 낙을 배웅했다. 서은의 미소가 햇살처럼 부서졌다. 낙은 서은을 보면서 절로 얼굴을 찡그렸다. 서은의 옆에 선 나오코도 부인과 낙을 향해 허리를 숙였다. 아오마츠 부인과 낙은 이시다가 열어준 자동차에 올라 멀리 사라졌다. 그들이 아주 사라져 보이지 않게 되기 전까지 서은은 얼굴에서 웃음을 지우지 않았다.

더 아름답게 웃어라. 더 예쁘게 보아라. 햇살이 번지듯이 밝게. 자동차 바퀴가 돌에 부딪혀 굴러가는 소리도 들리지 않을 때가 되어서야 서은이 웃음을 멈췄다. 순식간에 쳐진 입꼬리가 냉랭했다. 서은은 어깨에 두르고 있던 숄을 정리하며 어린 하녀에게서 가방을 건네받았다. 서은을 데리고 안으로 들어가려던 나오코가 당황하며 서은을 바라보았다. 서은은 신발을 쓱쓱 벗어버리더니, 어린 하녀가 쫄랑쫄랑 가져온 새 외출용 신발로 갈아 신었다. 그리곤 숄을 머리까지 올렸다. 외출하려는 모양새였다. 나오코가 물었다.

"아가씨, 어디 가세요?"

"네."

"그럼 말씀을 하시지요. 잠시만 기다리세요, 저도 얼른 준비하고…."

"아뇨. 나 혼자 갈 거예요."

"하지만 아가씨, 지난번에도 혼자 그렇게 길을 나서셨다가 독한 감기만 얻고 오셨잖아요. 기다리세요."

"됐어요, 선생님. 저 혼자 갈 거예요. 절대 따라오지 마세요, 지난번처럼."

"아가씨…."

나오코가 아쉬운 목소리로 서은을 불렀지만 서은은 뒤도 돌아보지 않은 채 대문을 밀고 나갔다. 매운 겨울바람이 불어 서은은 몇 번 더 숄을 감으며 코트 주머니에 손을 넣었다. 서은은 도대체 어딜 가는 것일까. 나오코는, 홍주는 손톱 끝을 씹으며 서은의 뒷모습을 바라보았다.

하녀들이 춥다며 주인들이 모두 비운 저택으로 걸음을 재촉했다. 모두가 집안으로 뛰어 들어가고도 홍주는 끝까지 서은의 뒷모습을 바라보았다. 주인들이 모두 집을 비운 사이, 오랜만에 낮잠이라도 자려는 생각들로 하녀들은 모두 저택의 뒤에 딸린 방으로 향하고 있었다. 어쩌면 저리 하나같이 생각이 같을까. 홍주는 그렇게 생각하며 숙소로 가려던 어린 하녀를 붙잡아 물었다.

"얘."

"네, 선생님?"

"아가씨가 어디 간다고 하지 않으시든?"

"모르겠습니다. 그냥, 가방이랑 신발 들고 오라고만 하셨어요."

"왜?"

"모른다니까요."

어린 하녀의 눈이 숨기는 구석 없이 맑았다. 홍주는 몇 번 더 추궁해볼까, 하다가 관두었다. 속이려는 것이 없는데 뭘 뱉어내라고 쓸데없이 진을 뺀다는 말인가. 홍주가 놓아주자마자 어린 하녀는 하품을 늘어지게 하며 언니들의 뒤를 쫓아 쫄랑쫄랑 나갔다. 홍주는 얼른 제 방에 올라가 외출복으로 갈아입었다. 그러고 나서 몰래 저택 문을 밀고 나왔다.

나오코를 보던 서은의 시선이 달랐다. 무엇을 보거나 들었을까. 그것이 무엇이든, 사실이었다. 조심스럽게 그 무엇을 유추했다. 서은이 보거나 들었을 무엇. 혹은 감촉했을 무엇. 그것은 분명한 사실이기에 목격이 있었다면 경멸은 당연하다고 생각했다. 변명의 여지도 슬퍼할 이유도 없는데 홍주는 서은을 뒤따라가는 발걸음을 멈추지 못했다. 자꾸 맺히는 식은땀 같은 것이 찬바람에 닿아 얼어버릴 법도 한데, 얼기는커녕 마르지도 않았다. 시야가 어지럽고 가슴이 쿵쿵거렸다. 정신을 차릴 수 없을 만큼 아득하다. 홍주는 제 뺨을 갈기다가 골목에 주저앉아버렸다.

"자물쇠 주세요."

"어디에 쓰게?"

"서랍 같은 거 잠그는 데 쓰게요. 튼튼한 것으로 주세요. 기왕이면 공장에서 만든 것 말고 사람이 만든 걸로 주세요."

"그런 것이 있긴 한데, 훨씬 비싸지.… 하긴, 아가씨 입으신 옷을 보니 그런 걸 따질 만한 분이 아니어 보이긴 하네."

철물점 주인은 제 말에 제가 헛헛, 웃으며 창고로 사라졌다. 서은은 손님이 없는 가게를 둘러보다 쌓아놓은 상자를 의자 삼아 앉았다. 발목이 시렸다. 조용하면서도 빠르게 발걸음을 옮기느라 그랬다. 혹시나 나오코가 쫓아올까 하는 걱정에 몇 번 뒤를 돌아볼까도 했지만, 그랬다가 정말 나오코와 눈이라도 마주칠까 봐 그러지 않았다. 그렇게 지체하는 시간마저 아까웠던 이유도 있었다.

서은은 주인이 내미는 새 자물쇠를 받아들자마자 값을 치르고 얼른 주머니에 넣었다. 그리고 돌아오는 길 내내 주머니 속의 자물쇠와 열쇠를 번갈아 만지작거렸다.

"어디 다녀오셨어요?"

홍주가 집에 돌아왔을 때, 서은은 먼저 도착해 있었다. 홍주는 모자를 벗으며 소거실을 지나다 말고 소파에 앉아 있던 서은의 목소리에 뒤를 돌아보았다. 서은은 홀로 차를 마시던 중이었다. 홍주는 모자를 벗어 숨기며 입술을 오물거렸다. 서은의 찻잔 유리에 외출복 차림의 홍주가 비쳤다.

"… 아가씨가 걱정 되어서요."

"따라오지 말아달라고 했는데요."

"죄송합니다."

"저, 이제 선생님 없어도 경성 잘 다녀요. 곧잘."

나를 용서해달라고 그렇게 기도했잖아요, 아가씨. 허나 그 말을 뱉을 수 없었다.

"아가씨…."

"그러니까 안 따라와도 돼요."

서은이 막 우러나온 홍차를 맛보며 그 향기에 웃음 지었다. 그리고 홍주의 외투에 내려앉은 눈꽃이 아직 녹지 않은 것을 보며 싱긋 웃었다. 홍주가 어색하게 서은을 따라 웃었다.

"다른 하녀들은 집이 빈 참에 다들 낮잠을 자는 것 같던데, 선생님도 주무실 거예요?"

"저는 아가씨랑 있어야지요."

"괜찮다니까요…. 저는 이제 글을 쓸 거거든요."

"그러면 더욱 아가씨 옆에 있어야지요."

"그래요? 그럼 옆에 있어요."

서은이 콧노래를 흥얼거리면서 제 방으로 들어가 의자에 앉았다. 의자를 당기고는 책상 서랍에서 빈 원고지를 꺼내어 펜에 잉크를 찍었다. 홍주는 잠깐 서은을 바라보다 제 방에서 얼른 옷을 갈아입고 나왔다. 홍주가 서은의 방에 들었을 때는 서은이 이미 원고지 두어 장을 쓴 후였다. 서은은 무엇이 그리 신이 나는지 계속 콧노래를 흥얼댔다.

한창 사춘기를 지나는 소녀 같은 서은의 마음을 홍주는 도저히 헤아릴 수 없었다. 서은이 혼절해 있던 동안 다른 사람과 일부가 바뀐 것은 아닐까, 허튼 생각마저 들었다.

서은은 글을 쓰며 계속 콧노래를 흥얼거렸다. 발을 앞뒤로 구르기까지 하며 박자를 맞췄다. 보고 있노라니 글을 쓰는 게 아니라 음표를 그리는 듯했다. 악보를 그리는 것이 아니라면 저렇게도 경쾌하게 발을 굴릴 수 있을까?

"아가씨, 무슨 내용을 쓰시는데 그렇게 신이 나셨어요?"

"음…. 글쎄요? 맞춰보세요, 선생님. 무슨 내용일 것 같아요?"

"글쎄요. 만선 3부일까요?"

"아니에요, 홍주 선생님. 만악이지."

"네?"

"선생님, 저는 더 이상 만선은 쓰지 않아. 지금 쓰는 건

다른 이야기에요. 어느 가증스러운 부부에 대한 이야기를 쓸 거예요. 아주 파렴치하고 은밀하게. 그런데 홍주 선생님, 홍주 선생님이라고 부르는 걸 더 이상 두려워하지 않으시네요?"

"네…?"

"절대 홍주로 부르지 말라 하셨었잖아요. 홍주는 죽었다며."

"사람이 그렇게 겁이 많으면 안 될 것 같아서요. 생각을 조금 고치려고 근래 노력 좀 했죠."

"그래요?"

서은이 다시 콧노래를 이었다. 가증스러운 이야기를 쓰면서 콧노래를 부를 수 있다니…. 홍주는 거리를 둔 채 다리를 흔들거리며 글쓰기에 집중한 서은을 쳐다봤다. 서은에게 묻고 싶은 것이 갑자기 너무나 많이 생겼다. 물어볼까, 말까. 입술이 말라붙고 혀가 꿈틀거리는데 서은이 먼저 홍주에게 물었다.

"선생님."

"네, 아가씨."

"겁이 많으면 좋지 않은 건가요?"

"그렇지 않을까요, 아가씨?"

"그럼 저도 겁을 먹지 말아야겠어요."

"무슨 말씀이세요?"

"그냥. 요즘 무서운 게 많아서요. 혼자 덩그러니, 이 넓은 방에서 자는 것도 무섭고요…."

"시집갈 때가 되신 거 아닐까요, 아가씨? 부인께서 아가씨께 몇 번 보여주신 그 사내들의 자료를 저에게도 주셨어요. 아가씨께 이야기 좀 잘해보라고…."

"그래요?"

"네. 당장 가져올까요?"

홍주가 자리에서 일어섰다. 당장이라도 방에 달려가 사내들의 자료를 가지고 올 것 같은 얼굴이다. 제 결혼도 아닌데 들뜬 얼굴. 제 사내가 될 것도 아니면서 벅찬 숨소리. 서은은 홍주가 눈치채지 못하게 비웃었다. 서은은 알았다. 지금 홍주가 벅차하는 모습은 서은이 시집을 갈지도 모른다는 기쁨이 아니다. 남의 연애사에 들떠 하는 소녀의 순박함도 아니다.

지금껏 눈치로만 설설 기어 목숨을 부지해온 홍주가 묘하게 변한 서은의 모습을 알아보지 못할 리 없었다. 홍주는 그저 저를 찔러대는 방 안의 날카로움에서 벗어날 수 있다는 사실에 기뻤는지도 몰랐다. 홍주와 서은 사이에 글이 없다면 그나마 덜 뾰족할까 봐. 어쩜, 생각조차 이기적일 수가. 서은이 속으로 홍주를 경멸했다.

홍주가 어떻게 살아왔든, 무슨 이유이든, 지금 서은에게 있어 홍주는 그저 글 도둑일 뿐이다. 내 글을 갉아먹는 두 마리의 쥐새끼 중 한 마리.

"아니, 가져오지 마세요. 선생님, 전 당분간 저택을 떠나지 않을 거예요. 여기 제 글이 있고 제 방이 있잖아요."

서은이 펜촉에 잉크를 찍어 가다듬으며 말했다. 일어나려 엉거주춤 서 있던 홍주가 다시 자리에 앉았다. 서은의 일부가 변한 줄 알았거늘, 지켜보면 지켜볼수록 전부가 변해 있었다. 경성에서 만주, 만주에서 다시 경성. 소나무 저택에 이르기까지 오직 눈치로만 살아남은 홍주였다. 무언가 위험하다는 짐작은 있는데 정체가 명확하지 않다. 버릇처럼 손톱을 물어뜯으려 손을 올리다 멈칫했다. 홍주는, 이쯤에서 기어코 용기를 냈다.

"아가씨는 무슨 좋은 일이 있어 그렇게 콧노래를 부르시는 건가요?"

"그냥 기분이 좋아서요."

"무엇이 그렇게 기분이 좋으신데요?"

"이유가 꼭 있어야 하나요?"

서은이 대답은 하면서도, 답은 주지 않았다. 홍주는 그렇게 세 시간을 지켜 섰다. 하녀들이 먼저 낮잠에서 일어나기까지, 세 시간이 걸렸다. 낮잠에서 일어난 하녀들이 숙소에서 건너와 부산하게 집을 청소하기 시작하고 나서야 홍주도 이른 목욕을 위해 물을 데웠다. 세 시간 동안 꿈쩍도 않은 다리를 구부리자 무릎이 굳은 듯 알싸했다. 목욕통을 붙잡고 바가지로 뜨거운 물을 퍼 넣으며, 원고지 한 뭉텅이를 세 시간 동안 완성해 낸 서은의 모습을 떠올렸다.

서은은 뿌듯하게 원고지를 모아 자물쇠를 열고 책장에 원고지를 넣었다. 그리곤 보란 듯이 자물쇠를 흔들어 보였다. 책장을 잠그는 자물쇠가 바뀐 것을 본 홍주가 속으로 실소했다. 다 아는구나. 보고, 들었구나. 그래서 나를 경멸했구나. 당연하지. 서은의 손에 꼭 쥐어진 새 열쇠를 보며 홍주는 생각했다.

"아가씬 다 알고 있어요."

"뭘?"

"내가 도련님께 원고를 훔쳐드렸다는 거요."

"어떻게…?"

"어떻게 알았는지가 뭐가 중요해요?"

"하아…."

낙이 담배를 태우며 고개를 떨궜다. 그렇게 바닥만 쳐다보며 물었다. 그래서 어떻게 했어? 홍주는 낙이 두고 간 담배를 테이블에 굴리며 답했다. 아가씨는 자물쇠를 바꿨어요. 열쇠도 제 손에 쥐고 놓질 않아요. 씻을 때요? 씻을 땐 가지고 들어가요. 비누 옆이나 옷을 쌓아놓은 통 위에 두겠죠. 꼭 내 손을 감시하는 것처럼. 그리고 목욕통 밖으로 나오자마자 그 열쇠 쥐는 소리가 먼저 들려요. 채 물을 닦아내기도 전에. 차라리 손에서 나는 땀에 열쇠가 녹슬어 자물쇠를 새것으로 바꾸길 기대하는 게 빠를 걸요, 절대로 그 손에서 놓질 않아요.

아오마츠 부인의 기력이 눈에 띄게 쇠하기 시작한 것은 겨울의 끝자락에 들면서였다. 겨울은 물러가지 않겠다는 듯 날을 곤두세워 몰아치기 시작했다. 춥고 시린 날들이 끝나지 않았다. 절기로 따지면 이미 봄 준비를 해도 이상할 것이 없었는 시절이었다. 아오마츠 부인이 경성을 떠나 따뜻한 아래쪽 지방의 별장에서 요양하기로 한 결정은 속전속결이었다.

결정이 난 날 밤, 부인은 저녁식사를 하며 낙과 서은에게 이야기를 꺼냈다. 함께 내려가자는 권유였다. 낙은 거절하며 말했다. 출간 작업에 일이 많고, 다음 학기 공부도 더 하고 싶다고 했다. 아오마츠 부인은 아쉬운 기색이었지만 어쩔 수 없다고 했다. 아주 놀겠다는 것도 아니고, 공부하느라 바쁘다는 데 노인네 고집을 피울 수는 없는 모양이었다. 서은은 별다른 말을 하지 않았다. 바쁜 것도 없었고 안 될 것도 없었다. 그래서 서은이 부인을 배행하고 나서기로 했다. 약 한 달가량 머물다 올 계획이었다.

"아가씨, 이 책 가져가시지 않겠어요? 가서 읽어보시

면 재미있을 텐데요."

홍주가 두꺼운 책 한 권을 들고 서은의 방으로 왔다. 서은은 책상에서 챙길 짐을 고르다 방문 사이에 선 홍주를 보고 고개를 저었다.

"어차피 밑에 내려가면 내려간 대로 그쪽 지방 사교계에 나가느라 정신이 없을 거예요."

"혹시 모르잖아요."

"괜찮아요. 글을 읽는 것보다 쓰는 게 더 재밌어졌거든요."

서은은 새 잉크를 주머니에 넣고, 펜대와 촉을 모아놓은 필통을 돌돌 말아 쌌다. 그리고 원고지를 줄로 묶어 두툼하게 챙기면서 홍주에게 물었다.

"한 달이나 제가 없으면 선생님은 뭘 할 거예요?"

네가 없으면, 글쎄. 나는 무엇을 하지.

홍주는 서은의 시선이 닿지 않는 곳에서 슬쩍 웃었다. 너를 지켜보는 일과 너의 것을 훔치고, 너를 아프게 하는 일만이 나의 전부였는데, 이제 무엇을 하지.

홍주는 저택에 남은 자신과 낙을 생각했다. 아무것도 하지 않고 책을 읽다가 맘 편히 뒹굴거리는 상상을 했다. 어릴 적부터 늘 꿈꿔왔던 광경이다. 누구도 신경 쓰지 않은 채 책을 읽다 간식을 주워 먹고, 다시 침대에 누워 책을 읽는 일. 그 상상 속에 더 이상 원고를 쓰는 따위의 일은 끼워 넣지 않았다. 서은의 소설 원고를 훔쳐낸 이후 어느 순간부터 홍주는 글 쓰는 일을 멈추었다.

서은의 글이 아름다워서일까. 아니면 그 아름다운 것을 잡고 저 멀리 추락해버린 제 탓일까. 까마득하다. 펜촉을 잡지 않은 지 오래됐다. 서은의 것을 훔치면서부터는 펜을 들어 글을 쓰지도, 펜을 세워 팔을 긁지도 않았다.

"저요? 글쎄요…. 아가씨랑 부인께서만 없지 집엔 여전히 도련님도 계시고, 손님들도 드나들 테니까요. 아가씨가 계시면 아가씨와 수업을 하거나 산책하며 반나절을 붙어 다니겠지만요. 책도 읽고 공부도 하고, 그럴까 해요."

"제가 없으니까 낮잠도 실컷 주무시고 쉬엄쉬엄하세요."

"그러면 안 될 것 같아요, 괜히."

서은이 여행 가방을 꾹 눌러 닫았다. 철컥, 뚜껑이 열리지 않도록 잠금장치를 잠갔다. 그리고 작은 가방에 원고지며 문방구가 든 주머니를 챙겨 매었다. 서은이 여행 가방을 세우려 하자 홍주가 달려와 가방을 세웠다. 그럴 필요는 없는데, 서은이 말했다. 여행 가방을 세운 홍주 자신도 왜 그렇게 했는지 몰랐다.

홍주와 서은이 여행 가방을 세워 끙끙대며 들어 옮겼다. 홍주가 서은의 코트에 묻은 먼지와 보풀을 떼어주며 머리를 매만졌다. 서은이 브로치를 끼우는 데 애를 먹자 홍주가 끼워주었다. 서은이 홍주가 달아준 브로치를 만져보다 히죽 웃었다.

"브로치 하나 주제에 꽤 무겁네요, 선생님."

"무겁기는요. 아가씨, 무척 잘 어울리세요."

"이제 가방에서 손 놓으셔도 돼요. 제가 가져갈게요."

"같이 들어요, 무겁잖아요. 아가씨. 뭐 잊으신 건 없으시죠?"

"없어요. 근데, 정말로 손 놓으세요. 혼자 가져갈게요."

서은이 웃으며 답했다. 예의 바른 목소리다. 그러나 그 목소리에 들어 있는 무게는 오로지 예의뿐이었다. 무언가 비었다. 서은의 말에 홍주가 가방에서 손을 뗐다. 서은이 앞서 걸었다. 낑낑대는 숨소리와 어정쩡한 걸음걸이. 양손에 여행 가방을 들기엔 서은의 덩치가 지나치게 작고, 말랐다. 서은은 홍주가 제 방문을 닫기 전 방을 둘러보았다. 그리고 잘 잠긴 책장의 서랍을 보면서 제 코트 주머니 안에 넣은 열쇠와 나머지 열쇠 꾸러미를 만지작거렸다.

"기사님!"

서은이 대문 앞에 기다리던 운전기사에게 여행 가방 두 개를 내밀었다. 기사가 가방을 받아들어 실으며 혀를 내둘렀다. 이 무거운 걸 어떻게 들고 왔어요? 기사의 면박인지, 장하다는 칭찬인지 모를 말에 서은이 수줍게 웃었다. 차 안에 먼저 타고 있던 아오마츠 부인이 왜 이리 늦었느냐 물었다. 서은은 그저 웃었다.

"죄송합니다, 고모님. 늦었지요?"

"뭐, 많이 늦진 않았으니까."

서은이 차에 오르며 고모에게 넉살맞게 굴었다. 생글 생글한 서은의 넉살에 아오마츠 부인은 더 이상 뭐라 하지 않고 서은에게 자리를 내주었다. 이시다가 서은의 치마며 코트 자락을 챙겨 차 안으로 넣고 문을 닫았다. 낙이 고모 의 배웅을 위해 현관에서 걸어 나오고 있었다.

낙은 바지 주머니에 손을 찔러 넣고 걸어오다 대문에 이르러 손을 뺐다. 그리곤 대문 앞 자동차 창문을 두드렸 다. 서은이 창문을 내렸다. 낙이 서은을 지나쳐 아오마츠 부인을 찾았다.

"고모님, 함께 가지 못해 죄송합니다. 하지만 서은이 함께 가니 마음이 좀 놓입니다. 부디 따뜻한 곳에서 편히 쉬고, 몸도 마음도 달래고 오세요."

"그래. 내 걱정은 말고, 새 학기가 시작되기 전엔 돌아 올 테니 그때까지 공부 열심히 하고, 아프지 말고 있거라. 집도 잘 돌보아야 한다."

"걱정마십시오."

낙이 차 밖에서 허리를 깊게 숙여 인사했다. 식솔들이 모두 낙을 따라 허리를 숙였다. 서은이 창문을 올렸다. 밖 에 서 있던 기사가 차에 오르고, 이시다가 조수석에 올랐다. 운전기사가 출발을 알렸다.

부인이 고개를 끄덕이자 차가 담벼락을 따라 기차역으로 향했다. 차창 뒤로 낙이 허리를 숙인 채 오래도록 기다렸다. 차가 멀어져 보이지 않을 때까지 낙은 허리를 숙이고 있었다. 식구를 위한 배웅이라기보단 상관이 오갈 때 갖추는 군의 사열 같다. 식솔들 모두 낙을 따라 오래도록 그렇게 사열했다. 낙이 허리를 세워 자동차가 사라진 곳을 한참 바라보다 시린 손을 주머니에 넣고 집안으로 들어섰다.

기차역에서 내리자마자 운전기사는 기차표를 찾기 위해 매표소로 향했고, 이시다는 물통에 담아온 미지근한 녹차를 따라 아오마츠 부인에게 권했다. 부인이 녹차로 목을 축이고는 좌석에 늘어져 차창 밖만 바라봤다. 운전기사가 아오마츠 부인, 서은, 그리고 이시다 몫의 표를 가지고 달려와 각자에게 나누어주었다. 세 사람은 표를 가지고 차에서 내려 기차에 올랐다.

일등석 승객이 가장 먼저 기차에 올랐다. 일등석 칸에서는 늘 이 향수 저 향수가 섞여 독한 냄새가 났다. 이시다가 먼저 앞장서 그 사이를 헤치고, 그 사이에 아오마츠 부인이, 마지막에 서은이 탔다. 좌석의 문을 닫고 짐칸에 짐을 실은 후 부인이 차창에 머리를 기대고 바깥 풍경을 쳐다보았다. 경성만큼 회색빛인 곳이 없다. 기차가 움직일수록 조금씩 푸르게 변할 것이다. 부인의 눈에 그런 기대가 선명했다.

"고모님."

"왜?"

"저, 부탁드릴 게 있어요."

"뭔데?"

아오마츠 부인이 코트를 벗겨주는 이시다의 움직임에 몸을 맡긴 채 서은에게 턱짓을 했다. 서은이 망설이며 손가락 끝에 일어난 껍질을 뜯었다. 건조한 손끝에 피가 맺혔다.

"저, 낙이 오빠가 걱정돼요. 오빠가 공부에만 집중할 수 있게, 집안일은 제가 남아 돌보고 싶습니다."

"네가?"

"네, 고모님."

"하여간에…. 너희 셋은, 아니, 너희 둘은 원산에서부터 오죽했다. 셋이 붙어 자던 습관이 남아 그런 건지 떨어뜨려 놓으면 불안해하고, 멀리 두면 서로 눈치만 살피고. 어떻게 세월이 이렇게 지나고 나서도 그러니."

"고모님, 죄송합니다."

"됐다. 내려가면 내려간 대로 오죽 사람이 많을고…. 그래, 나도 사내에게 집안일을 맡겨두고 내려가는 게 맘이

편하진 않았다. 가 보거라. 도착하면 전보하마."

"네, 고모님. 무사하고 평안하게. 그리고 몸과 맘을 잘 달래시고 돌아오셔요!"

서은이 아오마츠 부인의 손을 만지작거리다 손등에 가볍게 입을 맞췄다. 그리고 그 손을 얌전히 테이블 위에 내려놓고는 자리에서 일어나 제 짐 가방과 손가방을 챙겼다. 이시다가 기차 밖까지 짐을 들어다 줄 생각으로 따라 일어섰으나 서은이 만류했다. 이시다가 고개를 끄덕이며 다시 자리에 앉았다.

어수선하던 복도가 조금은 차분해졌고, 서은은 가방을 들고 다시 기차 밖으로 나왔다. 그리곤 아오마츠 부인이 앉은 좌석을 찾아 공손히 인사를 했다. 기차가 연기를 내뿜으며 달리기 시작했다. 서서히 빨라지고, 부인이 보이지 않게 되어서야 서은은 짐 가방을 자동차에 실었다. 운전기사가 어리둥절해 하며 운전석에 올랐다.

"왜 다시 돌아오셨어요, 아가씨?"

"걱정되어서요."

"뭐가요?"

"오빠요."

나의 것을 탐하는, 나의 오빠 백낙이요.

곧 서은을 태운 자동차가 매끄럽게 역 주변을 빠져나갔다.

"홍주 선생, 열쇠는?"

집 안으로 들어온 낙은 하녀들을 숙소로 돌려보냈다. 자기도 앞으로 긴 낮잠을 잘 테니 다들 시끄럽게 굴지 말고 숙소로 돌아가 수다를 떨든, 잠을 자든 자유롭게 시간을 쓰라며 자유시간을 주었다. 낮잠은 도둑질을 위한 좋은 명목이다. 하녀들은 모두 아닌 척, 표를 내진 않으면서도 신나 하며 숙소로 향했다. 마님이 없으니 벌써부터 저택이 이렇게 자유롭구나, 하며.

낙이 홍주를 데리고 2층으로 올라갔다. 홍주의 얇은 허리를 쥐고 놓아주지 않으며 홍주에게 열쇠를 물었다. 홍주는 아랫입술을 잘근잘근 씹었다.

"열쇠 없어요."

"왜요? 지난번에 다…."

"아가씨가 그 사이 새로 바꿨어요. 원고를 넣어놓는 책장만요."

"그걸 선생께서 모르셨다고?"

"따라가다 놓쳤어요."

"됐어요. 이제 시간이야 많으니까."

말은 그렇게 하면서도 낙은 한숨을 쉬었다. 일이 귀찮아졌다. 이번에 원고를 훔치는 일에 성공한다고 해도, 서은이 이렇게나 신경을 곤두세우는 이상 다음번, 다음 다음번의 원고는 가져오지 못할지도. 두 사람이 서은의 방문을 열었다. 아직 짐을 챙기던 서은의 온기가 가시지도 않은 방이었다.

낯이 바뀐 자물쇠를 만지며 확인하는 동안, 홍주는 서은의 침대에 누웠다. 처음에는 침대 밑으로 다리를 내린 채 반만 침대에 누워 있다 나른함에 신발과 양말을 모두 벗고 아예 침대로 파고들었다. 어른어른 서은의 냄새가 났다. 매일같이 서은이 목욕물에 섞는 냄새. 홍주는 늘 서은이 목욕하고 나서 욕실을 썼다. 덕분에 항상 홍주에게서도 같은 냄새가 났다. 그 냄새가 서은의 침대에 더 자욱했다. 그래서 온전히 홍주 자신의 침대에 누운 듯했다. 서은의 침대보를 만지면 홍주는, 가끔 손끝으로 서은이 쓰는 목욕물을 휘휘 젓는 듯한 착각에 빠졌다.

홍주가 쓰는 것과 다르게 남이 들어갔다 나오지 않은 깨끗하고 향기로운 물. 그래서 더욱 질투가 났다. 그래서 더욱 미칠 것 같았다. 서은과 같은 향기를 풍기지만 서은과 완전히 똑같을 수 없는 냄새. 은밀하고 오묘하게 흐릿한 향기.

홍주는 얼른 손을 이불 속으로 집어넣었다. 뜬금없는 허공에서 물결을 감촉할 리 없어, 간혹 욕조 위에 떠 있던 서은의 머리카락도 만져질 리 없어, 홍주는 베개 속으로 얼굴을 묻으며 스스로를 토닥였다.

"홍주 선생."

낙이 잠에 빠지던 홍주를 불렀다. 나비의 날개가 꼭 시야를 감싸는 것만 같았던 얇고, 부드러운 졸음. 홍주가 그 얇은 졸음이 앉은 눈꺼풀을 밀어 올리며 답했다. 낙이 홍주의 허리 즈음에 앉아 어깨를 쥐고 흔들었다. 재촉은 어지러웠다. 홍주가 한쪽 머리를 감싸 쥐고 일어나 앉았다.

"왜 그러세요?"

"책장 엽시다."

"기다리는 게 좋지 않으실까요. 내일 당장 열쇠 베끼는 사람을 불러올게요."

"아니, 당장 몇 시간 뒤 출판사 사람을 만나기로 했단 말이에요. 상당한 거물이라 이번 기회를 놓칠 순 없어요. 아무리 자물쇠라도 결국엔 열릴 것을 닫아놓은 것뿐이니 어떻게든 열릴 거야. 같이 좀 열어봅시다."

"피곤해요…."

"박홍주 선생님."

낙의 목소리는 다정한 듯하면서도 급하고 텅 비었으며, 부드럽지 못했다. 홍주의 어깨를 붙잡고 흔드는 낙의 손길이 거칠고 급했다. 낙의 손가락이 닿은 곳마다 붉게 피가 몰려 흔적이 남고 나서야 홍주가 침대에서 일어섰다. 머리와 어깨를 번갈아 두드리며 낙을 따라 책장 앞에 쪼그려 앉았다.

"이걸 어떻게 열어요? 얼마나 굳세다구요. 저도 몇 번이고 흔들어 봤어요."

"그럼 부수면 돼요."

"도련님, 미쳤어요? 자물쇠를 부수면 분명 흔적이 남을 텐데, 다음에 서은 아가씨가 돌아오셨을 때 어떻게 감당하시게요? 심증은 충분하다고요, 물증이라도 남기지 말아야지요!"

"한 달이야. 무려 한 달이라고요. 내가 그 한 달 사이에 설마 같은 자물쇠를 만들어오지 못할 것 같아요? 부순 후에 일주일이면 충분할 겁니다. 내가 책임지고 새것을 만들어올게요."

"도련님…."

"정말 급하단 말입니다! 쉽게 만날 수 있는 인물이 아니라서 하는 말이에요! 저녁식사 때 만나기로 했어요. 약속 시각까지는 세 시간도 남지 않았고. 홍주 선생, 알겠어요? 내가 잘되면 선생에게도 좋기만 한 일이라고! 약속했잖아요. 그러니 얼른 가서 망치를 찾아와요."

홍주가 한숨을 쉬며 일어났다. 허리가 뻐근하니 찝찝했다. 낙의 얼굴은 한껏 상기되어 들떠 있었다. 낙은 홍주더러 망치를 찾아오라 시켜놓고도 조급함을 어쩌지 못해 자물쇠를 자꾸 달그락거렸다. 홍주가 손가락으로 자물쇠를 건드리며 달그락대는 낙의 뒷모습을 쳐다보다 방을 나갔다. 그리고 3층 창고로 향하는 문을 열었다. 오랫동안 열지 않아 텁텁하게 내려앉은 먼지들. 한 계단, 한 계단 밟을 때마다 먼지들이 날아 기침을 자아냈다. 홍주가 옷소매로 코와 입을 가리며 창고 계단을 밟았다.

낙은 신이 나 있었다. 어쩌면 그가 살아온 모든 순간을 통틀어 가장 순수히 신이 난 순간일지 모른다. 서은의 새 원고이자 곧 백낙의 새 작품이 될 원고. 바로 그 글이 눈앞에 있는 듯 가슴이 세차게 뛰었다. 박동 소리가 지나치게 커서 사방이 시끄러웠다. 그래서 낙은 빈 저택에 울리는 발자국 소리를 듣지 못했다. 서은이 올라와 활짝 열린 제 방문에 비스듬히 기대어 제 뒷모습을 지켜보는 사실조차 눈치채지 못했다.

서은이 가만히 모자를 벗어 손에 쥐었다. 그리고 남은 한 손으로 코트 주머니를 뒤져 열쇠를 꺼냈다.

"오빠."

달그락. 손으로 자물쇠를 가지고 놀던 낙이 멈췄다. 혹여 거칠게 뛰는 심장 소리에, 그리고 쇠가 달그락거리는 거추장스러운 소리에 섞여 듣지 못했을까 봐, 서은이 손가락으로 열쇠를 꼭 쥐고 낙을 향해 들어 올리며 다시 불렀다.

"오빠. 이거 찾아?"

"도련님, 망치가 오래된…."

망치에 붙은 먼지를 털어내며 다가오던 홍주가 그대로 굳었다. 서은의 손에 쥐어진 열쇠를 바라보던 낙도 굳었다. 서은이 비스듬히 몸을 기댄 채 고개를 돌려 홍주를 쳐다보았다. 선생님, 안녕? 서은이 인사했다. 그리고 한 손으로 쥐고 있던 모자를 홍주의 쪽으로 던졌다.

"홍주 선생님, 뭐해요. 내 모자, 옷걸이에 안 걸어줄 거예요?"

서은이 던진 모자가 맥없이 날아 홍주의 앞에 툭 떨어졌다. 홍주는 하마터면 서은의 모자를 주우려 손을 뻗을 뻔했다. 그럴 수 없었던 건 저를 쳐다보는 서은의 눈빛이 너무 시퍼래서, 겨울만큼 딱딱하게 굳어, 양말을 추어올려 신은 제 발목까지 시리게 굳어버렸기 때문이었다.

그 파란 눈빛. 이 저택에서 아가씨 행세할 수 있는 이는 오로지 저 하나뿐이라는 살기. 네 과거의 모든 날을 관통하는 비굴을 다 해보라는 시선. 아무도 쉽게 움직일 수 없었고 누구도 뭐라 말할 수 없었다.

낙이 뺨을 때리던 밤. 그의 얼굴에 붉고 붉게 살기가 어리던 밤. 그 밤의 서은은 두려움에 벌벌 떨며, 조금만 악을 써도 곧 픽 죽을 것만 같았다. 그래서 하나도 두렵지 않았다. 두려우면 두렵다고 곧장 드러낼 줄 아는 나약함이 넘치도록 뚜렷해 무섭지 않았다. 그러나 지금, 낙에게 열쇠를 들어 보이고, 홍주에게 모자를 던지는 서은은 불투명했다. 흐릿하고 답답하게 제 것을 드러내 보이질 않았다.

불투명은 투명보다 무섭다. 선명하지 못한 것은 선명한 것보다 두렵다.

"이거 찾았잖아. 이게 필요한 거 아냐? 내가 잘못 알았나?"

서은의 손끝에서 열쇠가 달랑거렸다. 낙은 어렴풋이 직감했다. 지금 백서은을 눌러놓지 않으면 앞으로는 절대 서은의 원고에 제 이름을 붙일 수 없음을. 서은을 누르지 않으면 백낙(白落)의 이름으로 쏟아질 앞날의 광영은 없다.

자물쇠 앞에서 쭈그려 앉아 있던 낙이 단번에 뛰어올라 서은에게 달려들었다. 문턱에 서 있던 서은이 열쇠를 손에 꼭 쥔 채 낙에게 밀려 넘어졌다. 쿵, 하고 머리를 찧는 소리가 울릴 정도임에도 서은의 얼굴은 웃고 있었다. 꼭 웃는 얼굴 그대로 굳은 것 같았다. 서은의 뒷머리가 뜨끈하게 젖었다. 서은은 그 뜨끈함이 쓰러지면서 어딘가에 부딪혀 찢어진 것이라 생각했다.

낙이 서은의 위에 올라타 열쇠를 쥔 동생의 한쪽 팔을 옭았다. 광분한 사내의 힘 아래 서은의 한쪽 팔이 새까맣게 물들었다. 피가 통하지 않으니 기운도 빠졌다. 열쇠를 쥐고 있던 손가락이 감각을 잃고 열리려는 순간, 서은이 남은 한 쪽 손이 주머니에 들어 있던 면도칼을 빼냈다. 낙이 쓰던 것이었다. 2층으로 올라오기 전 왠지 그래야 할 듯해서 낙의 욕실에 들러 챙겨 넣었던 것이었다.

낙이 놀라기도 전 서은이 면도칼로 낙의 한쪽 팔뚝을 그었다. 아아악! 천이 찢어지는 소리와 함께 낙의 손이 서은의 팔에서 떨어졌다. 피가 솟는 한쪽 팔뚝을 부여잡고 낙이 바닥을 굴렀다. 서은이 어기적거리며 뒤로 물러나 벽에 기댔다. 한쪽 손이 저릿하고 끔찍하게 아팠다. 손목부터 온통 보랏빛이었다. 악력의 흔적이 고스란히 남은 부분마다 아팠다.

만선(萬善)을, 백서은을, 사랑하는 나의 것을 지켜야 해.

서은이 저릿한 한쪽 팔을 주무르며 자리에서 일어섰다. 얼핏 홍주가 덜덜 떠는 모습이 보이는 것도 같았다. 그러나 이젠 모든 게 상관없어. 서은이 덜덜 떨리는 한쪽 어깨를 쥐고 자물쇠로 향했다. 서은이 밟는 바닥에 낙의 피가 번져, 신고 있던 흰 양말이 피로 젖었다. 걸쭉하고 따뜻하고 비린내가 났다. 서은의 작은 발 모양대로 핏자국이 찍혔다.

서은은 익숙하게 자물쇠를 풀고 원고들을 꺼냈다. 넣을 수 있는 주머니마다 원고들을 쑤셔 넣었다. 그 와중에도 원고들이 구겨지는 것이 마음이 아파 이를 꽉 깨물었다.

뒤에서 낙이 비명을 질렀다. 제 팔을 그은 면도칼을 쥐기 위해 몸을 굴렸다. 몸을 굴리다 베인 부분이 바닥에 닿으면 딱 죽고 싶을 만큼 아팠다. 비명, 움직임, 비명, 그리고 움직임. 낙이 소리를 지르며 홍주를 찾았다. 박홍주! 박.홍.주!

홍주가 복도에 선 채 망치를 들고 떨고 있었다. 서은의 찢어진 뒷머리에서 묻은 피, 낙의 베인 팔뚝에서 솟구쳐 나온 피, 피⋯, 피가 싫었다. 죽음이 싫었다. 박홍주라는 이름을 거역해왔던 지난 세월은, 다 무엇을 위함이었던가? 오로지 죽음을 피하고자 함이었다. 홍주는 낙의 비명을 들으면서 생각했다. 무엇을 위해 박홍주가 아닌 나오코로 살아왔었는지를 이제야 떠올릴 수 있었다.

만주에서 어머니가 죽고, 동생들이 죽을 때 제 손으로 치우고 닦았던 피. 아버지가 형무소에서 죽으며 흘렸을 피. 아버지의 시신을 직접 볼 순 없었지만, 저자에 떠도는 소문만으로도 충분히 상상할 수 있었다. 잘리고 패이고 끊어져 몸에 도는 피는 죄다 빠진 듯했다던 흰 시신의 모습을. 피는⋯ 죽음이었다.

홍주는 움직이지도 도망치지도 못한 채 복도에서 홀로 떨었다. 낙이 제 이름을 부르는 소리가 들린다. 박홍주 선생! 박홍주! 저더러 무엇을 하라고 그렇게 간절히 부르는 것일까. 홍주는 그제야 제 손에 들린 망치를 쳐다보았다. 그러나 이것으로, 무엇을 하라고? 짐작하지 못할 바는 아니었다. 홍주는 영리하고, 똑똑하니까.

그러나 똑똑하다고 어떻게 다들 악(惡)하겠는가? 홍주
는 할 수 없었다. 박홍주는 못 해요. 홍주가 복도에 선 채
가만히 중얼거렸다. 나는 못된 애가 아니에요.

"백서은…! 못 가, 못 가!"

낙이 끝내 손에 닿은 면도칼을 쥐고 자리에서 일어섰
다. 낙의 온몸이 피 묻은 바닥 위를 굴러, 꼭 갓 태어난 짐
승의 새끼 같았다. 갓 태어난 짐승의 새끼와 낙에게 공통
점이 있다면 또 무엇일까. 그것은 본능이다. 본능밖에 품고
있지 않다는 것이다. 양수에서 빠져나온 새끼가 젖은 털을
핥아주는 어미의 젖을 향하는 것처럼, 낙이 서은을 향했다.

이성이라는 것이 사라진 인간의 눈은 사뭇 비참하다.
꼭 있어서는 안 되는 세계를 유랑하는 것 같다. 목적도 원
인도 없는 사막에 버려져 그저 돌고 도는 것과도 같다.
그리고 그러한 방랑의 끝은 대부분 참혹하기 마련이었다.

낙이 계단을 내려가려는 서은의 앞을 막아섰다. 서은은
두려운 기색 없이 코트를 여몄다. 그 사이 사이에 넣은 원
고를 빼앗기지 않기 위해서. 저 칼이 육신의 어디를 갈라
도 좋다. 다만 원고지의 한구석이라도 낙의 손에 구겨진다
면, 정말이지 까무러칠 것 같았다. 서은이 떫은 웃음을 지
으며 뒤로 물러섰다. 홍주가 망치를 든 채 오들거리는 사
이를 지나 3층 창고로 달렸다.

만 가지의 선(善)이 아니라면, 만 가지의 악뿐이었다.

7장

—

주객전도

主客顚倒

가면의 두께

달렸다. 목적은 하나뿐, 만선의 새로운 이야기뿐. 서은
은 창고의 문을 닫아 상자로 쌓으며 생각했다. 만선의 3부
를 맺은 이야기의 끝을 떠올렸다.

…남편은 인력거꾼이었다. 주로 돈 많은 귀족이나 기생
아가씨들을 태웠다. 그러다 무슨 날인지, 심사가 거하게 뒤
틀려 오는 날이면 전후 사정 없이 가만히 삯바느질하던 소녀
를 때렸다. 비명을 질러도 끝이 나지 않았다. 유일하게 끝나
는 순간은 소녀가 피를 보일 때였다. 처음에는 멍청하게 전
부 맞고 피를 내던 소녀도 시간이 지나니 요령이 생겨, 대충
손에 쥐고 있던 바늘로 제 손을 땄다. 그리고 슬쩍 뺨에 묻

허면 남편은 어영부영 욕을 지껄이다 픽 쓰러져 자버리곤 했다. 그러면 소녀는 뺨에 묻은 붉은 것을 닦아냈다. 아랫것이 비치는 날이면 일부러 남편이 오기 전 개짐을 하지 않고 있다 치마를 적시기도 했다. 그것은 더욱 효과가 좋았다. 다른 피를 보이면 대충 자버리던 인간이, 하혈이네 유산이네 말을 하면 그 자리에 앉아 싹싹 비는 것이다. 그래서 소녀는 점차 영악해지고 독해졌다. 하기 싫어 죽겠던 달거리도 어느 때는 기다려지기까지 했다.…

서은은 주위의 상자를 끌어모아 문앞에 쌓아두고 지붕으로 나 있는 계단으로 향했다. 등 뒤에서 쿵, 쿵 낙이 문을 두드리는 소리가 났다. 덜컥거리며 문고리를 돌리는 소리, 나오코를 부르며 열쇠를 가져오라고 재촉하는 소리, 낙이 문을 두드리는 바람에 서은이 쌓아놓은 상자가 하나둘 엇갈려가는 소리. 연약한 나뭇결이 쪼개지는 소리가 들렸다.

서은이 밟은 창고 층계에서 나는 것인지, 낙이 맨손으로 두드린 창고 문에서 나는 소리인지는 알 수 없었지만 어쨌든 문이 곧 부서질 것이라 생각했다. 서은은 조금의 주저함 없이 창문을 열고 지붕으로 기어 올랐다.

무엇이 쫓아오든지 상관없었다. 만선을 잃는 것보다 더한 공포는 없었다.

살을 베일 듯 날 선 삭풍이 피에 젖은 붉은 양말에 닿아 소스라치게 시렸다. 서은은 지붕에 앉아 코트의 단추를 하나하나 채웠다. 절대 풀리지 않도록 꽁꽁 스스로를 싸맸다. 원고들을 절대 넘겨주지 않으리라. 넘겨주어야 한다면 차라리 이 위에서 떨어져 소나무 가지에 찢기고 발겨 원고를 피로 물들일 것이다. 그러면 붉은 것과 까만 것이 섞여 글자는 사라지고, 죽음만 남겠지. 영영 완성하지 못할 너의 만악(萬惡), 네가 영원히 가지지 못할 나의 만선(萬善)을 그리며 평생을 갈망해보라지. 내가 그랬던 것처럼.

살눈이 쌓여 있던 지붕 위로 또다시 가루눈이 내렸다. 서은은 무릎을 당겨 발을 코트 안으로 넣었다. 춥다… 뜨거운 숨이 차가운 허공에 섞여 뿌옇게 흐려졌다. 뿌연 숨을 보고 있으니 슬퍼졌다. 뜨거운 것과 차가운 것이 만났는데, 둘 중 무엇의 흔적도 남지 않고 그저 불투명하게 흐려진단 말이니….

흰 것은 누구도 흔적으로 생각해주지 않았다. 이 눈이 계속 쌓이면 생길 흰 눈밭도, 누군가가 발자국을 남기기 전까지는 아무런 흔적으로 여기지 않을 것이다. 하지만 나는 그런 어리석은 일은 하지 말아야지. 나는 그 모습을 보며 하염없는 눈밭이 몇 시간이고 흩날리며 떨어져 스스로를 녹이고 굳어진 흔적들을 일일이 사랑해주어야지. 서은은 흩어지는 숨이 서러워 무릎에 고개를 묻었다.

"백서은!"

쿵쿵거리는 소리가 몇 번 더 나는가 싶더니 기어코 낙이 지붕으로 올라왔다. 어떻게든 도망치기 위해 안절부절 못 할 줄 알았던 서은이 얌전히도 앉아 제 얼굴을 묻고 있으니 그게 또 낙에겐 배알 꼴리는 광경이었다.

"미친년이 지랄하네. 뒈지기 전에 청승은…."

낙이 침을 모아 뱉었다. 그리곤 성큼성큼 서은에게 다가와 앉아 있던 서은의 코트 깃을 잡고 일으켜 세웠다. 그리고는 면도날을 서은의 목에 들이밀었다. 날이 차가워 빳빳해져 있던 흰 목에 날이 닿으니 긋지 않아도 피가 흘렀다. 서은이 피가 흘러 쇄골을 타고 떨어지는 것을 느끼면서도 허탈한 웃음을 지었다.

낙의 눈에 아무것도 보이지 않았다. 이젠 그 자신조차 왜, 어째서 남의 글에 그렇게 집착하는지 알지 못하는 본능만이 남아 있을 뿐이었다. 서은은 그를 보며 죽은 환을 떠올렸다. 환의 눈은 본능대로 살지 못해 괴로워했는데, 낙의 눈은 더욱 더 본능을 메우지 못해 괴로워한다. 실핏줄이 터진 낙의 흰자위가 온통 붉었다. 붉고 붉구나…. 서은의 눈에 눈물이 흘렀다. 사랑하는 나의 오빠. 내가 태어난 세계에 본래부터 존재해서 한 자리의 역할에 언제나 충실했던 오빠. 당신은 내게 어쩌면 뻔한 진리를 알려 주었다.

무언가를 너무나 사랑하고 귀하게 여기게 되면, 제 것으로 하고 싶은 게 당연하다고.

당신의 목소리가 꼭 내게 글을 허락하는 것만 같아 나는 그것을 성전(聖典) 삼아 글자를 쓰고, 말을 옮기고, 나를 허락해준 유일한 자유를 열심히도 갈증했는데. 그것이 나의 억측이었음을, 당신은 그렇게나 슬프게도 나에게 알려주어야 했나.

"내놔! 그것만 넘겨, 백서은. 그것만 넘기면 이깟 팔을 베인 것쯤은 책임을 묻지 않을게. 너도 좋고 나도 좋잖아, 서은아. 착하지, 서은아?"

붉고 검은 당신의 눈이 나의 옷 속에 숨긴 원고지 한 장 한 장을 탐한다. 차라리 글이란 것을 너무도 사랑해 그렇다고 말해주지. 그러면, 모르긴 몰라도 아주 조금은 너그러운 마음으로 당신에게 한 번의 실수는 용납할 기회를 주지 않았을까. 사랑이 있음과 없음은 그 차이가 너무나 커서, 나는 당신에게 내가 사랑한 자유를 넘길 수 없어.

서은은 제 목의 상처가 더욱더 깊어지는 것을 느꼈다. 그리고 상처가 깊어질수록 헛헛한 웃음을 웃었다. 이제, 모두 끝을 냅시다. 서은이 낙을 끌어안았다. 동시에 지붕의 끝으로 굴렀다.

홍주 선생!

층계를 하나, 둘, 올라올 때마다 홍주의 숨이 거칠게 터졌다. 홍주 선생! 하고 부르는 목소리가, 멀어진 듯 가까워진 듯, 어디선가 들렸다. 지붕으로 열린 창문을 넘어가면 마주쳐서는 안 될 장면을 마주할 것만 같아서 홍주는 촛불이 일렁이는 창고와 지붕 사이에서 한참을 망설였다. 먼지 냄새를 품은 망치를 끌어안고 홍주는 말라서 삼켜지지도 않는 침을 모아 삼켰다. 가루눈의 눈발이 그치지 않는다 싶더니 점차 굵어져 함박눈이 될 기세였다.

함박눈이 되면 곤란해, 온 경성의 거리가 질척거릴 테니. 홍주가 한 손을 뻗어 하늘에서 떨어지는 한 송이의 눈을 그러쥐었다. 그리고 천천히 층계의 끝을 밟고 지붕으로 걸어 나왔다.

"홍주! 박홍주!"

어디선가 낙의 목소리가 들렸다. 홍주는 붉어진 제 발가락 끝을 손가락으로 감싸 쥐었다 얼른 허리를 폈다. 무게가 쏠려, 금방이라도 경사진 지붕 아래로 구를 것 같았다.

보랏빛 지붕 위에 흰 눈이 내려 어울리지 않았다. 점점 짙어지는 하늘을 보며 홍주는 생각했다. 지금 무슨 어이 없는 일이 벌어지고 있는지. 멍해 있던 홍주를 깨운 것은 숨에 찬 낙의 목소리였다. 아까부터 간절하게 홍주를 찾던 그 목소리가 다시 한 번 들렸다.

"홍주 선생!"

홍주는 그제야 망치를 쥔 채 천천히 지붕 위에서 자리를 옮겨 다녔다.

"도련님?"

"홍주 선생! 거기 있구나! 어… 얼른 이리 와요. 조심히, 천…천히 내려와 봐요. 여기, 여기!"

홍주가 지붕에 앉았다. 지붕 위를 걷기가 두려웠다. 엷게 깔린 눈이 엉덩이에 닿아 차갑고 시렸다. 홍주는 자리에 앉아 슬쩍슬쩍 조심스레 아래로 내려갔다. 내려갈수록 지붕의 끝을 잡고 있는 낙의 한 손끝이 선명하게 보였다. 손끝에 피가 몰려 붉었고, 그 아래로는 하얗게 질려 희고 희었다.

홍주가 낙의 손 바로 앞에 앉아 슬쩍 고개를 내밀었다. 눈이 쌓여 점점 하얗게 변해가는 마당을 바라보던 낙이 슬쩍 비친 홍주의 얼굴을 보고는 화색이 되어 웃었다. 면도칼에 베인 낙의 한쪽 팔은 지붕의 끝을 잡지 못하고 몸과 함께 덜렁이고 있었다.

"홍주 선생. 날 좀, 좀 당겨 봐요. 잊지 않았죠, 선생?"

"박홍주."

홍주는 자신을 부르는 또 다른 목소리에 낙을 향해 뻗던 제 손을 멈췄다. 홍주가 또 한 번 고개를 돌렸다. 낙이 매달린 곳에서 가까운 듯 먼 곳에 서은이 대롱대롱 매달려 있었다. 낙이 계속 소리를 질렀다. 저년 볼 필요 없어! 선생, 알지? 나를… 나를 구해요. 박홍주! 박홍주!

그러나 홍주를 바라보는 서은의 시선이 맑아서, 홍주는 낙의 목소리를 제대로 듣지 못했다. 서은은 그저 깊고 아늑하게, 고요하게 홍주를 바라볼 뿐이었다. 살려달라는 말도, 끌어 올려 달라는 말도, 얼른 저 새끼를 떨어뜨리라는 말도 없이 홍주를 쳐다만 볼 뿐이었다. 홍주는 차라리 서은이 뭐라고 악을 쓰길 바랐다. 쌍년도 좋고 오라질 년도 좋으니 욕이란 욕은 죄다 퍼부으며 두 연놈이 지옥에나 떨어지라, 지랄발광하길 바랐다.

근데 아가씨, 어찌 그러지 않으세요.

홍주는 서은의 시선에서 벗어날 길을 찾지 못했다. 서은의 양손 끝으로 눈꽃이 피어올랐다 녹아 물이 되어 또르르 흘렀다.

"박홍주."

아가씨, 죄송해요. 잠시나마 아가씨의 철없음을 싫어했어요. 질투했어요. 철없음이 아니라, 자유롭고 싶어 슬퍼하는 것임을 알았더라면 싫어하지 않았을걸.

"아가씨…."

"박홍주! 저 쌍년, 백서은이 아니라 나를… ! 아윽, 나를 얼른…."

"너 하고 싶은 대로 해."

서은이 그리 말하고 한 손을 지붕에서 뗐다. 쓰라리다. 낙을 안고 구르며 얼떨결에 면도칼에 베인 탓이었다. 아파…. 서은이 한 손을 제 입에 가져다 대고 피를 핥고, 입김을 불며 말했다. 그 손 너머 함께 지붕에 매달린 낙이 보였다. 낙의 모습을 바라보며 서은은 생각했다.

사랑하지 않는 것을 붙들면 끊어져. 끊어지면… 정말로 낙(落)이구나.

백낙. 너는 왜 사랑하지 않는 모든 것들을 그렇게 애타게 끌어안으려고 했어? 우아함이 모든 변명을 대신하기엔 그것을 억지로 껴안으려던 당신의 추함은 너무나 해괴했다.

홍주가 다시 천천히 지붕 밑으로 내려왔다. 홍주가 다시 얼굴을 보이자 낙이 급한 얼굴로 홍주를 보고 활짝 웃었다. 홍주 선생, 얼른! 낙이 홍주를 보며 이를 드러내고 웃었다.

나에게 모든 부귀영화를 안겨줄 수 있는 사람. 나를 타락시킨 보물. 나를 다시 박홍주로 살 수 있게 해줄 수 있는 이 푸른 소나무 저택의 도련님. 당신의 품에 안겨 상상하고 그리워했던 어린 날의 영광들….

"도련님."

홍주가 낙을 불렀다. 낙이 홍주의 부름에 연신 고개를 끄덕였다. 기다렸던 승리의 여신, 나의 니케, 서은의 최후, 그 모든 열쇠. 낙이 홍주를 향해 열렬한 눈빛을 보냈다.

"절 버리시면 안 돼요…."

그리고 아가씨, 절 용서하지 않으셔도 돼요.

홍주가 지붕 끝을 붙잡고 있던 서은의 한쪽 손을 향해 망치를 내려쳤다.

서은이 떨어진다. 백서은이 낙(落)이 된다. 보랏빛 지붕, 흰 눈, 푸른 소나무, 휘날리는 흰 원고지, 그 위에 빼곡한 까만 잉크와, 다시 그 잉크를 번지게 하는 붉은 피, 서은이 입고 있던 갈색 코트. 그야말로 오색이 찬란한, 아름답기도 한 낙이다.

서은은 떨어지는 짧은 순간을 영원인 양 길게 기억한다. 마지막 기억이 온통 하늘이라 다행이다. 누군가의 얼굴이나 누군가의 감촉이 아니라 그저 고통뿐이라 다행이다. 누구에게 사랑받거나, 누군가를 사랑하거나 하는 끔찍한 짓에 휘말리지 않을 수 있어 다행이다. 마지막까지 글 하나만 품고 죽을 수 있어 다행이다.

서은이 떨어지는 순간, 홍주는 계속 서은을 향해 말했다. 죄송해요, 죄송해요. 서은은 한 마디 비명도 없이 눈

위에 고꾸라졌다. 마지막에 외쳐 부를 이름 하나 없다니, 참 가혹한 삶이다, 홍주는 생각했다. 서은이 세상을 사는 이유가 죽은 몸 위로 흩날리는 원고지뿐임을 이제야 알았다. 저것이 서은에게 전부였다는 사실을. 화려한 옷들, 푹신한 침대, 멋진 보석, 안락한 방, 휘황찬란한 남편감과 거대한 저택. 그 어떤 것도 탐냄이 없이 오로지 저 종이 몇 장이 세상의 전부였다. 감지도 못한 서은의 눈이 찌뿌둥한 하늘을 향하고 있다.

홍주가 떨어진 서은을 잠깐 내려다보다, 망치를 던지고 더듬더듬 기어 낙에게 향했다. 그리곤 낙의 한쪽 손을 붙잡고, 나머지 한쪽 손도 잡아 올렸다. 낙은 홍주를 잡고 올라오면서 면도날에 베인 팔에 대고 욕을 뱉었다. 지붕에 앉아 낙은 아무 말도 하지 않았다. 누이의 죽음에 슬퍼하지도, 원작자의 최후에 기뻐하지도 않았다. 오직 그가 무언으로 기뻐하는 것은 서은이 남기고 간, 그리고 이제 자신의 것이 될 원고의 존재뿐이었다.

낙이 홍주가 내던진 망치를 주워 들고 홍주를 일으켜 지붕의 창문을 넘어 창고로 들어갔다. 그리고는 층계에 앉아 차갑게 식은 제 양손을 비비며 입김으로 불어댔다.

낙이 아픔도 잊은 채 당장 서은의 방으로 뛰어갔다. 그리곤 손에 들린 망치를 휘둘러 나무로 된 책장의 문을 부쉈다.

그러나 부서진 책장엔 빈 원고지 뭉치들뿐이었다.

낙이 인상을 찡그렸다. 아직 사용하지 않은 원고지인가 싶어 옆에 있는 책장도 부쉈다. 그러나 거기에도 원고는 없었다. 낙이 미친 듯이 책장을 뒤지다 빈 원고지들을 바닥에 내던졌다. 서은이 떨어지듯 원고지가 날렸다.

바닥으로 흩날리던 원고를 무심코 바라보던 홍주가 쿵쿵거렸다. 어디선가 바람이 불어오고 그 바람에 탄내가 실려 있었다.

8장

유종지미

有終之美

파국의 미학

만선(萬善). 서은이 그 이름을 붙인 데엔 어떤 의도도 목적도 없었다. 다만 글을 쓰고 나니 그 이름이 문득 떠올랐을 뿐이었다. 악하지 못한 사람이 악한 세상에 태어나 악하게 살겠다고 악을 쓰는 그 모습이, 제 글이지만 하도 가련하여 손이 가는 대로 제목을 붙이고 보니 만선이었다.

그만큼 착하게 살고 싶었다. 고모가 착하게 살라고 했으니까. 착한 것은 미덕이요, 착하게 사는 것이 광영이며, 착하게 살아야 죽어서도 좋은 일이 생긴다고 했다. 그래서 매일을 고민했다. 도대체 착하다는 게 무엇인가. 착하다… 착하다….

잉크가 글을 쓰지 않고 둥둥 손끝에서 노닐 때는 착하

다는 말을 읊조리며 노트에 습관처럼 '善'자를 쓰곤 했다. 한 획 한 획을 그을 때마다 착하다, 라고 불리는 경지에 닿기를 바랐다. 그러나 그것은 모순이었다. 여자가 글을 쓴다는 것은 어떻게 해도 선일 수 없는 일이었다. 고모는 서은이 글 쓰는 것을 싫어했다. 서은은 그래서 글을 꼭꼭 접고 숨겨서 잠가야 했다.

꽃처럼 살기 위해 노력했다. 때가 되면 어여쁘게 흩어지는, 고모가 사랑했던 벚꽃처럼. 그러나 태어나기를 꽃이 아닌 사람으로 태어났는데, 어찌 피었다 떨어지는 꽃 같은 아름다움을 안고 살 수 있을까. 다소곳이 얌전하게 살다 흩어지고, 그리하여 떨어진 자리에서 썩는 일은 슬프다.

글은 자유였다. 고르는 것이 아니라, 정말로 모든 것을 창조해내는 자유 그 자체였다. 그것을 하지 못해 갈증이 났다. 답답한 마음에 펜을 잡으면 더 답답했다. 백서은이 쓴 글이나 백서은의 이름으로는 아무도 읽어주지 않는다. 낙은 그러한 논리로 자신의 글을 도둑질했다.

서은은 운전기사가 돌려놓고 간 가방을 살짝 열어 챙겼던 몇 권의 책 제목을 되새겼다. 그리고 책의 저자를 살폈다. 그들 중 여인의 이름은 없었다. 동서양을 막론하고 여자의 이름으로 쓰인 책은 없었다. 시 한 줄도 여자가 쓴 것은 없었다. 자유롭고 싶어서 읽은 책이었는데, 그 자유도 애당초 없었던 것임을 알았더라면, 차라리 어쩌면 낙에게 먼저 원고를 주었을지도 모른다.

헌데 그것이 괴로워, 백서은의 이름 석 자가 처음으로 자유롭고 싶었는데, 그래서 건네주지 못했는데, 이렇게 모든 것이 파멸하리라는 예상은 못 했다.

그러나 이끌어야 할 파멸이라면, 단죄 비슷하게.

서은은 짐 가방을 아주 열었다. 옷가지들 밑으로 숨겼던 만선 3부의 원고가 드러났다. 만선뿐 아니라 중간중간 적어놓았던 다른 원고들도 있었다. 그 원고들을 하나하나 꺼내 의학책을 빼고는 비어 있던 환의 방 책장에 넣었다.

원고들을 모두 넣은 서은이 잠시 멍하니 원고 뭉치를 응시했다. 짧은 시간이지만 이것들을 붙들고 있던 시간, 행복했다. 세상이 돌아가는 것도, 시대가 미쳐 돌아가는 것도 모르고 그저 좋았다. 막연히 그리웠고 애가 탔다. 사람이 아닌 글자가 그렇게 그리워 잠을 설치곤 했다.

한참을 바라보다 책장 구석에 있는 환의 의학책을 꺼냈다. 영어로 된 것도 있었고 일본어로 된 것도 있었다. 사람의 몸을 갈라놓은 그림이나 복잡한 화학식 같은 것들이 눈에 띄었다. 환의 책이지만 환의 그 무엇도 담겨 있지 않았다. 환이 사랑하거나 애틋하게 여긴 적 없으므로 그 안에 환은 없었다. 이 껍데기들을 붙잡고 사느라 오빠는 그렇게나 괴로웠구나. 그래서 먼저 흑마를 타고 떠났구나.

서은은 환이 없는 환의 책에 입을 맞췄다. 죽은 후에

시신조차 보지 못하고 백골을 빻은 가루만 손으로 흩뿌렸을 뿐이다. 그러나 예감했다. 곧 자신도 환에게 가게 되리라. 그곳에서 무릎 꿇고 사죄해야지. 그날, 원산에서 처음 맛본 음식과 처음 느낀 향기로움에 환 오빠를 담보로 걸어 미안하다고. 행복하지도 자유롭지도 않은 저택에서 살아보겠다고 오빠의 목을 조여 미안하다고.

서은이 다시 환의 책들을 원래의 자리에 꽂았다. 그리고 품에서 향수 통을 꺼냈다. 향수 통을 열어 내용물을 원고지 몇 장에 발랐다. 기름 냄새가 났다. 기름을 먹인 원고지들은 다시 책장 원고지 뭉치의 사이사이에 끼웠다. 그리고 쥐고 있던 라이터에 불을 붙여 책장 제일 아래 칸에 두었다. 종이 끝에 불이 붙고, 그 사이 사이의 기름 먹인 원고지에 불이 붙었다. 종이의 양이 많고 두꺼워 천천히 타게 될 것이다. 이것이 모두 타거든 이 세상에 남는 더 이상의 만선은 없다.

그리고 아마 자신도 없을 것이다.

불이 천천히 옮겨붙는 것을 확인하던 서은이 책장의 문을 닫았다. 그리고 새 자물쇠를 꺼내 책장을 잠갔다. 열쇠는 다시 주머니에 넣었다. 너는 만선의 새 이야기와 함께, 그리고 나와 함께 낙(落)하자.

서은이 환의 방을 나왔다. 그리고 문턱에서 다시 한 번 방을 돌아다봤다. 텅 빈 방. 이곳에 잠시 환이 있었고, 그가 살았다. 이 방과 같이 서은이 사랑하거나 그리워하는 것들은 이 세상에 없거나 없어질 것이다.

서은이 환의 방을 나와 2층으로 올라갔다. 그리고 소리 죽여 제 방으로 갔을 때, 낡은 새로 바꾼 서은의 책장 앞에서 미친 듯이 자물쇠를 열려 하고 있었다.

"도련님, 냄새가 나요. 타는 냄새!"

홍주가 원고지를 찢어대는 낙에게 소리쳤다. 그리고 황급히 냄새가 번지는 1층으로 뛰어 내려갔다. 식당 문 앞, 비어 있는 방. 환이 썼던 방에서 냄새가 흘렀다. 잠긴 문틈으로 연기가 피어나오고 있었다. 홍주가 문고리를 잡고 돌렸다. 그러나 방문은 잠겨 있었다. 비켜! 홍주를 따라온 낙이 소리쳤다. 낙이 서은의 피가 묻은 망치로 문고리를 내리쳤다. 문고리가 바닥에 떨어져 소리가 울렸다. 오래도록 잠겨, 누구도 들어가 보지 않았던 환의 방문이 열렸다.

방안 가득 연기였다. 문이 열리자마자 훅 덮치는 연기에 홍주와 낙이 기침했다. 갇혀 있던 연기가 열린 창문과 문에서 들어오는 바람을 타고 더 퍼졌다. 방의 한구석, 책장에서 시작된 불이 책장을 거의 다 태우고 벽으로 번지고 있었다. 문틈으로 새들어온 바람이 불길을 점점 키웠다.

"이게 무슨 냄새… 부, 불이야!"

낮잠에서 막 깬 어린 하녀가 부엌에 들렀다 냄새를 맡고 뛰어왔다. 어린 하녀 하나가 소리를 지르자 뒤따라 잠에서 깬 하녀들이 우르르 뛰어왔다. 처음으로 도착한 하녀들은 치솟는 연기에 놀라 황급히 물을 뜨러 갔으나, 뒤에 온 하녀들은 환의 방으로 다가오지도 못한 채 뒷걸음질을 쳤다. 그 앞에 피로 범벅된 낙과 홍주가 멍하니 불길을 바라보고 있었으므로.

하녀들이 번갈아 양동이며 대야에 물을 채워 왔다. 핏자국과 상처들에 멈칫하던 하녀들도 우선은 물을 퍼 환의 방에 뿌렸다. 책장에서 시작된 불이 떨어진 다른 가구에 옮겨붙기 전에 불길이 점점 작아졌다. 잡을 만하면 다시 커지고, 죽었나 싶으면 살아났으나 잠시 후 불길이 거의 다 잡혔다.

하녀들이 계속 물을 뿌리며 불길 옮겨붙을 만한 것을 치웠다. 얼굴들이 새카맣게 변하고 너나 없이 기침을 해댔다.

낙과 홍주는 불길이 다 꺼진 환의 방에 들어가지도 못한 채 복도 벽에 기대 앉았다. 둘 다 눈을 뜨고 있었으나 둘 중 누구도 무언가를 보고 있지 않았다. 그저 하녀들이 바삐 움직이고 계속해서 물을 뿌리는 광경을 보고 있을 뿐이다.

오래 그렇게 보고 있었다. 환이 죽은 후로 아무도 관심

두지 않던 방이다. 그러나 망치로 문고리를 부수었을 때, 불이 나던 구석을 빼면 모두 깨끗했었다. 서은이 늘 들락거리며 환의 방을 모두 정돈하고 치웠기 때문이었다. 쓸쓸해서 외로울 때면 내려와 눕기도 했고, 괴로울 때는 환의 책상에 엎드려 울기도 했다.

홍주도 낙도 그것은 몰랐다.

낙이 멍하니 앉았던 자리에서 일어섰다. 터덜터덜 환의 방으로 들어갔다. 도대체 얼마만인가. 바쁘게 움직이던 하녀들이 낙의 걸음마다 그를 피해 뒷걸음질쳤다. 흐트러진 머리칼, 찢긴 옷과 칼자국, 굳어버린 피, 터진 입술과 창백한 얼굴, 무표정한 얼굴, 낙의 행색 전부가 모두를 두렵게 했다. 방 안의 불길이 모두 꺼지자 하녀들은 그제야 방 밖으로 모두 나와 속닥거렸다.

낙에게 그 수군거림은 들리지 않았다. 낙은 그저 걷고, 걸어 그을린 구석 앞에 털썩 앉았다. 바닥의 재와 그을림이 옷에 묻었다. 낙은 여전히 손에 들린 망치 끝으로 잿더미가 된 책장의 일부를 툭툭 건드렸다. 겨우 모양만 유지하던 문짝이 툭 떨어지고 책장의 옆면이 부서졌다. 낙은 그렇게 책장 속에 남은 잿더미를 망치 끝으로 뭉갰다.

다 탄 문짝을 잡고 있던 자물쇠가 툭 떨어졌다. 서은의 자물쇠다. 낙이 망치 끝으로 자물쇠를 건드리다 헛웃음을 지었다. 이곳이었구나. 백서은, 네가 가지고 죽은 것이 다가 아니었구나. 너의 전부를 여기에 두고 죽었구나. 낙은 그을림과 굳은 피로 가득한 얼굴을 문질렀다.

　홍주가 따라와 앉았다. 이유는 몰랐지만, 무릎을 꿇었다. 낙이 떨어뜨린 망치를 주워 똑같이 그 끝으로 잿더미를 뒤졌다. 가끔, 이것이 무엇의 탄 흔적인지를 유추할 수 있는 것들이 보였다. 서은이 원고를 묶었던 끈의 끝이나, 책의 겉표지 같은. 홍주는 그 잿더미들을 아주 쪼갰다.

　　너는 우연히도 글자를 사랑해
　　글을 쓸 때 가장 자유로웠고, 가장 사랑에 겨워 보였어.
　　내가 모든 것을 다 잃은 후
　　유일하게 마음을 품었던 것도 글자였어.
　　그런데 너는 내가 잃은 모든 것을 다 갖게 되었는데,
　　내가 유일하게 매달렸던 글자 하나마저
　　나보다 더 뛰어났어.
　　내가 글을 사랑한 것보다 더 사랑해줬어.
　　나를 배신한 것만 같았던 글자도 미웠고,
　　미치도록 흥미로웠던 너의 글도 미웠고,
　　전부를 가진 너도 미웠어.

　　왜 우리는 자유롭지 못했을까?
　　나도, 너도 결국에는 죽고 싶지 않았을 뿐인데.

무엇이 우리를 눌러서 가두어 놓았을까?

너에게 글자는, 문장은 무엇이었기에
우리는…
아가씨.

홍주와 낙이 타버린 원고들을 보며 아무 말도 하지 않
는 사이 하녀들이 움직였다. 저마다 몰래 대문을 나가고,
전화를 찾아 경찰을 불렀다.

하녀 한 명이 내부가 탄 환의 방, 그 외벽도 확인하고
자 밖으로 나가 모퉁이를 돌았다. 모퉁이를 돌자 환의 방
외벽이 있고, 푸른 소나무가 있고, 피로 젖은 만선 3부가
있고, 그리고 여전히 회색빛 경성의 하늘을 바라보는 서은
이 있었다.

모든 것이 불탄 곳에. 원고지도, 펜도, 단단하던 저택
의 벽과, 열심히 휘날리던 추악한 깃발도 죄다 불탄 저택
에, 악하지 못한 사람이 악하게 살아보겠다고 발버둥치는
이야기의 주인, 푸른 소나무 저택의 백서은이 누워 있었다.

푸른 소나무의 숲

"시간 내주셔서 감사합니다, 부인."

머리가 하얗게 센 아오마츠 부인이 천천히 고개를 저었다. 언젠가는 입을 열어야 할 일이었지요. 부인이 말했다. 젊은 기자가 안경을 치켜올리며 동의한다는 듯 과묵하게 고개를 끄덕였다. 기자가 조용히 수첩과 펜을 들었다. 인터뷰를 시작하겠다는 뜻이다.

"먼저… 벌써 십 년 전의 일입니다, 그때를 기억하실 수 있으시겠습니까? 물론 기억하기 힘든 일이란 것은 잘 압니다만…."

"괜찮아요. 내가 그날을 어떻게 잊을 수 있겠습니까."

그날.

별장에 도착해 짐을 풀고 곧장 잠이 들었다. 그리고 그 다음 날 새벽이 밝도록 전보가 왔다. 다시 경성으로 돌아와주길 바란다는, 다급한 전보였다. 기차에 오르기 전 신문을 샀다. 이시다는 경성으로 함께할 수 없었다. 신문을 읽자마자 그대로 혼절해, 별장 근처의 병원에 두고 와야 했기 때문이었다.

'소나무 저택의 살인 사건, 누이 죽인 비정한 소설가'

제목 한번 잘 뽑았군. 아오마츠 부인이 자기도 모르게 큭큭 웃었다. 새벽의 일등 칸은 텅 비어 있어, 부인의 웃음소리가 마치 미친 사람처럼 점점 커지더니 일등칸 복도 전체에 울렸다.

경성역에 도착해서는 인파로 인해 제대로 나아가기조차 힘들었다. 기차가 역에 도착하여 플랫폼에 발을 딛는 순간부터 정체 모를 사람들이 부인에게 우르르 몰려들었다. 기자로 보이는 사람들이 각자의 질문을 하도 질러대는 바람에 소리가 섞여 구분할 수 없었다. 역장과 경찰들이 부인의 옆에서 밀려드는 사람들을 몸으로 막아대며 험한 소리를 해댔다. 기차가 다시 출발하는 소리도 들렸다. 모든 소리가 귀 옆에서 터지듯, 귀 어디가 찢어진 듯 아팠다.

"마님!"

저택에 돌아오니 모든 집안 하녀들이 거실에 모여 울고 있었다. 밤을 새웠는지, 아니면 여기서 다 같이 잠을 청했는지 이불 등이 카펫 위에 아무렇게나 널려 있었다.

집안 꼴이 볼만하게 우스웠다. 까맣게 그을린 방 한 칸, 완전히 타 버린 잿더미가 구석에 쌓여 있었다. 1층과 2층 복도와 계단에는 핏자국이 붉었고, 지붕으로 올라가는 문은 부서진 채 뉘어져 있었다. 부서진 지붕 끄트머리가 마당에 떨어져 있었다.

저것이 떨어졌을 때 서은도 함께 떨어졌겠지.

아오마츠 부인은 서은이 지붕으로 기어 올라갔을 3층 창고의 창문에 서서 한참을 마당을 내려다보았다. 핏자국이 얼핏 보이는 것도 같기도, 그렇지 않은 것 같기도 했다. 제대 병원으로 실려 갔다는 서은의 시신이 저기 누웠던 흔적이 보이는 것 같기도, 않은 것 같기도 했다. 몇 장의 수습하지 못한 원고와 종이 쪼가리들이 눈 속에 파묻혀 있었다.

눈이 녹을 때 쯤 낙과 홍주는 사형을 당했다. 총에 맞아 죽었다고 했다. 시신을 거두어가겠냐는 물음을 들은 것도 같았다. 늙은 기억이 흐릿해 그 물음에 어떻게 답을 했는지는 아마도 기억나지 않는다.

"그때 경찰의 조사 결과로는, 누이의 글을 훔쳐 등단한 소설가와 그 연인이 광기에 저지른 사건이라고 했는데요. 부인께서는 더 알고 계시는 것이 없습니까?"

"없습니다. 기억조차 괴로운 날의 일입니다."

"지금 생각해보면 수상했던 것은 없었나요? 낌새 같은 것 말입니다. 저택의 사람 중 아무도 소설가와 그 연인의 광기를 알진 못했나요?"

"아무도 몰랐어요. 심지어 나는 내 사랑스러운 조카 딸이 그 멋진 소설을 썼다는 것조차 몰랐어요…. 이런 나도 고모랍시고, 그 아이들을 데려오는 게 아니었는데…."

아오마츠가 어깨를 들썩거렸다. 주름진 손을 겹쳐 얼굴을 가렸다. 젊은 기자가 코트에서 손수건을 꺼내 부인에게 내밀었다. 부인이 손수건을 받으며 고맙습니다, 했다. 그러나 눈가를 닦진 않았다. 그랬다가는 바짝 마른 손수건이 흘리지 않은 눈물을 증명하고 말 테니. 그러므로 그저 손에 쥐고 있기로 했다.

"소설가의 연인은 그때 독립운동을 하다 사형당했던 시인 박해관의 유일한 딸이었습니다. 그 점도 모르셨나요? 어떻게 거두게 되신 겁니까?"

"그 아이를 거리에서 봤어요. 부모도 형제도 없는 고아라기에 데려다 밥을 먹이고 잠을 재웠죠. 자식이 없는 내가 보기에 얼마나 가엾고 안쓰러웠겠어요. 그러다보니 그렇게 된 겁니다. 박해관 시인의 딸이란 사실을 알 리가 없었지요. 처음 본 아이였던 데다가 처음부터 저 스스로를 나오코라면서 속였던걸요."

"역시 처음부터 거짓말에 능했던 사람이로군요…."

기자가 아오마츠 부인의 말을 열심히 받아 적었다. 오랜만에 흥미로운 기삿거리 하나 건졌으니 울적한 목소리와는 달리 표정은 퍽 밝아 보였다.

"그러면 부인, 마지막으로 하나만 묻겠습니다. 죽은 세 명의 조카들에게 하고 싶은 말이 있으신가요?"

죽은 조카들에게 하고 싶은 말이라….

무어라고 할까. 하고 싶은 말이라곤 여전히 하나밖에 없는데.

"얘들아."

나는 끝끝내 너희 중 아무도 도달하지 못한 그 아름다움을,

"여전히 사랑한단다."

작가의 말

누구도 흔적이라 여겨주지 않는 흰 것을 흔적으로 여기는 사람이 되고 싶습니다.

〈아름다울, 낙〉으로 상을 받았던 날은 소설(小雪)이었습니다. 이 글을 떠올리는 날이면 항상 흰 눈이 펑펑 내립니다. 서은, 낙, 환, 홍주의 이야기를 쓰기 시작한 갓 스무 살의 겨울에도, 처음으로 내 소설을 누군가에게 내보였던 날에도 그랬습니다. 이제 이 글과 맞이하는 세 번째 겨울입니다. 이 글을 쓰고 있는 지금은 눈이 내리지 않는 그저 추운 밤이지만, 분명 이번 겨울에도 눈이 소설처럼 떨어져내리는 날이 있겠습니다.

누구도 기억해주지 않는 파편 같은 삶이 없도록 글을 쓰고 싶습니다. 점 하나에도 애정을 담아 이야기 너머에서 제 목소리로 말하는 사람들의 문장을 남기는 사람이 되는 날을 꿈꿉니다.

〈아름다울, 낙〉이 세상에 나올 수 있도록 힘써주신 모두에게 감사합니다.

그리고 사랑하는 이로부터 사랑하는 이에 이르기까지, 모두가 진정으로 사랑하는 것을 붙잡아 끊어지지 않는 날들이 되길 바랍니다.

2019년 겨울, 고은채